澡雪 中国文学研究书系

"中国文艺复兴"理想大厦的构建

——论李长之20世纪三四十年代的文化梦想

于阿丽 著

知识产权出版社
全国百佳图书出版单位
—北京—

图书在版编目（CIP）数据

"中国文艺复兴"理想大厦的构建：论李长之20世纪三四十年代的文化梦想／于阿丽著．—北京：知识产权出版社，2025.1． —ISBN 978-7-5130-9734-5

Ⅰ．I206.6

中国国家版本馆CIP数据核字第20243117MH号

责任编辑：罗　慧　　　　　　　责任校对：王　岩
封面设计：乾达文化　　　　　　责任印制：刘译文

"中国文艺复兴"理想大厦的构建
——论李长之20世纪三四十年代的文化梦想

于阿丽　著

出版发行：	知识产权出版社有限责任公司	网　　址：	http://www.ipph.cn
社　　址：	北京市海淀区气象路50号院	邮　　编：	100081
责编电话：	010-82000860转8343	责编邮箱：	lhy734@126.com
发行电话：	010-82000860转8101/8102	发行传真：	010-82000893/82005070/82000270
印　　刷：	天津嘉恒印务有限公司	经　　销：	新华书店、各大网上书店及相关专业书店
开　　本：	720mm×1000mm　1/16	印　　张：	17.5
版　　次：	2025年1月第1版	印　　次：	2025年1月第1次印刷
字　　数：	251千字	定　　价：	88.00元
ISBN 978-7-5130-9734-5			

出版权专有　侵权必究

如有印装质量问题，本社负责调换。

目 录

导　论 ··· 1

第一章　中国文艺复兴的渊源与基础 ································ 17
　　　　　——重塑文化自信与民族复兴

第一节　"中国文艺复兴""民族复兴"等文化思潮的影响 ··· 19

第二节　冯友兰"贞元六书"的影响 ································ 37

第三节　宗白华美学思想及其主编《学灯》的影响 ············ 46

第四节　德国古典文化精神的吸收与影响 ························ 51

本章小结 ··· 60

第二章　中国文艺复兴的起点与方法 ································ 63
　　　　　——反思"五四"新文化运动

第一节　重评"五四"："启蒙"而并非"文艺复兴" ········ 65

第二节　再评"五四"："启蒙"而孕育着"文艺复兴" ····· 78

第三节　吸收与创造：有关"五四"的另一种思考 ············ 89

第四节　文化建设的方法：中西体用之辨 ························ 97

本章小结 ·· 110

第三章　中国传统文化的剖析与复兴 ······························ 113
　　　　　——审视儒家文化与道家文化

第一节　原始的儒家文化："人生的"与"审美的" ········ 115

第二节　屈原：倾向于"道家"还是"儒家文化" ··········· 131

第三节　司马迁：道家文化与儒家文化的成功融合 ……… 139
　　第四节　李白：一个忠实的道教徒 …………………………… 148
　　本章小结 …………………………………………………………… 155

第四章　中西教育的碰撞与新生 ……………………………… 157
　　　　　——探索教育的复兴与新生
　　第一节　"审美教育"：铸造新个人、新社会的重要途径 …… 159
　　第二节　"大学教育"："中国文艺复兴"的具体实践途径 … 173
　　第三节　"寓通于专"：中国传统教育与西方近代教育的结合 … 185
　　本章小结 …………………………………………………………… 202

第五章　中西文化的交锋与开创 ……………………………… 205
　　　　　——重评"科学与人生观"论战
　　第一节　"玄学派"的评价与"儒学"倾向 ………………… 208
　　第二节　"科学派"的阐释与"五四"新文化运动评价 …… 215
　　第三节　"科学"的新理解及其对人生的启示 ……………… 222
　　本章小结 …………………………………………………………… 231

第六章　李长之"中国文艺复兴"思想的学术地位与贡献 …… 233
　　第一节　《迎中国的文艺复兴》在民国学界的学术反响 …… 235
　　第二节　李长之"中国文艺复兴"思想的独特贡献与局限 … 240
　　第三节　李长之"中国文艺复兴"思想的当代启示 ………… 246
　　本章小结 …………………………………………………………… 252

结　语 …………………………………………………………………… 255

参考文献 ……………………………………………………………… 260

导　论

导 论

本书将重点研究李长之的"中国文艺复兴"思想，具体涉及他在抗日战争时期创作完成和出版的《迎中国的文艺复兴》（1944）一书，以及他在20世纪三四十年代创作的大量其他相关著述。借助对上述材料的深入考察与研究，本书试图揭示出李长之"中国文艺复兴"思想的完整面貌，更加清晰地呈现出他这一思想在中国现代思想史上的重要地位与贡献，并探讨其对当下"中国文艺复兴"建设的重要启示。在某种程度上，这一研究可能会填补目前学界对李长之"中国文艺复兴"思想与20世纪三四十年代"中国文艺复兴"思潮的认识上的一些空白，也能在一定程度上纠正学界在此话题的研究中所存在的一些误解。

在此导论中，笔者将首先梳理有关李长之"中国文艺复兴"思想的研究现状，指出这些研究在认识上所存在的空白与误读，并阐明本书在这些问题上的看法与突破。其次，本导论也将简单概括本书各章的主要内容。最后，本导论还将介绍那些令笔者获益匪浅的重要研究材料，以及本书写作的基本思路与方法等。

一、李长之"中国文艺复兴"思想的重新发现

尽管李长之在民国学界也算得上是颇具声名的人物，但由于他在1958年被错划成"右派"，随之也被剥夺了写作和发表文章的权利，由此他便从人们的视野中悄然"消失"了。在20世纪六七十年代，甚至80年代，李长之其人其作都长久地被学界所遗忘，直到90年代以后，李长之作为"文学批评家"才被学界重新认识。温儒敏先生在《中国现代文学批评史》（1993）一书中辟专节分析了李长之的"传记批评"，较早地对李长之的文学批评作了颇为全面的介绍，并给予了很高的评价[1]。随后，郜元宝先生又发表了《追忆李长之》

---

[1] 温儒敏：《中国现代文学批评史》，北京大学出版社，1993年。

（1996）一文，称李长之为"学者批评家"①，并与李书女士合作编选了《李长之批评文集》（1998）一书②。同时，还出现了贺志刚的硕士论文《文化复兴与美学梦寻——李长之文化论美学初探》（1996）③。由此，作为批评家的李长之才逐渐再次浮出水面，引起了学界的广泛研究和关注。今天，作为一位卓有特色的"批评家"④，李长之已经基本上得到了学界的充分认可。

21世纪以来，伴随着对李长之"文学批评与文化批评"研究的逐步深入，学界开始关注他的《迎中国的文艺复兴》一书，并对他的"中国文艺复兴"思想表现出浓厚的研究兴趣。迄今为止，国内有两本关于李长之研究的学术专著，分别为：张蕴艳的《李长之学术——心路历程》（2006）与梁刚的《理想人格的追寻：论批评家李长之》（2009）⑤。在这两部专著中，他们都对李长之的《迎中国的文艺复兴》一书从某种角度予以了关注与阐释，作出了重要的学术贡献。

与此同时，伴随着学界有关"中国文艺复兴"建设的讨论热潮的迅速兴起，李长之的"中国文艺复兴"思想迎来了崭新的时代契机，再度焕发出旺盛的生命力。在这方面首先应当关注的是陈太胜与张颐武两位学者的相关研究。他们较早地关注到了这一领域，并展开了开拓性的研究。

根据目前的资料，陈太胜教授对于李长之"中国文艺复兴"思想的关注，主要集中于如下两篇文章⑥：《中国文艺复兴的历史与现实》（2002）与《从李长之到梁宗岱——兼论中国新文化运动的第二期》（2004）。在这两篇文章中，他不仅首次将李长之的"中国文艺复兴"思想与当今的"中国文艺复兴"建设联系起来加以探讨，还站在"中国新文化运动"整体发展的背景之上，对李长

---

① 郜元宝：《追忆李长之》，《读书》，1996年第10期。
② 郜元宝、李书编选：《李长之批评文集》，珠海出版社，1998年。
③ 贺志刚：《文化复兴与美学梦寻——李长之文化论美学初探》，北京师范大学，1996年。
④ 参见于阿丽：《"以批评家自居"——李长之与中国文论话语的转型研究》，《文化与诗学》，2018年第2辑。
⑤ 张蕴艳：《李长之学术——心路历程》，北京大学出版社，2006年；梁刚：《理想人格的追寻：论批评家李长之》，北京大学出版社，2009年。
⑥ 陈太胜：《中国文艺复兴的历史与现实》，《文艺报》，2002年8月13日第3版；《从李长之到梁宗岱——兼论中国新文化运动的第二期》，《文艺争鸣》，2004年第1期。

之的"中国文艺复兴"思想进行了详细阐释。这两篇文章无疑拓宽了学界对于李长之"中国文艺复兴"思想的理解,也为本书的写作提供了重要的灵感与启发。

近些年来,张颐武教授在系列文章中也曾多次谈到李长之的《迎中国的文艺复兴》,比如:《超越"五四":追寻李长之的文学精神》(2003)、《"文艺复兴"再思——以李长之的"文艺复兴"论为起点》(2007)、《从反思"五四"开始——李长之的〈迎中国的文艺复兴〉的价值》(2015)等。① 在这些文章中,他深刻而详细地剖析了李长之的"迎中国的文艺复兴"思想,反复强调李长之《迎中国的文艺复兴》一书的重要价值,及其对于当下"中国文艺复兴"建设的参考意义,值得高度重视。当然,这些文章也同样为本书的写作提供了很多帮助。

此外,有关李长之"中国文艺复兴"思想研究的主要文章还包括:江守义的《迎中国的文艺复兴——论李长之解放前的文化批评》(2003),刘坛茹的《李长之对"五四"新文化运动的反思与重构》(2010),王海涛的《论李长之的现代文化建设构想》(2012),丁晓萍的《抗战语境下的文化重建构想——陈铨与李长之对"五四"的反思之比较》(2012),於璐的《"浪漫主义的文艺复兴"——解析李长之的民族文化理想》(2014)与《从李长之的文化理想反思"中国文艺复兴"规划之路》(2015),张迪平的《论李长之的文化梦想》(2015),罗伟文的《李长之构想五四新文化运动的策略及启示》(2015)等。②

---

① 张颐武:《超越"五四":追寻李长之的文学精神》,《文学自由谈》,2003 年第 5 期;《"文艺复兴"再思——以李长之的"文艺复兴"论为起点》,《艺术评论》,2007 年第 5 期;《从反思"五四"开始——李长之的〈迎中国的文艺复兴〉的价值》,http://blog.sina.com.cn/s/blog_47383f2d0102w7mg.html。

② 江守义:《迎中国的文艺复兴——论李长之解放前的文化批评》,《2003 年安徽文学学会学术会议论文集》,2003 年;刘坛茹:《李长之对'五四'新文化运动的反思与重构》,《青海师范大学学报》,2010 年第 3 期;王海涛:《论李长之的现代文化建设构想》,《四川文理学院学报》,2012 年第 4 期;丁晓萍:《抗战语境下的文化重建构想——陈铨与李长之对"五四"的反思之比较》,《中国现代文学研究丛刊》,2012 年第 3 期;於璐:《"浪漫主义的文艺复兴"——解析李长之的民族文化理想》,《华中师范大学研究生学报》,2014 年第 1 期;於璐:《从李长之的文化理想反思"中国的文艺复兴"规划之路》,《中国比较文学》,2015 年第 1 期;张迪平:《论李长之的文化梦想》,《中华文化论坛》,2015 年第 3 期;罗伟文:《李长之构想五四新文化运动的策略及启示》,《集美大学学报》,2015 年第 4 期。

可以说，学界对于李长之的这一思想已经表现出了浓厚的兴趣，但基本上还处于刚刚起步的阶段，亟待进一步地推进与深化。

二、聚焦"五四"新文化运动

目前学界关于李长之"中国文艺复兴"思想的研究，主要集中于他的《迎中国的文艺复兴》（1944）一书，以及他有关中国传统文化的著述。在具体论述《迎中国的文艺复兴》一书的观点时，绝大多数研究聚焦于此书所收录的《五四运动之文化的意义及其评价》（1942年4月28日）一文。在此文中，李长之重新评价了"五四"新文化运动（本书或简称"五四"），认为"五四"只是"启蒙运动"而并非"文艺复兴"，并深刻反省了五四时期对于中国传统文化的激烈批判，从而正式提出和呼吁建设"真正的中国的文艺复兴"[①]。在很大程度上，学界对于李长之"中国文艺复兴"思想的认识和理解，基本上定格在李长之对于"五四"新文化运动的上述评价中，这似乎是学界已经达成的某种共识，几乎关于李长之"中国文艺复兴"思想的研究文章，都会"无一例外"地谈论到这一点。

然而，本书第二章的相关研究将会表明，目前学界对于李长之有关"五四"新文化运动评价的认识也许并不准确，存在着一定的误解与偏差。因为李长之对于"五四"新文化运动的评价，其实并非仅仅限于《迎中国的文艺复兴》所收录的那篇文章。事实上，在此书之外的其他文章中，李长之曾多次谈论和评价过"五四"，而且在不同的时期，伴随着时代环境的变化与自身认识的深化，他对于"五四"的看法和评价是有过起伏和变化的。比如，李长之随后又发现，"五四"新文化运动在某种程度上孕育着"文艺复兴"，并因此调整了自己对于"五四"的批判态度。不仅如此，在《迎中国的文艺复兴》中尚未引起重视的《文化上的吸收》（1940年11月24日）一文中，李长之对于"五四"有关"西方文化"的主张则明确表示过赞赏，并因此充分肯定了"五四"的重要历史意义。这一切都充分表明，李长之在《五四运动之文化的意义及其

[①] 李长之：《迎中国的文艺复兴》，见《李长之文集》（第1卷），河北教育出版社，2006年，第26页。

评价》一文中对于"五四"新文化运动的激烈反思与批评，只能代表他这一时期对某些话题时的一些看法，而并不足以代表他对于"五四"新文化的真正理解与认识。

同时，目前学界还存在一处研究上的空白，即忽略了李长之有关"五四"是"启蒙运动"而并非"文艺复兴"的这一评价在民国时期所产生的影响，这正是本书在第六章的相关研究中重点关注的问题。根据笔者的初步研究，李长之的上述评价在民国学界引起广泛关注，主要借助于《迎中国的文艺复兴》在1946年的再版这一契机而展开，集中在1947—1948年这段时间。此时，学界出现了有关李长之此书的介绍、书评文章，以及相关文章与著作中的谈论等①。然而令人惊讶的是，这些研究文章不仅对李长之有关"五四"的上述评价表示出了浓厚的兴趣，而且同样将目光锁定在《五四运动之文化的意义及其评价》一文中，但仍然没有关注到李长之在其他文章中对于"五四"的评价。在某种程度上，这恰恰与当今学界的研究范围十分相似。这意味着，对李长之有关"五四"真正评价的"误解""由来已久"了。

有必要补充一篇文献，即余英时先生写于20世纪90年代的《文艺复兴乎？启蒙运动乎？——一个史学家对五四运动的反思》一文，此文可能是当代最早关注李长之在《迎中国的文艺复兴》中对于"五四"评价的文章。在此文中，余英时梳理了"五四"新文化运动被评价为"文艺复兴"与"启蒙运动"的历史，高度评价了李长之在《迎中国的文艺复兴》中将"五四"评价为"启蒙运动"的观点，认为其在当代语境中具有着蓬勃的生命力。② 在李长之还处于被学界"遗忘"的语境中，此文重新发现和肯定了李长之对于"五四"新文化运动的评价，无疑作出了重要的学术贡献。然而略显遗憾的是，由于此文并未论

---

① 初：《新书提要：迎中国的文艺复兴》，《图书展望》，1947年（复刊）第2期；方明：《"迎中国的文艺复兴"评介》，《中坚》，1947年第2期；周策纵：《依新装，评旧制——论五四运动的意义及其特征》，《大公报》，1947年5月4日；顾毓琇：《中国的文艺复兴》，中华书局，民国37年（1948年）。

② 余英时：《文艺复兴乎？启蒙运动乎？——一个史学家对五四运动的反思》，见《重寻胡适历程：胡适生平与思想再认识》，广西师范大学出版社，2004年，第242—268页。

及李长之在其他文章中对"五四"新文化的评价,因此有可能它"悄悄"埋下了学界对李长之的"五四"评价产生"误解"的种子。

三、民国时期的"中国文艺复兴""民族复兴"思潮

目前学界关于李长之"中国文艺复兴"思想的研究才刚刚起步,基本上还处于个体研究的"孤岛"阶段,并未把研究的视野扩展至民国时期"中国文艺复兴""民族复兴"思潮等广阔的文化背景上来。正是由于这一宏大视野的严重欠缺,人们既无法得知李长之的"中国文艺复兴"思想与民国时期各种文化思潮之间的紧密联系,也无从判断李长之这一思想在中国现代思想史上的重要贡献与地位。

在这一方面,有个别文章已经进行了某种重要的尝试和突破,值得重视。比如:在《从李长之到梁宗岱——兼论中国新文化运动的第二期》[①](2004)一文中,陈太胜教授已经注意到了20世纪三四十年代形成的"中国文艺复兴"氛围。他首次提出并辨析了"五四新文化运动"与"中国新文化运动"两个概念,指出"五四新文化运动"是"中国新文化运动"的第一期革命,20世纪三四十年代兴起的"中国文艺复兴"运动才是"中国新文化运动"的第二期革命,并由此深入分析了李长之、梁宗岱与梁思成等人在学术与艺术领域的多项文化实践,从而有力地证明了20世纪三四十年代确实存在着蔚为壮观的"中国新文化运动"的"第二期"。该文的可贵之处,在于较为充分地揭示了20世纪三四十年代的"中国文艺复兴"氛围,对于本书的写作思路有着重要的启发。然而,该文并未进一步探讨"中国文艺复兴"思潮在民国时期更为广泛地存在,也未能充分关注与李长之"中国文艺复兴"思想具有密切关系的其他文化思潮。

在《超越"五四":追寻李长之的文学精神》《"照着讲"和"接着说"》[②](2003)等多篇文章中,张颐武教授反复强调,李长之在《迎中国的文艺复兴》

---

① 陈太胜:《从李长之到梁宗岱——兼论中国新文化运动的第二期》,《文艺争鸣》,2004年第1期。
② 张颐武:《超越"五四":追寻李长之的文学精神》,《文学自由谈》,2003年第5期;《"照着讲"和"接着说"》,《中关村》,2003年第9期。

一书中对于"五四"的评价,与冯友兰先生在"贞元六书"中所提出的"接着讲"的论述十分相似,正是对"五四"新文化运动的"接着讲"而不是"照着讲",使这一论述具有了重要的学术价值。然而,这些文章似乎着重揭示李长之对于"五四"的评价与冯友兰所提倡的"接着讲"这一主张的相似性,却没有深入挖掘李长之"中国文艺复兴"思想本身与冯友兰"贞元六书"之间的重要联系与差异。

在《怀昔贤之高风,对当世之巨变——谈李长之〈迎中国的文艺复兴〉》①(2013)一文中,于天池、李书两位学者也注意到,李长之"中国文艺复兴"思想的产生与当时他所任职的中央大学诸位学者(比如罗家伦、宗白华、唐君毅、顾毓琇等人)之间有密切联系,他们曾在一起切磋和谈论过中国传统文化、儒家思想等内容。此文首次将研究的视线进行了拓展,延伸至李长之在中央大学期间的同事与前辈,对于本书的构思颇具启示性。然而,由于此文只是李长之《迎中国的文艺复兴》(2013)一书的新版序言,限于篇幅、体例等多方面的原因,只是予以简单提及,而未展开充分的论述。

另外,在《抗战语境下的文化重建构想——陈铨与李长之对"五四"的反思之比较》②(2012)一文中,丁晓萍教授把李长之与陈铨的文化思想作了比较,这同样是一次非常可贵的尝试和努力,但研究者仍局限于重点聚焦李长之对"五四"新文化的论述,而没有展开更加全面的分析。

本书对以往研究的重要突破之一,就在于充分关注到了李长之"中国文艺复兴"思想赖以发生的具体语境,即民国时期,尤其是20世纪三四十年代的"中国文艺复兴""民族复兴""文化建国"等文化思潮的兴起。本书在第一章的研究中,将会大致勾勒出民国时期"中国文艺复兴""民族复兴"等文化思潮的发展状况,并具体阐述它们与李长之"中国文艺复兴"思想之间的紧密联系。不仅如此,本书还发现了李长之这一思想与张君劢的《民族复兴之学术基

---

① 于天池、李书:《怀昔贤之高风,对当世之巨变——谈李长之〈迎中国的文艺复兴〉》,见李长之:《迎中国的文艺复兴》,商务印书馆,2013年。
② 丁晓萍:《抗战语境下的文化重建构想——陈铨与李长之对"五四"的反思之比较》,《中国现代文学研究丛刊》,2012年第3期。

础》、冯友兰的"贞元六书"、宗白华的美学思想及其主编的《时事新报·学灯》之间具体而直接的思想联系；同时，本书也深入分析了李长之在接受他们的影响之后，如何立足于自己的文艺美学专业背景独立思考的精神，努力作出独特而重要的学术贡献。除了宗白华先生曾被学者偶有提及[①]，学界对李长之与张君劢、冯友兰先生之间的密切关系似乎从未展开过深入探讨。

另外，本书在第一章还详细考察了李长之"中国文艺复兴"思想与德国古典文化之间的关系，发现有关"中国文艺复兴"这一语词的酝酿准备与首次使用等重要信息，这正是李长之"中国文艺复兴"思想灵感的最初来源与出处。这一发现可以有力地证明，正是在"欧洲文艺复兴""德国文艺复兴"等思想的热情激励与启发之下，李长之才更加清晰而明确地形成有关"中国文艺复兴"的语言表述与文化构想。

四、"中国文艺复兴"的理论阐释与批评实践

从某种角度看，目前学界有关李长之"中国文艺复兴"思想的研究，尚处于比较模糊与笼统的状态。一方面，人们似乎总倾向于把李长之在《迎中国的文艺复兴》中有关"五四"新文化运动的评价，直接看作他有关"中国文艺复兴"的全部观点，而忽略了他对这一思想本身所作出的理论阐释；另一方面，尽管人们广泛关注到了李长之有关"中国文艺复兴"的大量文化实践，但由于缺乏对其相关理论主张的明确关注，因而总是将这些文化实践看作他这一思想的完美实践，很少有人质疑这些文化实践与理论主张之间所可能存在的某种矛盾与冲突。

鉴于此，本书将会在第二章对李长之"中国文艺复兴"思想的理论主张进行具体探讨。此章的研究表明，有关"五四"新文化运动的评价，可能只是李长之"中国文艺复兴"思想的重要组成部分，但远远不是其所包含内容的全部。事实上，除了对"五四"的评价之外，李长之在《迎中国的文艺复兴》中的《中国文化运动的现阶段》（1942年11月28日）一文里，更加正式而全面

[①] 参见于天池、李书：《李长之与宗白华》，《文史知识》，2008年第12期。

地对"中国文艺复兴"思想进行了理论阐释,不过此文一直没有得到应有的重视。李长之在此文中深刻剖析了晚清以来的各种文化主张,并在此基础上指出,"中国文艺复兴"正是充分吸收了"全盘西化""中国本位文化"等主张的合理成分之后,对于"中体西用"在崭新意义上的重新回归与超越。李长之对于"中国文艺复兴"的上述理论阐释,深受张君劢、冯友兰相关思想的影响,尽管具有某种局限性,但不乏一定的合理性,然而一直受到学界的忽视与误解。

与此相关,本书在第三章也重新考察了李长之有关"中国文艺复兴"的大量中国传统文化实践,由于具备了比较明确的"中国文艺复兴"理论视野,所以有了新的发现。此章的相关研究表明,李长之有关"中国文艺复兴"的文化实践可能具有"双重面孔":一方面,它们体现出与其相关理论主张的一致性,比如对以孔孟为代表的"原始儒家文化"的热情推崇;另一方面,它们则体现出与相关理论主张矛盾与冲突的某种观点及实践,比如对屈原、司马迁、李白等具有"道家文化"特点的传统人物进行解读时出现了矛盾等。上述情况的出现,表明李长之的"中国文艺复兴"思想呈现出某种复杂性与多面性,这正是以往的研究很少关注的内容。

五、备受冷落的教育理想

在对"中国文艺复兴"进行"思想建设"方面的构思和规划时,李长之曾对"教育"寄予了很高的期望,甚至把"教育"看作他这一思想赖以实现的重要基础。因此,他对"教育"展开了十分深入而系统的思考,其话题涉及范围之广、持续时间之长非常令人瞩目。

然而遗憾的是,李长之在《迎中国的文艺复兴》一书中有关教育的论述比较零散和简单,他对教育的系统思考更多体现在同一时期没有被此书收录进来的其他文章中,因此并不容易引起读者的关注。再加上李长之有些重要的教育文章,至今仍然散佚于《李长之文集》(十卷本)[①],比如笔者首次从民国期刊

[①] 李长之:《李长之文集》(十卷本),河北教育出版社,2006年。

上发现的《谈通才教育》①。文献材料的不足自然也影响着人们对于李长之教育思想的了解。由于上述多种原因，李长之"中国文艺复兴"思想中有关"教育"方面的积极思考，一直处于"备受冷落"的状态。除了极少数文章在谈论李长之的美学思想时对于"审美教育"这一话题偶尔涉及②，有关李长之对"教育"话题的其他思考，几乎从未有人予以专门的探讨过。

因为缺少了"教育理想"这一重要板块，目前学界对于李长之"中国文艺复兴"思想的认识，显然是不完整的。有鉴于此，本书将在第四章的研究中，重点关注李长之在教育方面所作出的积极思考，深入阐释他对于"审美教育""大学教育""通才与专才教育"等问题的具体看法，并尝试探讨他的这些教育思考对于当下教育的启示。

在李长之有关"中国文艺复兴"的设想和规划之中，"审美教育"是铸造新个人、新社会的重要途径，在某种程度上承担着复兴中国传统审美文化的重要使命；"大学教育"则关系着"五四"新文化运动如何向"中国文艺复兴"运动的深化，以及"中国文艺复兴"的具体实践路径问题；至于"通才教育"与"专才教育"，更是涉及对中国传统教育与西方近现代以来教育的碰撞与反思，表现出李长之对于未来教育复兴的探索。可以看到，李长之有关教育的这些思考，正是他的"中国文艺复兴"思想不可或缺的组成部分，理应引起学界的高度关注与充分重视。

六、无人问津的科学理想

在李长之"中国文艺复兴"思想中，"科学"扮演着非常重要的角色，可谓他这一思想非常关键的学术基础。李长之有关"科学"话题的思考，从表面上看，主要围绕20世纪20年代的"科学与人生观"论战展开，但实际上承载的是中西文化的激烈交锋，从而与他的"中国文艺复兴"思想紧密相连、息息

---

① 李长之：《谈通才教育》，《教育短波》，1947年（复刊）第1卷第2期。
② 参见刘坛茹、包天花：《李长之的"美育救国"思想》，《现代语文》，2008年第10期；张迪平：《美善合——李长之审美教育理念论略》，《贵州文史丛刊》，2014年第4期；亓鹏：《李长之美学思想研究》，山东师范大学，2013年。

相关。

然而，因为有关李长之"中国文艺复兴"思想的研究长期依附于"文学与文化批评"而存在，所以不能归类于这一属性之下的"科学"自然不会受到重视。同时，也因为李长之在《迎中国的文艺复兴》一书中对科学话题的直接谈论并不多（他对此的深入论述主要出现在同一时期其他文章中），因此很难被发现。事实上，学界对于李长之有关"科学"话题的思考几乎没有予以关注和研究。在当前学界对于李长之"中国文艺复兴"思想的研究中，备受冷落的不仅是李长之的教育理想，他的"科学理想"也同样"无人问津"。

但倘若没有"科学理想"这一重要板块，学界有关李长之"中国文艺复兴"思想的认识，就显得残缺不全。有鉴于此，本书第五章将重点关注李长之在"中国文艺复兴"思想中有关"科学"话题的思考，具体关注他对于20世纪20年代的"科学与人生观"论战的重新评价，深入考察他对于"玄学派""科学派"的基本看法，以及对于"科学"自身特点等方面的论述，并由此探讨他的这些思考对于当今社会的重要启示。

20世纪30年代中期，李长之最初对于"玄学派"代表张君劢的看法表示理解与认同的时候，正是他有关"中国文艺复兴"思想的酝酿和准备时期。可以说，对于"玄学派"观点的认同，正好强化了他对于"儒学"的尊崇倾向，从而间接地奠定了"中国文艺复兴"思想的重要学术基础。六年之后，李长之再次关注"科学与人生观"论战，并转而对于"科学派"的观点有所理解和接受，这一看似简单的行为其实"暗藏玄机"。《科学对人生的启示》正与他当时评价"五四"新文化运动的文章构成"互文本"关系，从而进一步体现出他对于"五四"新文化运动的复杂态度。随后，当李长之热情地阐释自己有关"科学"的新见解与"科学"对于人生的重要启示时，他谈论的其实不仅是"科学"本身，而是蕴含了他在"中国文艺复兴"这一宏伟规划中对"科学理想"的热切期待。

七、研究材料与方法

本书在构思和写作的过程中，受到诸多材料与研究文献的启示，除了前面提到的多篇文献,还有一些重要的材料需要在此专门予以提及。

一是有关李长之思想、生活与学术的具体材料。于天池(李长之女婿)、李书(李长之次女)两位学者耗费了多年的时间和精力,广泛收集并整理了李长之的大量著述与文章,主编出版了《李长之文集》①,从而为笔者全面考察李长之的"中国文艺复兴"思想提供了可靠的基础。在《李长之文集》问世之后,这两位学者又挖掘和梳理出李长之与诸位现代学者的交往材料,并发表了大量相关文章,比如:《朱自清与李长之》(2007)、《李长之与宗白华》(2008)、《芳桂当年各一枝——李长之与巴金》(2010)、《李长之与周作人》(2011)、《尊前我自心相蘸——李长之与鲁迅》(2011)、《李长之与邓以蛰》(2011)、《李长之与梁实秋》(2012)、《李长之与罗家伦(上)》(2013)、《李长之与罗家伦(下)》(2013)、《李长之与胡适(上)》(2015)、《李长之与胡适(下)》(2015)、《李长之和老舍(上)》(2015)、《李长之和老舍(下)》(2015)②等。这些文章初步勾勒出李长之在民国时期学术与思想生活的立体画面,提供了很多与李长之"中国文艺复兴"思想密切相关的重要线索。另外值得一提的是,由于《李长之文集》的出版较晚,因此前面提到的许多重要研究文章,在写作的时候大都无缘见到这套文集,在某种程度上可能会制约他们的研究视野。同时,上述文章的发表更是近年来的事,所以学界尚未来得及充分关注。

二是有关德国文化方面的研究资料。李长之非常仰慕德国的古典文化,他的"中国文艺复兴"思想与德国古典文化之间也有着密切的关系。不仅如此,对李长之这一思想影响较深的中国学者,比如张君劢、宗白华,还有蔡元培等人的思想,也多与德国古典文化有着紧密的关联。因此,如何解读李长之及上述学者与德国文化之间的复杂关系,成为本书所关注的重要问题之一。在这方

---

① 李长之:《李长之文集》(十卷本),河北教育出版社,2006年。
② 这些文章依次发表于《文史知识》2007年第10期、《文史知识》2008年第12期、《人物》2010年第11期、《新文学史料》2011年第1期、《鲁迅研究月刊》2011年第5期、《文史知识》2011年第7期、《新文学史料》2012年第1期、《文史知识》2013年第6期、《文史知识》2013年第7期、《文史知识》2015年第2期、《文史知识》2015年第3期、《文史知识》2015年第4期、《文史知识》2015年第5期。

面，单世联的《反抗现代性：从德国到中国》(1998)、《辽远的迷魅：关于中德文化交流的读书笔记》(2008)、《中国现代性与德意志文化》(2011)① 等著作，还有叶隽的《现代学术视野中的留德学人》(2004)、《另一种西学：中国现代留德学人及其对德国文化的接受》(2005)② 等有关德国文化方面的著作，都让笔者获益良多。

在上述众多材料与研究文献的有力支持下，本书对李长之"中国文艺复兴"思想的研究，主要从以下两个方面展开论述：一是密切关注晚清以来，尤其是20世纪三四十年代有关"中国文艺复兴"等话题的论述情况，即"时代的文化氛围"，既包括普遍的时代文化思潮与环境，也包括李长之身边交往或关注的人物所形成的微型文化圈，借此考察李长之这一思想与时代文化之间的互动生态关系；二是深入考察李长之自身思想发展的内在逻辑与变化脉络，即"个体的思想演变"，既会涉及李长之的这一思想与他所思考的相关问题之间的紧密联系，也会涉及他有关这一思想的具体主张在不同时期的调整与变化。简言之，本书将会重点结合"时代的文化氛围"与李长之"个体的思想演变"这两条纵横交错的线索，深入考察李长之"中国文艺复兴"思想的形成、内容、特色与贡献等方面，同时积极探讨其对于当下文化建设所带来的重要启示与参考。

---

① 单世联：《反抗现代性：从德国到中国》，广东教育出版社，1998年；《辽远的迷魅：关于中德文化交流的读书笔记》，上海外语教育出版社，2008年；《中国现代性与德意志文化》，上海教育出版社，2011年。
② 叶隽：《现代学术视野中的留德学人》，同济大学出版社，2004年；《另一种西学：中国现代留德学人及其对德国文化的接受》，北京大学出版社，2005年。

第一章

中国文艺复兴的渊源与基础

——重塑文化自信与民族复兴

在《迎中国的文艺复兴》一书中，李长之正式提出了建设"中国文艺复兴"的宏伟构想，这一点已为学界所熟知。然而，李长之的"中国文艺复兴"思想究竟是如何形成的，他这一思想与20世纪三四十年代的各种文化思潮又有着怎样的关系，这些问题学界却很少关注。因此，本章将重点探讨李长之这一思想得以产生的现代学术渊源，既关注李长之这一思想与"中国文艺复兴""民族复兴""文化救国"等文化思潮之间的紧密联系，也将探讨其与张君劢的《民族复兴之学术基础》、冯友兰的"贞元六书"、宗白华的美学思想及其主编的《时事新报·学灯》、德国古典文化精神等之间重要的思想关联。可以说，李长之"中国文艺复兴"思想的最终产生，与上面的诸多因素有着密不可分的关系。与此同时，李长之也立足于自己的专业背景与独立思考，作出了新的拓展与贡献。

第一节 "中国文艺复兴""民族复兴"等文化思潮的影响

李长之"中国文艺复兴"思想的学术渊源，可以追溯至晚清时期就已经萌芽、20世纪三四十年代逐渐高涨的"中国文艺复兴"思潮。然而值得注意的是，李长之的"中国文艺复兴"思想并非只是对此思潮的直接继承，而是在深刻反思的基础上，对于这一话题重新定义与全面阐述，从而在某种程度上开启了"中国文艺复兴"叙述的另一种话语。从更广阔的层面看，李长之这一思想还可看作兴起于晚清、20世纪三四十年代达到高潮的"民族复兴"思潮的组成部分，他的很多想法与此密切相关。从微观的层面来讲，李长之这一思想也与抗日战争前后兴起的"文化建国"思潮有着非常直接的关联，他本身即是这一思潮的积极参与者。

一、"中国文艺复兴"思潮

有关"中国文艺复兴"话题的论述，最早可以追溯至晚清时期。根据罗志田在《中国文艺复兴之梦：从清季的"古学复兴"到民国的"新潮"》① 一文的研究可知，晚清至民国初期，梁启超、蒋方震、邓实等众多学者就开始在文章中广泛提及欧洲的"文艺复兴"运动，并纷纷使用"古学复兴""文学复兴"等术语来概括和论述"清代的学术"。

随着"五四"新文化运动的展开，以及1919年《新潮》（此杂志英文名为 the Renaissance，直译即"文艺复兴"）② 的创办，1922年美国学者王克私教授在胡适的帮助下完成了 Some Elements in the Chinese Renaissance 一文，首次将"由《新青年》杂志为其开端的新文化运动"称为"中国的文艺复兴"。然而，胡适似乎并不满意这篇文章，1923年他又写作了英文文章 The Chinese Renaissance③（《中国的文艺复兴》），认为"中国的文艺复兴"应当从宋代开始算起，明代的王学之兴是第二期，清代的学术是第三期，而近几年的新文化运动则是第四期。随着胡适1926年在欧美等地进行有关"中国文艺复兴"的系列演讲，欧美学界曾一度将胡适尊称为"中国文艺复兴之父"④。

从"五四"新文化运动至20世纪20年代末，胡适可以说是"中国文艺复兴"论述的重要主将，他最突出的贡献在于，把"五四"新文化运动明确定位于"中国文艺复兴"，正式开启了把"五四"与"中国文艺复兴"联系起来论述的先河。然而，胡适这一时期有关"中国文艺复兴"的系列演讲与文章都是

---

① 罗志田：《中国文艺复兴之梦：从清季的"古学复兴"到民国的"新潮"》，见《裂变中的传承：20世纪前期的中国文化与学术》，中华书局，2003年。
② 胡适在《胡适口述自传》（广西师范大学出版社2005年）指出，《新潮》杂志的英文名称之所以会定为"the Renaissance"（"文艺复兴"），正是深受他的影响。
③ 据胡适在1923年4月3日的日记中相关记载。见《胡适全集》（第30卷），季羡林主编，安徽教育出版社，2003年，第5-6页。
④ 参见《胡适全集》[第30卷·日记（1923—1927）]中有关1926年英文演讲的记载，也可参阅余英时《文艺复兴乎？启蒙运动乎？——一个史学家对五四运动的反思》（收录在《重寻胡适历程：胡适生平与思想再认识》广西师范大学出版社2004年）等相关论述。

用英文完成的，尽管这可能与中国当时复杂的文化环境有关①，可是如此一来，胡适有关"中国文艺复兴"的论述所产生的具体影响，就主要限于欧美社会各界的读者、听众与学者。也就是说，在20世纪20年代的中国学界，能够知晓胡适相关论述的学者可能并不多，其并未产生广泛的社会影响。

如果充分考虑到，在"五四"新文化运动前后一段较长的时间内，中国学界的主要任务还是激烈地批判传统文化的话，那么有关"五四"新文化运动是"中国文艺复兴"的说法，可能确实只是属于胡适等少数人的看法。根据笔者的粗略统计，20世纪20年代与"中国文艺复兴"相关的论文仅有三篇，分别为：《中西文艺复兴之异同》②（1928）、《东方文艺复兴之期望》③（1928）、《屈原与中国文艺复兴》④（1929）。其中，何基在《中西文艺复兴之异同》一文中，也明确指出近年来的"新文化运动""文学革命"正是"中国的文艺复兴"，基本看法似乎与胡适非常相似，但此文中并未提及胡适的名字。据此判断，何基可能并不知道胡适在上述英文著作中的相关论述。另外两篇文章对于"中国文艺复兴"的论述，则与"五四"新文化运动并没有什么直接的关联。这些文献材料也再次证明了上面的基本论断，即胡适把"五四"新文化运动视作"中国文艺复兴"这一看法，在20世纪20年代的中国学界，基本上还属于比较微弱的声音，远未构成当时学界的主流或共识。

受到政治、军事、文化等方面因素的综合影响，在20世纪三四十年代，中国学界才真正迎来有关"中国文艺复兴"讨论的高潮。这一时期国内出现了大量以"中国文艺复兴"为题的论文与专著，其谈论的热烈程度远远超过此前。然而，目前学界尚未对此展开系统的关注与研究。根据笔者的粗略统计，这一时期关于"中国文艺复兴"话题的论文有一百多篇，限于篇幅等原因，不能在

---

① 欧阳哲生：《中国的文艺复兴——胡适以中国文化为题材的英文作品解析》，《近代史研究》，2009年第4期；见于阿丽：《胡适"中国文艺复兴之父"称呼的由来及相关问题》，《关东学刊》，2016年第5期。
② 何基：《中西文艺复兴之异同》，《南开大学周刊》，1928年第61期。
③ 抱淑子：《东方文艺复兴之期望》，《救世旬刊》，1928年第14期。
④ 华林：《屈原与中国文艺复兴》，《革命》，1929年第99期。

此——展开讨论。同时，这一时期有关"中国文艺复兴"话题的专著主要有六本：陈安仁的《中国文化复兴之基本问题》①（1930）、穆超的《中国文化复兴问题》②（1934）、胡适的《中国文艺复兴》③（1934）、李长之的《迎中国的文艺复兴》④（1944）、顾毓琇的《中国的文艺复兴》⑤（1948）、冯大麟的《东方文艺复兴的展望——东西方文化之批判与指归》⑥（1948）。

值得关注的是，陈安仁的《中国文化复兴之基本问题》、穆超的《中国文化复兴问题》与冯大麟的《东方文艺复兴的展望》，这三本著作的题目使用了"中国文化复兴"或"东方文艺复兴"的说法，而并未使用"中国文艺复兴"这一概念。这中间其实有着微妙而重要的区别：选择"中国文化复兴"而不用"中国文艺复兴"，意味着其中多少隐含着某种狭隘的民族主义与复古主义的倾向；选择"东方文艺复兴"而不用"中国文艺复兴"，则意味着其中的现代国家民族意识还未充分觉醒。同时，上述三本著作的具体内容也证明的确如此。陈安仁《中国文化复兴之基本问题》、穆超《中国文化复兴问题》这两本书都是从文化的角度出发，重点谈论中国传统文化的诸种特点，而非专门讨论"中国文艺复兴"问题。冯大麟《东方文艺复兴的展望》一书的副标题为"东西方文化之批判与指归"，此书虽然论及"中国文艺复兴"的相关内容，但主要是从文化的角度对于东、西方文化予以批判性分析。此书共有十六章的内容，但仅在第一章《文化总论》与第十六章《明日之世界文化与中国文化》中，具体谈到了"五四"新文化运动、20世纪二三十年代的文化论争与"东方文艺复兴"等话题。因此，从严格的意义上来讲，上述三本著作并不能纳入有关"中国文艺复兴"的专门探讨之列。

这样一来，有关"中国文艺复兴"话题的正式研究性著作，就只包括如下

---

① 陈安仁：《中国文化复兴之基本问题》，上海：暨南大学，1930年。
② 穆超：《中国文化复兴问题》，正义社，1934年。
③ Hu Shih. *The Chinese Renaisssance*: *The Haskell Lectures* 1933, The University of Chicago Press. 1934.
④ 李长之：《迎中国的文艺复兴》，商务印书馆（重庆），1944年；商务印书馆（上海），1946年再版。
⑤ 顾毓琇：《中国的文艺复兴》，上海：中华书局，1948年。
⑥ 冯大麟：《东方文艺复兴的展望——东西方文化之批判与指归》，文通书局，1948年。

三本：胡适的《中国文艺复兴》(1934)、李长之的《迎中国的文艺复兴》(1944)、顾毓琇的《中国的文艺复兴》(1948)。值得一提的是，顾毓琇在《中国的文艺复兴》一书中，曾经简单梳理过学界有关"中国文艺复兴"的重要论述，他所重点关注的正是李长之、胡适两位学者的相关著述与文章。作为20世纪三四十年代"中国文艺复兴"思潮的亲历者，顾毓琇的这一梳理颇为可信，这正好从另一个角度证明了上述论断的成立。

胡适的《中国文艺复兴》(1934)一书仍为英文著作，是他1933年应邀参加芝加哥大学的哈斯克讲座（The Haskell Lectures）时，以"现代中国文化走向"为题所进行的六次英文讲座。在此书中，胡适依然把"五四"新文化运动看作真正的"中国文艺复兴"运动，与他在20年代写的英文文章中的观点基本一致。但与此前之英文著作不同的是，胡适的这一看法逐渐被中国学界知晓。这可能得益于胡适在香港大学进行的"中国文艺复兴"演讲，此次演讲由景冬记录并用中文发表，题为《中国文艺复兴（胡适博士在香港大学的演讲）》(1935)[①]。同时，这一看法的被接受也可能与蔡元培先生在相关文章中表达了相同的看法有一定的关系[②]。无论如何，在20世纪30年代的中期，中国学界已经逐渐知晓，并开始讨论胡适有关"中国文艺复兴"的论述了。

正因为如此，《迎中国的文艺复兴》中的《五四运动之文化的意义及其评价》(1942)一文中，李长之才专门指出，"五四"新文化运动"并非文艺复兴"[③]；并认为，"外国学者每把胡适誉为中国文艺复兴之父，我却不能不说是有点张冠李戴了"[④]。显然，李长之当时已经十分清楚，胡适把"五四"新文化运动定位于"中国文艺复兴"的这一看法，李长之并不认可这一观点。

[①] 景冬：《中国文艺复兴（胡适博士在香港大学的演讲）》，《人言周刊》，1935年第49期。
[②] 参见郭辉、吴敏：《"中国的文艺复兴"：蔡元培对新文化运动的一个独特定位》，《南京林业大学学报》，2010年第4期；唐丹丹：《简析蔡元培的"中国文艺复兴"观》，《哈尔滨学院学报》，2012年第10期。
[③] 李长之：《五四运动之文化的意义及其评价》，见《迎中国的文艺复兴》，《李长之文集》（第1卷），河北教育出版社，2006年，第18页。
[④] 李长之：《五四运动之文化的意义及其评价》，见《迎中国的文艺复兴》，《李长之文集》（第1卷），河北教育出版社，2006年，第19页。

李长之"中国文艺复兴"思想的产生，正是基于对胡适上述看法的深刻剖析与反思。在胡适（以及蔡元培）那里，"五四"新文化运动意味着"中国文艺复兴"运动的真正开始；但在李长之的理解中，"五四"新文化运动却仅是一场"启蒙运动"，并非"中国文艺复兴"。李长之认为，直到20世纪30年代的九一八事变之后，伴随着"中国本位文化"意识的觉醒，以及对中国传统文化的重新评价和认可，才迎来了真正意义上的"中国文艺复兴"。由此可见，李长之正是在深刻反思胡适有关"中国文艺复兴"看法的基础上，重新评价了"五四"新文化运动，并提出有关"中国文艺复兴"的另一种论述。

在某种意义上，胡适《中国的文艺复兴》可能代表了有关"中国文艺复兴"话题正式谈论的第一阶段，他首次开启了将"五四"新文化运动与"中国文艺复兴"联系起来的论述先河；而李长之的《迎中国的文艺复兴》则将这一话题的思考转入第二阶段，他重新阐释了"五四"新文化运动与"中国文艺复兴"的复杂关系，从而开启了有关"中国文艺复兴"论述的另一种话语。不仅如此，李长之的这一看法还可能直接影响了顾毓琇在《中国的文艺复兴》一书中的相关观点。

二、"民族复兴"思潮

"中国文艺复兴"思潮并非一个完全孤立的存在，它与范围更广阔、声势也更浩大的"民族复兴"思潮有着某种内在的联系。因此，从更广泛的层面上讲，李长之"中国文艺复兴"思想的产生，与"民族复兴"思潮有着十分密切的思想关联。

晚清之时，民族主义思潮已经开始酝酿和涌动，20世纪三四十年代，日本悍然发动了九一八事变，之后，"民族复兴"思潮才开始蓬勃发展，并迅速成为这一时期的文化主流。据郑大华《论中国近代民族主义的理论建构及其演变》[①] 一文的研究，中国近代民族主义的发展经历了清末民初、五四时期、

---

① 郑大华：《论中国近代民族主义的理论建构及其演变》，见高瑞泉主编：《民族主义及其他》，上海古籍出版社，2011年。

九一八事变至抗战结束这样三个阶段。其中，九一八事变之后是中国近代民族主义的高涨阶段，在这一时期，"民族复兴"思想被正式提出并形成一种影响广泛的社会思潮。

碰巧的是，李长之在《迎中国的文艺复兴》一书中倡导"中国文艺复兴"运动时，也明确把九一八事变作为"中国文艺复兴"运动正式产生的标志。在此书收录的《五四运动之文化的意义及其评价》一文中，李长之写道："'五四'文化运动的精神，事实上已渐渐结束。这种结束当以中日战争为段落。中日战争，不能从今天算起，算当算自'九一八'。大概中国学术的进步，自二十年以后，渐见精彩。"[1]而在此书收录的《中国文化运动的现阶段》一文中，李长之更是直接指出："'九一八'是中国另一个文化运动的前奏号音。我们要回到中国来！作为代表的意义的，这就是后来十教授'中国本位'文化运动宣言。"[2]

九一八事变不仅被郑大华视作"民族复兴"思潮产生的标志，也被李长之追溯为"中国文艺复兴"运动的诞生标志，这可能并非一种巧合或偶然。这充分意味着，李长之"中国文艺复兴"思想与"民族复兴"思潮一样，都产生于20世纪中华民族危机最为深重的时刻，背后同样有着强烈的"国家民族复兴"的主题诉求与愿望。在这个意义上，李长之的"中国文艺复兴"思想正是20世纪三四十年代"民族复兴"思潮的有机组成部分。

同时值得关注的是，郑大华在文中具体论述"民族复兴"思潮的产生时，首先提出的是"1932年5月北平创刊的《再生》杂志"[3]，该杂志不仅首次明确提出"民族复兴"主张，还制订了"民族复兴"的系统方案。在随后列举的以"民族复兴"为内容的书籍时，郑大华所列举的第一本著作是张君劢的《民

---

[1] 李长之：《迎中国的文艺复兴》，《李长之文集》（第1卷），河北教育出版社，2006年，第25页。
[2] 李长之：《迎中国的文艺复兴》，《李长之文集》（第1卷），河北教育出版社，2006年，第53页。
[3] 郑大华：《论中国近代民族主义的理论建构及其演变》，见高瑞泉主编：《民族主义及其他》，上海古籍出版社，2011年，第45页。

族复兴之学术基础》①。可以看到，在20世纪三四十年代"民族复兴"思潮的形成过程中，《再生》杂志与《民族复兴之学术基础》一书都扮演着十分重要的角色。

有必要补充的是，《再生》杂志的主要创始人与日后负责该杂志的主编，都是张君劢先生。九一八事变之后，面对日益严重的民族危机，为了唤醒中国人的爱国精神与民族自信，张君劢在1932—1935年不辞辛苦、风尘仆仆地奔赴全国各地进行演讲，这些演讲文章都发表在《再生》杂志上，随后结集出版，书名为《民族复兴之学术基础》。这些材料表明，张君劢正是20世纪三四十年代"民族复兴"思潮中非常重要的一位学者。在某种意义上，是张君劢最先举起了"民族复兴"的文化旗帜，并把自己的主要精力都放在"民族复兴"事业上，从而成为这一文化思潮的中坚力量。

迄今为止，学界尚未注意到，李长之其实是《再生》杂志多年的忠实读者，并对张君劢的渊博学识与独特个性深表佩服。1936年，他还曾专门为张君劢的《民族复兴之学术基础》一书撰写了同名的书评文章，对于书中的诸多观点都表示出热烈的赞同。② 从某种角度上说，李长之"中国文艺复兴"思想的最终形成，可能与这一时期高涨的"民族复兴"思潮有着很大的关系，尤其与张君劢主编的《再生》杂志与《民族复兴之学术基础》一书，有着极为深刻而直接的思想渊源关系③。

在肯定中国传统文化的重要价值方面。在《民族复兴之学术基础》一书中，张君劢首先从文化的"民族性"角度出发，对中国传统文化的独特价值表达了肯定与赞赏。他指出，"甲国在世界史上有甲种贡献，乙国在世界史上又有乙种贡献，此可谓为民族文化或曰民族思想"④。在他看来，世界各国的学术、

---

① 郑大华：《论中国近代民族主义的理论建构及其演变》，见高瑞泉主编：《民族主义及其他》，上海古籍出版社，2011年，第46页。
② 李长之：《民族复兴之学术基础》，《自由评论》，1936年第15期；此文同时还刊登在《宇宙》（香港），1936年第10期；收录于《李长之文集》（第4卷）。
③ 详见于阿丽：《张君劢与李长之的"中国文艺复兴"思想》，《中北大学学报》（社科版），2020年第2期。
④ 张君劢：《思想的自主权》，见《民族复兴之学术基础》，中国人民大学出版社，2006年，第94页。

政治与文化都受到本国的地理、历史等因素的深刻影响,由此而形成的民族特性是很难摆脱的。随后,他列举英国与德国的例子进一步指出,世界各国的"特殊思想",才真正是他们"对于世界文化之特殊贡献"①。这样一来,他自然就转向了对于中国传统文化的肯定:"中华民族在过去数千年的世界史中,有其特长,如中国人对于宗教的态度,如中国哲学之注重人生与身心的修养,如中国之写意画,如中国建筑之简朴而美观,皆为西方人所称道。"②不仅如此,他还认为,随着世界各国文化交流日趋紧密,各个国家文化的民族性特点并不会因此而消失,反而会得到进一步的增强,他将之称为"世界文化中各民族之本位"③。可以说,借助于文化的"民族性"这一视角,张君劢有力地肯定了中国传统文化在世界上的独特价值与重要贡献。

上述张君劢对待中国传统文化的态度,在某种程度上潜在地影响到了李长之。在《迎中国的文艺复兴》一书中,李长之同样谈论到了文化的"民族性"问题。他不仅明确地指出,只要谈论文化问题,就"不能忽略民族性";还进一步强调了"民族性"的重要性与独特性,认为它是"精神史上的一些元素""像化学上不可再分析的一些元素然"④。随后,他具体引用了纳德勒《德国种族的和地域的文学史》一书中的诸多观点,来进一步加以论证。在李长之看来,"传统"("民族性")的力量是"决不可轻估的",也许"民族性"在形成的过程中夹杂着一些偶然因素,但是一经形成之后,便具有了"决定的力量"⑤。可以看出,与张君劢相似,李长之也同样非常注重"民族性"在文化领域的重要作用,而且从自己的专业角度出发,对此作出了进一步的阐释。

在建立民族自信方面。在《民族复兴之学术基础》一书中,张君劢格外地重视"民族自信"的培养,认为这是现代民族国家赖以建立和生存的重要基

---

① 张君劢:《思想的自主权》,见《民族复兴之学术基础》,中国人民大学出版社,2006年,第95页。
② 张君劢:《思想的自主权》,见《民族复兴之学术基础》,中国人民大学出版社,2006年,第95页。
③ 张君劢:《中外思想之沟通》,见《民族复兴之学术基础》,中国人民大学出版社,2006年,第111页。
④ 李长之:《论如何谈中国文化》,见《迎中国的文艺复兴》,《李长之文集》(第1卷),河北教育出版社,2006年,第10页。
⑤ 李长之:《论如何谈中国文化》,见《迎中国的文艺复兴》,《李长之文集》(第1卷),河北教育出版社,2006年,第11页。

础。他曾明确地将"民族自信"与"民族建国之大业"二者紧紧地联系在一起。指出:"民族之自信心、自尊心,而间接推动民族建国之大业。"①与此同时,"民族自信"的培养与对"中国传统文化"的尊重是不能分开的。他指出:"要知一国之人,不尊重本国文化,不相信自己的思想家,便等于自己不相信自己,自己不相信自己,则不能为人。岂有一国人民,不尊重自己文化而可以立国的。"② 在此基础上,他发出真诚的呼吁,"中国民族万不可菲薄自己"③。可以看出,借助"民族自信"这一中间媒介,张君劢其实把"复兴中国传统文化"与"现代民族国家的建立"二者有效地联系了起来。

在对于"民族自信"的重视与培养等问题上,李长之深受张君劢上述观点的影响,他与张君劢的看法基本上一致。李长之在《迎中国的文艺复兴》一书中特意声明,在谈论中国传统文化时,"不要预存主奴之见"④。换句话说,应当具有对于中国传统文化的"民族自信",要有平等的心态,不要怀有奴隶心态。他明确指出:"妄自尊大固然不好,处处觉得下人一等也不必",并认为"处处觉得低人一等"其实就是一种"'高等华人式'的姿态",甚至意味着"一种洋奴的身份"⑤。在李长之看来,最重要的是做到"公平":"对别人公平,对自己也要公平。"⑥也就是说,既要尊重世界各国文化的重要价值,也要充分肯定中国传统文化的独特贡献,能运用"公平"的眼光来审视中国与世界各国的文化,做到"一视同仁"。

又如,在吸收西方文化方面。张君劢热情肯定"中国传统文化"、积极建立"民族自信",在《民族复兴之学术基础》一书中,张君劢也一再呼吁应当

---

① 张君劢:《民族复兴之学术基础·绪言》,见《民族复兴之学术基础》,中国人民大学出版社,2006年,第4页。
② 张君劢:《思想的自主权》,见《民族复兴之学术基础》,中国人民大学出版社,2006年,第97页。
③ 张君劢:《思想的自主权》,见《民族复兴之学术基础》,中国人民大学出版社,2006年,第97页。
④ 李长之:《论如何谈中国文化》,见《迎中国的文艺复兴》,《李长之文集》(第1卷),河北教育出版社,2006年,第7页。
⑤ 李长之:《论如何谈中国文化》,见《迎中国的文艺复兴》,《李长之文集》(第1卷),河北教育出版社,2006年,第7页。
⑥ 李长之:《论如何谈中国文化》,见《迎中国的文艺复兴》,《李长之文集》(第1卷),河北教育出版社,2006年,第7页。

"大力吸收西方文化"。他清醒地意识到，未来世界文化之间的联系将愈加紧密，甚至呈现出某种"一体化"趋势，即所谓"世界文化之一体"①，因此中国当然应当大力吸收其他国家的文化。从学术的角度出发，中国应该"大开门户不分界域"，不仅关注西方的"近代著作"，对于"希腊罗马之文化"，亦同样"不可忽视"②。在他看来，"五四"新文化运动以来，中国对西方文化的接受其实是片面的。有人指责中国"青年太注重外国语""太多读外国书"，他却坚定地认为，青年的主要问题并不在于"其外国智识太多"，而在于"其外国智识之浅薄与一偏"③，所以应当"劝其多读外国书"，并且对西方文化展开"深切之研究"，而绝不是"以其多读外籍为病而阻止"④。不仅如此，他还进一步认为，多吸收西方文化有助于更好地理解中国传统文化，所谓"兼通本国旧事""增进吾国人对于本国事情之了解"⑤；甚至认为，西方文化对于中国，正如同"医家之'血清'"，可以"去毒"，可以"强身"，最终目的在于"振起吾国文化"⑥。可以说，张君劢在此创造性地将"复兴中国传统文化"与"吸收西方文化"这两个看似充满矛盾的主张紧密地联结在了一起。

李长之日后同样高举着"复兴中国传统文化"与"大力吸收西方文化"这"两面旗帜"，这也是他与"国粹派""复古派"明显区别开来的重要标志。尽管他有可能受到了多方面复杂因素的影响，但张君劢的影响肯定是其中不可忽视的重要原因，他曾明确指出张君劢有关青年应当"多读外国书"是"有益的针砭"⑦。

在《迎中国的文艺复兴》一书中，李长之同样清醒地意识到了"西方文化"的重要作用，尤其是其对于理解"中国传统文化"的必要性。他明确地声

---

① 张君劢：《中外思想之沟通》，见《民族复兴之学术基础》，中国人民大学出版社，2006年，第111页。
② 张君劢：《中外思想之沟通》，见《民族复兴之学术基础》，中国人民大学出版社，2006年，第112页。
③ 张君劢：《中外思想之沟通》，见《民族复兴之学术基础》，中国人民大学出版社，2006年，第113页。
④ 张君劢：《中外思想之沟通》，见《民族复兴之学术基础》，中国人民大学出版社，2006年，第113页。
⑤ 张君劢：《中外思想之沟通》，见《民族复兴之学术基础》，中国人民大学出版社，2006年，第113、114页。
⑥ 张君劢：《中外思想之沟通》，见《民族复兴之学术基础》，中国人民大学出版社，2006年，第114页。
⑦ 李长之：《民族复兴之学术基础》，见《李长之文集》（第4卷），河北教育出版社，2006年，第135-136页。

称，要想谈论"中国文化"，就"必须先懂西洋文化"①。他还深刻阐明了其中的原因，只有彻底了解"西方文化"，才能为评价"中国传统文化"寻找到一个最有效的文化参照体系，真正区分清楚"何者是一般的现象""何者是中国所特有的现象"②，从而在世界文化的背景上，发现中国传统文化所具有的重要地位与独特价值。在李长之看来，必须获得"西方文化"的参照视野，才能分辨清楚"哪些现象是我们可傲的""哪些现象是我们可以解嘲的"。换句话说，"单为树立对于自己的文化的自信计，也需要先知道西洋文化演进的一般状况。"③可以说，李长之与张君劢的观点几乎是"一脉相承"，他们都试图揭示出一个富有悖论性的真理："大力吸收西方文化"与"复兴中国传统文化"这两个看似冲突的文化主张，其实完全可以"并行不悖"，甚至是"相得益彰"，乃至"缺一不可"的。

还如，在培养国家民族意识的方面。在《民族复兴之学术基础》一书中，张君劢犀利地指出，中国传统文化存在一个重要的欠缺，即缺乏现代的"国家民族意识"，而这一意识是欧洲各国迅速崛起的基本原因，这也正是现代中国最应当建立和培养的重要意识。他认为，东西政治思想的重要差异，在于是否具有"国家团体观念""东方无国家团体观念"，但是"西方有国家团体观念"④；中国人从来没有养成"以国家为中心的政治观念"，依然生活于"中世纪的世界观念樊笼之下"⑤。在他看来，"民族"是由于民族、语言、历史、风俗、地理等因素相同而形成的自然概念，"国家"则是由于共同的善恶是非标准而形成的发号施令的主体，是一个价值概念。因此，"民族"若想对外有力量，必

---

① 李长之：《论如何谈中国文化》，见《迎中国的文艺复兴》，《李长之文集》（第1卷），河北教育出版社，2006年，第10页。
② 李长之：《论如何谈中国文化》，见《迎中国的文艺复兴》，《李长之文集》（第1卷），河北教育出版社，2006年，第10页。
③ 李长之：《论如何谈中国文化》，见《迎中国的文艺复兴》，《李长之文集》（第1卷），河北教育出版社，2006年，第10页。
④ 张君劢：《东西政治思想之比较》，见《民族复兴之学术基础》，中国人民大学出版社，2006年，第115页。
⑤ 张君劢：《中华新民族性之养成》，见《民族复兴之学术基础》，中国人民大学出版社，2006年，第203页。

须形成一个"国家",即所谓的"民族国家",否则在世界上将毫无竞争生存的能力。他还指出,"民族国家"应当包括以下内涵:"(一)国家之存在理由(Raison d'etre)在一切之上;(二)个人利益应因国家之利益而牺牲;(三)国难之日,以举国一致之态度待外国,不得逞私人意气之争。"①不仅如此,他还论述了德意志民族国家观念的形成,指出当时的德国学者"想种种方法来提高民族自信心"②。换句话说,"民族国家"观念的养成并非"自然而然"的事,它需要有识之士有意识地加以提倡。他希望中国能够从中获得经验,早日形成现代"民族国家"的观念。可以说,张君劢的《民族复兴之学术基础》一书,正是有意识地培养"民族国家意识"的重要尝试。

张君劢格外强调"国家民族意识",给李长之留下了非常深刻的印象,直接影响到他《迎中国的文艺复兴》一书的创作。与此同时,李长之也积极地展开了新的探索与思考。他认为,当时中国"一般国民的国家意识和民族意识都不够",不仅是"应付当前的国难不够",而且连"一个现代国民之起码的应有的国家意识和民族意识"也不够③。在李长之看来,"国家民族意识"的培养不能单靠"顺其自然",必须"有种种设计而后可"④,并为此费尽心思地设计出了十项具体可行的方案,并洋洋洒洒地用近五页的篇幅(约4300字)来展开详细说明。有关这十项具体方案的优劣与否,这里先暂时不予分析,单就这十项方案本身,已经能真切地感受到李长之对于"国家民族意识"培养的高度重视,以及他在这方面所作出的重要努力。

在第二项方案"造成舆论"中,李长之还详细地阐述了他对于"爱国主义""国家民族意识"等问题的认识。他明确指出:

---

① 张君劢:《东西政治思想之比较》,见《民族复兴之学术基础》,中国人民大学出版社,2006年,第121页。
② 张君劢:《中华新民族性之养成》,见《民族复兴之学术基础》,中国人民大学出版社,2006年,第212页。
③ 李长之:《精神建设:论国家民族意识之再强化及其方案》,见《李长之文集》(第1卷),河北教育出版社,2006年,第104页。
④ 李长之:《精神建设:论国家民族意识之再强化及其方案》,见《李长之文集》(第1卷),河北教育出版社,2006年,第105页。

>>> "中国文艺复兴"理想大厦的构建

  我们要相信绝对的爱国主义。爱国就要绝对地。舆论界应该时时作一种动员的准备,只要有机会,就要向国民阐说爱国爱家爱民族乃是一种崇高的道德,因为这包括着牺牲小我而顾全大我;就要向国民阐说个人的生命是有限,民族的生命是不朽的;就要向国民阐说爱国爱家爱民族是无条件无理由,像爱父母一样,只有奉献自己而无所谓索取代价的;就要向国民阐说凡看任何事件须有一个独立的国家的立场,既不得没有立场,也不得站在别的国家的立场。我们不是偏狭,但是要巩固自己,要对自己公平。①

  这些论述代表着李长之对于"国家民族意识"内涵的具体理解,他将之称为"绝对的爱国主义",并阐述了其所包含的四方面含义:第一,牺牲小我而顾全大我;第二,民族生命的不朽;第三,无条件、无理由、不求回报;第四,必须站在国家的立场。将之与张君劢此前对于"民族国家"的阐释进行比照,不难发现,李长之几乎全部采纳了张君劢对这一概念内涵的解释,并作出了进一步的思考与发挥,如增加了"无条件无理由""无所谓索取代价"等内容。正因如此,李长之的口吻似乎显得更加彻底和绝对,也许他内心对于"国家民族意识"的渴求更迫切些吧!毕竟张君劢当年写作《民族复兴之学术基础》是在九一八事变之后,而李长之构思《迎中国的文艺复兴》却已经是在卢沟桥事变之后,此时中国的形势远比先前严酷和惨烈很多。

  李长之不仅强调了"国家民族意识"对于中国的重要性与迫切性,还进一步阐释了"国家民族意识"与"中国文艺复兴"之间的紧密关系。他一方面指出"为树百年大计,我们有再强化国家民族意识的必要"②;另一方面认为"这

---

① 李长之:《精神建设:论国家民族意识之再强化及其方案》,见《李长之文集》(第1卷),河北教育出版社,2006年,第105页。
② 李长之:《精神建设:论国家民族意识之再强化及其方案》,见《李长之文集》(第1卷),河北教育出版社,2006年,第109页。

一步基础到了，然后我们可以迎我们的'文艺复兴'"①。可以看到，在李长之有关"中国文艺复兴"思想的规划中，"国家民族意识"是非常重要的前提和基础。在某种意义上，强烈的"国家民族意识"可能正是李长之"中国文艺复兴"思想赖以实现的重要条件，倘若这一基础没有培养和建立起来，"中国文艺复兴"思想的实现就会变得"遥不可及"。

总而言之，张君劢的《民族复兴之学术基础》一书对于李长之"中国文艺复兴"思想的形成，有着广泛而深入的影响，甚至在很多问题上都直接激发了李长之的相关思考。尽管目前学界还未留意到这点，但张君劢对于李长之的重要影响显然不容低估。同时，李长之立足于自己的专业领域进行了独立思考，也作出了重要的开拓与贡献，体现出对张君劢相关思想的深化与发展，从而有力地汇入了20世纪三四十年代的"民族复兴"文化思潮，成为其中不可忽视的重要力量。

三、"文化建国"等思潮

除了前面谈到的"中国文艺复兴""民族复兴"思潮之外，李长之的"中国文艺复兴"思想还与20世纪三四十年代，尤其是抗日战争前后的文化语境有着非常密切的联系。在这方面，需要重点关注一下当时知识界形成的"文化建国"共识，这正是李长之"中国文艺复兴"思想得以产生的前提。同时，也有必要简单提及"新启蒙运动""战国策派"等文化运动，它们虽然与李长之的"中国文艺复兴"思想大约产生于同一时期，但彼此的思想倾向并不一致，有着十分复杂的关系。

卢沟桥事变之后，学界出现了有关"文化建国"/"学术建国"的主张。在蔡乐苏主编的《中国思想史参考资料集》（晚清至民国卷）一书中，收录有贺麟的《抗战建国与学术建国》（1938年5月）一文。贺麟在此文中，高度肯定国民党临时全国代表大会宣布的"抗战建国"这一中心国策，并指出这是"民族复兴的契机"，同时他还明确提出"学术建国"与"文化建国"等重要主

---

① 李长之：《精神建设：论国家民族意识之再强化及其方案》，见《李长之文集》（第1卷），河北教育出版社，2006年，第109页。

张，认为抗战的真正胜利"必是学术文化的胜利"，抗战最后完成的建国"必应是学术的建国"①。其实，贺麟所提出的"学术建国"与"文化建国"的主张，代表着当时学界众多有识之士的普遍心声。在某种程度上，这正为李长之"中国文艺复兴"思想的产生营造了一种良好的文化氛围。

几乎与贺麟的上述文章同时，李长之也提出了与"学术建国"或"文化建国"相似的主张，只不过他使用的是"文化国防"这一语词。在《迎中国的文艺复兴》一书所收录的《国防文化与文化国防》（1938年6月）一文中，李长之写道："现在我们有一种很好的觉醒，就是所谓在抗战中建国。其意义无异于说，我们在非常时期中，就同时把常时的许多经久大业，也一并完成起来。这实在是应当的。文化应当是这许多经久大业之一，而且应当是其中最重要的之一。"②在此文的结尾，李长之更是明确地写道："在抗战中建国，在建设我们的国防文化中，建设我们的文化国防。"③在《迎中国的文艺复兴》一书收录的所有文章中，此文是写作时间最早的一篇。这充分表明，李长之是在清醒地意识到应当在抗日战争年代里建设"文化国防"或"文化建国"的情况下，才热情地投入随后多篇有关"中国文艺复兴"文章的具体写作中。在这一意义上，李长之的"中国文艺复兴"思想正是他对于当时知识界"文化建国"思想的热烈响应，他还为此进行了很多出色的文化实践。

有必要指出的是，李长之虽然热情地赞同"文化建国"的主张，但并不意味着他对于打着"文化建国"旗号的那种"狭隘民族主义"的接受。在蔡乐苏主编的《中国思想史参考资料集》（晚清至民国卷）一书中，还收录有胡秋原的《中国文化之将来及其复兴之路》（1938年12月）一文。在此文中，胡秋原一面声称要"使文化帮助抗战建国之事业"，一面又高扬"民族主义"的立场，

---

① 贺麟：《抗战建国与学术建国》，见蔡乐苏主编：《中国思想史参考资料集》（晚清至民国卷·下编），清华大学出版社，2005年，第530、531、532页。
② 李长之：《国防文化与文化国防》，见《迎中国的文艺复兴》，《李长之文集》（第1卷），河北教育出版社，2006年，第15页。
③ 李长之：《国防文化与文化国防》，见《迎中国的文艺复兴》，《李长之文集》（第1卷），河北教育出版社，2006年，第17页。

认为"要有为民族所有,为民族所造,为民族所用的文化""一切非民族反民族的文化我们要拒绝"①,并由此高呼中国传统文化的"复兴"。胡秋原日后还写作了《民族文学论》(1943)一书,更加详细地阐述了自己的上述主张。在某种程度上,对"民族主义"的绝对强调,使胡秋原的文化主张具有了某种"狭隘民族主义"的倾向,而这一点正是李长之所极力反对的。李长之曾为胡秋原写过一篇同名的书评文章《民族文学论》(1944),他在文中明确表达了对胡秋原的"民族文学"主张及其"狭隘民族主义"立场的批评,认为胡秋原"对于旧的残渣太宽容",而"对新文学运动毫无信心与诚意",并声称自己依然坚持"五四"新文化运动的立场。②

在20世纪三四十年代"民族复兴""文化建国"等时代文化思潮的裹挟之下,主张复兴中国传统文化的大有人在,自然不免有些"鱼龙混杂"。事实上,李长之"中国文艺复兴"思想的产生,不仅深深受惠于其中某些积极而健康的思想,同样也是与"狭隘民族主义""国粹者""复古者"不懈斗争的结果。

同时,在20世纪30年代中期至40年代初期,学界还曾广泛兴起了"新启蒙运动",该运动的倡导者认为,"五四"新文化运动是一场"启蒙运动",声称要继续高举"五四"新文化"打倒孔家店"的旗帜,进行一场更为彻底的"新启蒙运动"。有很多研究已经指出,这场"新启蒙运动"是左翼运动的某种延续,其主旨是为了推动唯物辩证法的普及,有着鲜明的革命导向③。

大概地讲,这场"新启蒙运动"与李长之的"中国文艺复兴"思想之间,有着一种非常奇妙的"既陌生而又熟悉"的关系,他们原本"毫不相关",但是同样使用了"启蒙运动"的说法去评价"五四"新文化运动。最早发现并阐明这种关系的,是余英时在20世纪90年代的文章《文艺复兴乎?启蒙运动

---

① 胡秋原:《中国文化之将来及其复兴之路》,见蔡乐苏主编:《中国思想史参考资料集》(晚清至民国卷·下编),清华大学出版社,2005年,第535页。
② 李长之:《民族文学论》,见《李长之文集》(第4卷),河北教育出版社,2006年,第215页。
③ 参见余英时《文艺复兴乎?启蒙运动乎?——一个史学家对五四运动的反思》,收录在《重寻胡适历程:胡适生平与思想再认识》(广西师范大学出版社2004年),以及李亮《扬弃"五四":新启蒙运动》(上海三联书店2012年)与单世联《中国现代性与德意志文化》(中)(上海人民出版社2011年)中的相关论述。

乎？——一个史学家对五四运动的反思》。余英时指出，李长之认为"五四"是一场"启蒙运动"，"跟马克思主义的新启蒙运动毫无关联，而是基于完全不同的理由。他是要颂扬文艺复兴，贬低启蒙运动。"①也就是说，虽然民国时期的"新启蒙运动"者与李长之都把五四运动评价为"启蒙运动"，但是二者有着根本的不同。正是由于这个原因，虽然李长之并不是最早提出了五四运动是一场"启蒙运动"的观点，但他有可能是第一个站在纯粹的文化与学术立场上，把"五四"新文化运动定位于"启蒙运动"的学者，自有其不可替代的重要贡献。

此外，在20世纪40年代初中国西南的大后方，还曾出现了"战国策派"。有学者指出，"战国策派"是"中国民族危机空前深化的产物"②，其主要成员包括林同济、陈铨、雷海宗等人，他们创办了《战国策》半月刊，随后还在《大公报》上开辟了《战国副刊》，重点从德国的狂飙运动、浪漫主义等运动中获得灵感，致力于战时的文化重建。

对于"战国策派"的相关理论与主张，李长之曾经简单谈论过自己的看法，他基本上对其持否定与批判的态度，这主要体现在他对于欧阳凡海《文学评论》一书所写作的书评《文学评论》（1944）之中。李长之指出："战国派的理论，一方面既不正确，另方面则是伪，伪尤不可恕。既提倡'狂飙'（？），又叫人'选择'，这书的作者直然拆穿它说是装模作样，说是只是用语上的退路，这是一点也不错的。"③其实，在思考和寻找中国文化的建设之路时，李长之与"战国策派"同样把目光投向了德国文化资源，但李长之选择了从德国古典文化中汲取灵感，并由此主张"中国文艺复兴"，而"战国策派"则更倾向于选择德国狂飙运动，并因此而提倡"战国理论"。在某种程度上，可能是由于"战国策派"有些过度张扬"力"的一面，缺乏"美"的一面，从而与李长之在"中国文艺复兴"思想中同时提倡"力"与"美"的观念有所冲突，才导致了李

---

① 余英时：《文艺复兴乎？启蒙运动乎？——一个史学家对五四运动的反思》，见《重寻胡适历程：胡适生平与思想再认识》，广西师范大学出版社，2004年，第255页。
② 高立克：《中国现代国家主义思潮的德国源头》，见高瑞泉主编：《民族主义及其他》，上海古籍出版社，2011年，第68页。
③ 李长之：《文学评论》，见《李长之文集》（第4卷），河北教育出版社，2006年，第153页。

长之对于"战国策派"的理论有着较为明显的排斥与否定。

当然，由于李长之对于"战国策派"的上述评价只出现在一篇书评文章中，因此学界至今对此尚未关注。并且，由于上述评价只是李长之主要针对欧阳凡海的观点而发表的一些感慨，未必能真实地代表他对"战国策派"的全面评价。然而即便如此，李长之与"战国策派"的文化主张之间也并未产生太多的思想共鸣，这一点大致是可以确定的。

总而言之，李长之的"中国文艺复兴"思想并非孤立地存在，它与20世纪三四十年代的"中国文艺复兴""民族复兴""文化建国"等文化思潮及相关的文化主张有着十分紧密而复杂的关系。可以说，这些正是李长之"中国文艺复兴"思想赖以产生的具体语境与文化氛围，对他产生了不可估量的重要影响。与此同时，李长之的"中国文艺复兴"思想也积极参与并汇入这些思潮当中，从而成为现代中国文化思潮的重要组成部分。

第二节 冯友兰"贞元六书"的影响

李长之在20世纪30年代就读于清华大学哲学系时，冯友兰先生正好担任着相关课程的讲授工作。李长之后来在文中坦承，自己"获益于吾师冯芝生先生者至多"[1]，并由衷地表达了对于恩师孜孜教诲的真诚感谢。抗日战争全面爆发以后，冯友兰到了昆明的西南联大，李长之则辗转到重庆中央大学。尽管师生分隔两地，但他们同为宗白华先生所主编的《时事新报·学灯》的重要撰稿人，仍可以互相知晓对方的学术消息。冯友兰这一时期创作的"贞元六书"[2]

---

[1] 李长之：《西洋哲学史·自序》（1940），见《西洋哲学史》，《李长之文集》（第10卷），河北教育出版社，2006年，第4页。

[2] "贞元六书"：是冯友兰在抗日战争时期所写作的六本哲学专著的合称，包括《新理学》《新事论》《新世训》《新原人》《新原道》《新知言》，然而这一说法可能直到冯友兰晚年在《三松堂自序》（1981）中才开始明确提出。冯友兰在概括自己哲学活动时曾写道："第三时期是从1936年到1948年，其代表作就是抗战中写的那六本书，日本已有书店把它们合印为一部书，题为《贞元六书》。"[参见《冯友兰文集》（第一卷），长春出版社，2008年版，第128页。]大约从此以后，"贞元六书"的说法逐渐盛行。

陆续出版时，作为该套丛书的热情读者，李长之早早就撰写了有关"贞元三书"①的书评文章，并以"附录"的形式，将它们收录在自己的《迎中国的文艺复兴》（1944）一书中。

相关材料的研究表明，冯友兰先生的"贞元六书"及其相关著作，对于李长之的"中国文艺复兴"思想产生了非常重要的影响。同时，李长之也积极地展开独立的思考与探索，从而与冯友兰先生进行学术思想的对话、交流与碰撞。

一、"接着而不是照着"：对于冯友兰"贞元三书"的接受

冯友兰的"贞元六书"在20世纪40年代就广受社会各界的热切关注，李长之更是接受了书中某些思想的深刻影响，这较为充分地体现在《迎中国的文艺复兴》一书所收录的《评〈新理学〉》（1942年9月5日）、《五四运动之文化的意义及其评价》（1942年4月28日）等文章之中。大体而言，李长之对于冯友兰相关思想的接受，主要集中于《新理学》中对于宋明理学，以及中国传统文化所采取的"接着而不是照着"这一态度，也可称为在"有所继承"基础上再"有所发现和创造"的精神，这正是贯穿李长之"中国文艺复兴"思想的核心精神。

在《新理学·绪论》中阐明"新理学"一书的命名时，冯友兰曾明确指出："我们是'接着'宋明以来底理学讲底，而不是照着宋明以来底理学讲底"②。冯友兰"接着而不是照着"的这一文化姿态，在20世纪40年代获得了学界颇为一致的认可与好评③，李长之在评价《新理学》一书出现的重要意义时，最为看重和赞赏的也正是这一点。李长之指出："接着不是照着，这就是本

---

① "贞元三书"：是冯友兰在抗日战争时期先出版的三本哲学专著的合称，包括《新理学》《新事论》《新世训》。当年冯友兰在《新世训·自序》中曾经明确地称这三本书"合名曰《贞元三书》"。[参见《冯友兰文集》（第四卷），长春出版社，2008年版，第253页。] 李长之在书评文章中，也沿袭了这一说法。
② 冯友兰：《新理学·绪论》，见邵汉明编选：《冯友兰文集》（第四卷），长春出版社，2008年，第4页。
③ 参见郑家栋、陈鹏编：《解析冯友兰》一书所收录的贺麟《冯友兰的新理学》（1947）、朱光潜《冯友兰先生的〈新理学〉》（1941）、洪谦《论〈新理学〉的哲学方法》（1944）等文中对此的相关评价，社会科学文献出版社，2002年，第41页、第43页、第55页。

书出现的意义之一,而且是重要的意义之一。"①并进一步认为:"接着者,是它有所继承;不是照着者,是它有所发现。"②可以看到,冯友兰先生在对待宋明理学时"接着而不是照着"、"有所继承"又"有所发现"的这一态度,深得李长之的肯定与赞赏,他也从中领悟到了对待中国传统文化的理性态度。

在李长之看来,这种"接着而不是照着"的态度与冯友兰"有所继承"而又"有所创造"的历史观有重要的关联。冯友兰认为:"一新底社会之出现,不是取消一旧底社会,而是继承一旧底社会。"③也就是说,新社会与旧社会之间并非一种绝然的断裂关系,而首先是一种"继承"关系,同时也意味着在"继承"之后的"有所创造"。正因如此,李长之这样看待《新理学》所具有的重要意义:"一方面是新的,一方面是有所继承的""一方面是代表新中国的人的创造气魄,一方面是代表新文化和传统文化在前些时所不能渡越的鸿沟之填补"④。可以看到,李长之非常赞赏冯友兰"有所继承"而又"有所创造"的历史观,因此高度肯定了《新理学》在填补新、旧文化之间巨大鸿沟方面所作出的重要努力。

在《新理学》一书的《释继开》中,冯友兰同样谈论到了历史观的问题,只不过他将这种"有所继承"又"有所创造"的说法,调整为"继往"与"开来"。冯友兰清晰地指出:"若专就时间方面说,所有历史上底事情,都是在一方面继往,在一方面开来。历史上底一件事情,其前必有事,其后必有事。专就时间方面说,对于其前底事,它都是'继',对于其后底事,它都是'开'。此即是说,历史上底一件事情,对于其前其后底事,都有时间上底连续。"⑤在此,冯友兰从时间的角度,进一步阐释了这种注重前后发展的连续性

---

① 李长之:《评〈新理学〉》,见《迎中国的文艺复兴》,《李长之文集》(第1卷),河北教育出版社,2006年,第27页。
② 李长之:《评〈新理学〉》,见《迎中国的文艺复兴》,《李长之文集》(第1卷),河北教育出版社,2006年,第27页。
③ 李长之:《评〈新理学〉》,见《迎中国的文艺复兴》,《李长之文集》(第1卷),河北教育出版社,2006年,第27页。
④ 李长之:《评〈新理学〉》,见《迎中国的文艺复兴》,《李长之文集》(第1卷),河北教育出版社,2006年,第27页。
⑤ 冯友兰:《释继开》,见《新理学》,《冯友兰文集》(第四卷),长春出版社,2008年,第225页。

的历史观。在某种程度上,冯友兰的这一观点可能更加直接地影响了李长之的历史观。

在《五四运动之文化的意义及其评价》一文中,李长之正是将冯友兰的这种"继承"又"创新"的历史观,作为考量"五四"新文化运动的重要标准,并在此基础上,展开了对"五四"新文化的重新反思与评价。在此文的开头,他这样写道:

> 历史上的日子和人物,都是象征的。这就是说,它们是时代精神的一种符号。有的以为历史上的日子仿佛是把前后划然为两似的,这自然是错的;但若以为历史上的日子绝无意义,也是不对的。历史上的人物亦然:我们一方面虽不承认其有转天运地的力量,但另方面却也并不否认其代表的价值。从这个观点,可以看"五四"。①

显然,李长之在此强调了历史前后发展的连续性与继承性,尤其是承认了历史日子与历史人物的特有价值。李长之此言主要针对的,自然是"五四"新文化运动对于中国传统文化,尤其是对孔子的激烈批判态度。有关这一立场,他在随后的论述中表达得更为清楚。可以说,李长之的这一历史观,正是对冯友兰"有所继承"历史观的另一种表述与呼应。不仅如此,这一历史观还正好构成了李长之评价"五四"新文化运动的重要标准。在某种意义上,对于"五四"新文化运动的重新评价,正是李长之构建"中国文艺复兴"文化大厦的第一块基石。就此而言,冯友兰"接着而不是照着"的态度,以及"有所继承"而又"有所创造"的历史观,无疑在其中扮演了非常重要的角色。

同时值得关注的是,在《五四运动之文化的意义及其评价》一文中,李长之多次提及冯友兰的《新理学》一书,认为它不仅代表着"五四"时期"清浅

---

① 李长之:《五四运动之文化的意义及其评价》,见《迎中国的文艺复兴》,《李长之文集》(第1卷),河北教育出版社,2006年,第18页。

的理智主义"的最高结晶①,同时也开启和代表着随后"中国文艺复兴"所提倡的"产生自中国本土营养的根深蒂固的产物"②。由此来看,冯友兰的《新理学》与"五四"时期文化精神之间,同样体现出"接着而不是照着"的思想关系。值得注意的是,当代学者在分析李长之的"中国文艺复兴"思想与"五四"新文化运动之间的关系时,也强调指出:"李长之正是对于五四的'接着说',而不是仅仅'照着讲'。"③在某种程度上,李长之对于中国传统文化的态度也是如此。他的"中国文艺复兴"思想正是要"接着而不是照着"中国传统文化精神来讲的,虽然他使用了新兴的西洋名词"文艺复兴",但在本质上与冯友兰"接着而不是照着"的精神是一脉相承的。

二、"太过于形式化、理智化":对于冯友兰"贞元三书"的批判

李长之尽管接受了冯友兰"贞元六书"某些思想的影响,同时也真诚地与冯友兰展开了学术思想的对话与交流,这主要体现在《迎中国的文艺复兴》一书所收录的《评〈新事论〉和〈新世训〉》(1942年9月27日)一文中。大概而言,李长之对于冯友兰"贞元三书"的批判和商榷,主要结合《新事论》与《新世训》两部作品展开。他认为,冯友兰在这两本书中有关道德、文化等方面的论述"太过于形式化、理智化",对于认识中国传统文化、精神生活等内容的复杂性有所欠缺。

李长之在《评〈新事论〉和〈新世训〉》一文中指出,《新事论》的论述陷入了"形式论"的危机,此书从形式论出发,对于道德问题和中国传统文化的认识失之偏颇。他引用了冯友兰在《新事论》中《评艺文》一文对于中国文化的论述,并指出,如果"中国之为中国"仅仅停留在书中所说的,"穿中国

---

① 李长之:《五四运动之文化的意义及其评价》,见《迎中国的文艺复兴》,《李长之文集》(第1卷),河北教育出版社,2006年,第21页。
② 李长之:《五四运动之文化的意义及其评价》,见《迎中国的文艺复兴》,《李长之文集》(第1卷),河北教育出版社,2006年,第25页。
③ 张颐武:《"照着讲"与"接着说"》,《中关村》,2003年第12期。

衣，吃中国饭，说中国话，唱中国歌，画中国画"①，那是远远不够的。在李长之看来，最重要的因素应该是，具有"中国人的心肠和灵魂"②，即深受中国文化精神的熏陶与塑造，这才是"新中国"首先应当具备的要素。由此看来，在李长之的"中国文艺复兴"思想中，对中国传统文化精神的注重，似乎比冯友兰更为执着和强烈。

不仅如此，李长之还分析了《新事论》在论述上的诸多不足。他详细地指出，此书"忽略精神生活之复杂性，有机性，和个性""每说论共有之性，而不论个体之性""只讲文化之类，而不讲特殊文化"③；还"忽略历史以及历史中的许多因素"，而且"不赞成说中国与西洋有什么本来底不同，如所谓国民性等"④；同时，"太轻视个人的力量了，太重视环境了""太忽略民族性，过重经济的解释"；总而言之，"冯先生形式论的结果，在道德问题上是弄得太复杂化了，是过之；在文化问题上是太简单化了，是不及"⑤。很显然，李长之对于冯友兰有关上述问题的论述并不太认同，他对此的看法明显不同。在某种程度上，冯友兰所忽略和轻视的那些方面，可能正好是李长之在"中国文艺复兴"思想中十分注重的内容。因此，倘若将上面的论述"翻转"，大概就可见出李长之对于这些问题的认识和理解。也就是说，与冯友兰的看法恰恰相反，李长之非常注重精神生活的复杂性、有机性与个性，也十分注重历史与文化因素的累积，并看重个人的力量。在这些问题上，李长之几乎处处显示出与冯友兰意见的"差别"。作为一名晚辈学生，李长之敢于如此坦诚地直言自己的不同意见，可能不仅仅是出于一时的年轻气盛，更是源于对自己所秉承的文化主张的坚定信念。在某种意义上，正是借助与冯友兰在上述文化问题上的对话与碰撞，

---

① 冯友兰：《评艺文》，见《新事论》，《冯友兰文集》（第四卷），长春出版社，2008年，第210页。
② 李长之：《评〈新事论〉和〈新世训〉》，见《迎中国的文艺复兴》，《李长之文集》（第1卷），河北教育出版社，2006年，第40页。
③ 李长之：《评〈新事论〉和〈新世训〉》，见《迎中国的文艺复兴》，《李长之文集》（第1卷），河北教育出版社，2006年，第40页。
④ 李长之：《评〈新事论〉和〈新世训〉》，见《迎中国的文艺复兴》，《李长之文集》（第1卷），河北教育出版社，2006年，第41页。
⑤ 李长之：《评〈新事论〉和〈新世训〉》，见《迎中国的文艺复兴》，《李长之文集》（第1卷），河北教育出版社，2006年，第42页。

李长之才更加坚定了自己有关"中国文艺复兴"的主张。

至于《新世训》一书，李长之认为，该书的"理智"色彩过于浓厚，还曾多次明言其"太理智""太逻辑"①，由此必然导致它在情感、趣味方面有所欠缺。在李长之看来，注重"趣味"培养的传统"儒家文化"，似乎比"理智"更具有力量。他写道："孔子说，'知之者不如好之者，好之者不如乐之者'，趣味的培养比任何理智的考虑，逻辑的根据，有力量得多。"②不仅如此，他还进一步认为，历史上的很多发明与创造，常常都是"偶然"，是"情感冲动的结果"；并举出了玄奘、牛顿、哥伦布的例子，以此证明"太理智了，恐怕是没有文化的"③。在此基础上，他作出了如下的总结："真正伟大的人格，也决不是只限于理智的发挥。就普通人说，趣味的培养更是重在理智的考虑或者逻辑的根据之上！"④有必要指出的是，李长之当然不反对"理智"，他所不满的只是"理智"色彩的过分浓厚，甚至造成了对于"趣味""情感"等因素的压制与遮蔽。在某种程度上，李长之对于"五四"新文化的激烈批判，也正是着眼于"理智主义"这一点（详见后文分析）。尤其当李长之从孔子那里，从中国传统"儒家文化"中，发现了他们对"趣味"高度重视时，他对于冯友兰的《新世训》与"五四"新文化"太理智"的这一批判，也就正好与他在"中国文艺复兴"思想中，对于中国传统文化的注重"暗自相合"。从这一意义上看，正是与冯友兰在某些文化问题上的学术交流与碰撞，才进一步激发出了李长之"中国文艺复兴"思想的智慧火花。

三、冯友兰"贞元六书"对于李长之的其他影响

上面的谈论主要围绕着李长之对冯友兰"贞元三书"的书评展开，如果将

---

① 李长之：《评〈新事论〉和〈新世训〉》，见《迎中国的文艺复兴》，《李长之文集》（第1卷），河北教育出版社，2006年，第43页。
② 李长之：《评〈新事论〉和〈新世训〉》，见《迎中国的文艺复兴》，《李长之文集》（第1卷），河北教育出版社，2006年，第43页。
③ 李长之：《评〈新事论〉和〈新世训〉》，见《迎中国的文艺复兴》，《李长之文集》（第1卷），河北教育出版社，2006年，第44页。
④ 李长之：《评〈新事论〉和〈新世训〉》，见《迎中国的文艺复兴》，《李长之文集》（第1卷），河北教育出版社，2006年，第44页。

关注的视野拓展至李长之的"中国文艺复兴"思想，会发现他与冯友兰"贞元六书"之间潜在的思想继承与对话关系，会更加密切，涉及的话题也更为广泛。

前面曾经提到，李长之的"中国文艺复兴"思想从属于更为广阔的"民族复兴"思潮，值得一提的是，"民族复兴"也正是冯友兰在"贞元六书"中所明确意识到、并积极建设的重要内容。在某种程度上，"民族复兴"甚至正是冯友兰写作"贞元六书"的真正目的，他曾在书中多次直接提及"民族复兴"这一语词。在《新事论》中的《论抗建》一文中，他明确地指出："我们现在底时代，是中国复兴的时代，而不是中国衰落的时代。"①而在此书的《赞中华》中，他又写道："就恢复以前东亚主人的地位说，中国近五十年来底活动的'性'是'复兴'。"②在《新世训·自序》中，他还写道："当我国家民族复兴之际，所谓贞下起元之时也。"③晚年在《三松堂自序》中重新提及"贞元之际"时，他更清晰地指出："所谓'贞元之际'，就是说，抗战时期是中华民族复兴的时期。"④这些材料都充分表明，"民族复兴"确实是冯友兰当年写作"贞元六书"时萦绕心头的核心话题。在这一意义上，冯友兰的"贞元六书"与李长之的"中国文艺复兴"思想有着完全相同的学术旨趣，这无疑会对李长之产生不可估量的影响。

在对于"五四"新文化运动的态度方面，李长之也与冯友兰有着一定的联系。在《新事论》（1940）一书的《原忠孝》《谈儿女》《赞中华》等文中，冯友兰曾较为明确地流露出对"五四"中激烈批判中国传统文化这一倾向的不满⑤。而李长之在《迎中国的文艺复兴》一书的《五四运动之文化的意义及其评价》中，也对"五四"中有关中国传统文化的批判态度"颇有微词"。尽管李长之与冯友兰的具体理由并不完全相同，但他们对"五四"都采取了相似的批判与反思立场，在这方面李长之或多或少地受到了冯友兰相关思想的影响。

---

① 冯友兰：《论抗建》，见《新事论》，《冯友兰文集》（第四卷），长春出版社，2008年，第236页。
② 冯友兰：《赞中华》，见《新事论》，《冯友兰文集》（第四卷），长春出版社，2008年，第243页。
③ 冯友兰：《新世训·自序》，见《新世训》，《冯友兰文集》（第四卷），长春出版社，2008年，第253页。
④ 冯友兰：《三松堂自序》，见《冯友兰文集》（第一卷），长春出版社，2008年，第174页。
⑤ 周质平：《胡适与冯友兰》，见《解析冯友兰》，社会科学文献出版社，2002年，第136–140页。

在对待"儒家文化"的态度方面,李长之应同样受到冯友兰相关思想的影响。早在《人生哲学》(1926)一书中,冯友兰就已经流露出对"儒家文化"的推崇与赞赏①,之后他被称为"现代新儒家"的重要代表人物,对于"儒家文化"的青睐和仰慕自然是众人"有目共睹"的。有趣的是,李长之在《迎中国的文艺复兴》一书中,面对中国传统文化的众多流派,也是单单挑出了"儒家文化"作为自己心目中最理想的文化(详见后文分析)。尽管在推崇"儒家文化"的具体理由上,李长之可能与冯友兰有着细微的差别,但他们"肯定儒家"这一基本立场,却是完全相同的,这其中显然有冯友兰的思想对李长之的潜在影响。

在对于"中体西用""中国本位文化""全盘西化"等文化主张的理解上,李长之同样接受了冯友兰相关思想的影响。在《新事论》一书的《别共殊》《明层次》等文中,冯友兰曾专门谈论过"中国本位文化""全盘西化"等话题,在此书的《评艺文》《赞中华》中又探讨了晚清"中体西用"等文化主张。而李长之在《迎中国的文艺复兴》一书的《中国文化运动的现阶段》中,对于上述文化主张展开过详细的剖析,并在此基础上,充分阐明了"中国文艺复兴"思想的理论内涵。尽管李长之有自己独立的学术立场与思考,但冯友兰的相关论述仍可能潜在地影响到了他的一些基本看法(详见后文分析)。

在有关"专才教育"的问题上,李长之与冯友兰展开了积极的思想对话。在《新事论》一书的《阐教化》中,冯友兰曾谈论过现代教育体制下的"专才教育"问题。他站在未来教育发展的角度,对这一教育方式予以了高度的肯定。然而,李长之的"中国文艺复兴"思想却认为,"专才教育"尽管有很多的优势,但同时也存在缺陷和弊端,因此,必须与中国传统的"通才教育"相结合,"寓通于专"才是未来最理想的教育。在这方面,李长之似乎比冯友兰走得更远,考虑得也更为深入一些(详见后文分析)。

总而言之,冯友兰先生作为李长之在清华大学读书时的授业恩师,在抗日战争时期写作的"贞元六书",又正好与李长之的"中国文艺复兴"思想有着

---

① 冯友兰:《三松堂自序》,见《冯友兰文集》(第一卷),长春出版社,2008年,第132页。

完全相同的文化旨趣，这无疑使李长之对他的学术思想有着更多的继承、对话与交流的机会。可以说，无论李长之对于冯友兰的思想是"继承"还是"商榷"，他的"中国文艺复兴"思想都与冯友兰有着密不可分的联系。

第三节　宗白华美学思想及其主编《学灯》的影响

宗白华先生是李长之在重庆中央大学期间相遇的同事与"知音"，尽管两人当时的身份"相差悬殊"，但由于他们都对德国古典美学与文化怀有浓厚的兴趣，又同时醉心于中国传统文化与艺术，所以相识之后便"惺惺相惜"，并从此结下了维系一生的深厚情谊。

李长之这一时期写作的美学文章，大都深受宗白华美学思想的启发。宗白华此时负责主编《时事新报·学灯》，这更为李长之提供了发表文章的最佳条件，《迎中国的文艺复兴》中的很多文章大都最先发表于此。粗略地讲，宗白华对李长之"中国文艺复兴"思想的影响，主要体现在三个方面：一是有关中国传统文化与美学的理解；二是有关蔡元培先生及"五四"新文化的评价；三是《时事新报·学灯》所营造出的"文化复兴"氛围，这一切都使李长之的"中国文艺复兴"思想与宗白华先生的美学思想有着非常密切的联系。

一、有关中国传统文化与美学方面的影响

关于李长之这一时期的美学文章与宗白华之间的紧密联系，于天池、李书两位学者在《李长之与宗白华》一文中已经有过关注[①]。根据他们的研究，李长之仅有的三篇美术批评《吕斯百先生的画室》、《陈之佛教授的花卉画》与《中国美术学院筹备期第一届美展参观记》，都受到了宗白华的影响。不仅如此，李长之一生中有关美学、哲学的重要著作与论文，也大都写于重庆中央大学期间。尽管这其中有李长之自己的美学体验，但无疑与宗白华的濡染和影响有重要关系，甚至有些观点就是他们谈话与交流的结果。

---

① 于天池、李书：《李长之与宗白华》，《文史知识》，2008 年第 12 期。

上述研究充分显示，李长之与宗白华在美学思想方面的密切联系仍有进一步展开研究的空间。20 世纪 30 年代，宗白华已将研究兴趣逐渐转向中国传统艺术与美学方向，由此影响了李长之对于中国传统文化与美学的看法，从而也间接地影响到李长之的"中国文艺复兴"思想。

众多宗白华美学思想的研究者不约而同地指出，宗白华在 20 世纪 30 年代以后，逐渐转向中国传统文化与艺术的美学研究。王岳川在《未名湖畔的散步美学家——宗白华的心路历程》一文中就认为，宗白华当时在"学术方向上由'西学'转向'中学'，由注重歌德、叔本华、尼采转向注重晋人风度所表现出华夏人格精神美，张扬中国审美主义"①。还有研究者进一步指出，宗白华对于中国传统文化与艺术的美学研究，是与他的中国文化复兴事业紧密结合在一起的。如胡继华在《中国文化精神的审美维度——宗白华美学思想简论》中明确指出，（宗白华）"他的美学探索与复兴中国文化的大业是统一的"②。王德胜在《宗白华评传》中也曾专门指出，宗白华在进行中西美学比较方面的研究时，始终立足于发掘和阐释中国传统文化与艺术的美学精神，并为此作出了重要的贡献③。

其实早在 20 世纪 20 年代初期留学德国的时候，宗白华就已经流露出对于中国传统文化与艺术精神的推崇。那时的欧洲正处于"一战"后的精神危机之中，对于中国的文化精神甚为倚重。宗白华在这一时期留学德国，自然受到了这一思潮的影响。他在《自德见寄书》（1921）中这样写道："德人对中国文化兴趣颇不浅也。我们在此借外人的镜子照自己面孔，也颇有趣味。"并进一步认为："我以为中国将来的文化决不是把欧美文化搬了来就成功。中国旧文化中实有伟大优美的，万不可消灭。"④在某种意义上，正是这段留德生活的文化感受，

---

① 王岳川：《未名湖畔的散步美学家——宗白华的心路历程》，见《思·言·道》，北京大学出版社，1997 年，第 229 页。
② 胡继华：《中国文化精神的审美维度——宗白华美学思想简论》，北京大学出版社，2009 年，第 283 页。
③ 王德胜：《宗白华评传》，商务印书馆，2001 年，第 267-268 页。
④ 宗白华：《自德见寄书》，见王德胜选编：《中国现代美学名家文丛·宗白华卷》，浙江师范大学出版社，2009 年，第 71、72 页。

为宗白华埋下了日后对于中国传统文化与美学的"一往情深"的种子。

宗白华对于中国传统文化与美学精神的这一理解，潜移默化地影响到了李长之。李长之在这一时期的"中国文艺复兴"构想中，始终把中国传统文化与美学放在非常核心的位置，并把"美学精神"看作原始"儒家文化"的重要精神。他在《迎中国的文艺复兴》一书的《中国文化传统之认识（中）：古代的审美教育》一文中，专门探讨了孔子、孟子与玉等中国传统文化的美学精神，并对其极为赞赏（详见后文分析）。值得指出的是，这篇文章最早曾以《释美育并论及中国美育之今昔及其未来》为名，刊登在宗白华主编的《时事新报·学灯》上，宗白华还特意写了"编后语"，对该文表示了肯定与赞赏，这表明了他们二人在这一问题上看法的一致性。

李长之在"中国文艺复兴"思想中对中国传统文化与美学的高度重视，受到了诸多因素的共同影响。比如，他在清华大学读书时的美学老师邓以蛰先生，可能就是他最早对于中国传统文化与美学发生强烈兴趣的"引路人"[①]。但尽管如此，在他"中国文艺复兴"思想的形成时期，作为"知音"出现在他身边的宗白华先生，显然起到了更为关键的作用。

二、有关蔡元培先生及"五四"评价的影响

除了中国传统文化与美学，宗白华作为"五四"新文化运动的参与者，同样影响和改变了李长之对于蔡元培先生及"五四"新文化的认识与理解，从而间接地影响到了李长之的"中国文艺复兴"思想。

李长之在《五四——蔡孑民——大学教育》[②]（1944）一文中曾经谈到，他原先对于蔡元培先生有些误解和偏见，而促使他真正转变对蔡元培先生的看法，并由此调整了对于"五四"新文化评价的，正是宗白华先生。李长之在文中写道，宗白华向他讲述了一件事，蔡元培有一次去德国时顺便看望中国留学生，发现部分中国留学生并不潜心学习，当时便有人请蔡元培回到国内对此隐瞒，

---

① 于天池、李书：《李长之与邓以蛰》，《文史知识》，2011年第7期。
② 此文收录在《李长之文集》（第3卷）的《梦雨集》一书中。

但蔡元培当场便严词拒绝了。这件事既然是由宗白华亲自讲述的，李长之自然十分相信。他因此意识到，自己此前对于蔡元培的认识也许存在误解。于是，他开始重新阅读和认识蔡元培，并真正认可了蔡元培在美育、大学教育等诸多方面的卓越贡献（详见后文分析），也进一步认识到了"五四"新文化运动在"启蒙"之外的另外一面（详见后文分析），还由此调整了自己在《迎中国的文艺复兴》一书中，对于"五四"新文化运动的立场。

毫无疑问，李长之最终真正理解和接受蔡元培的多方面学术贡献，并因此调整和改变了对"五四"的激烈批评与反思态度，宗白华都可谓"功不可没"。美育、大学教育及对于"五四"新文化运动的评价等内容，正是李长之"中国文艺复兴"思想的重要组成部分，在这一意义上，宗白华可以说深刻地影响了李长之这一思想的形成。

三、《学灯》营造的"文化复兴"氛围

于天池、李书在《李长之与宗白华》[①] 一文中，已经谈到宗白华主编的《时事新报·学灯》，并详细论述了宗白华在此时对于李长之的不断鼓励与提携，这对理解李长之与宗白华及《学灯》之间的关系，自然有着很大的帮助。但遗憾的是，上述研究对于《学灯》本身的性质与宗旨、相关撰稿人的情况等有所忽略。随后，他们在《怀昔贤之高风，对当世之巨变——谈李长之〈迎中国的文艺复兴〉》[②] 一文中又简单提及李长之"中国文艺复兴"思想与当时中央大学诸位同事之间的重要联系，比如罗家伦、宗白华、唐君毅等人。尽管这些学者正是《学灯》的重要撰稿人，但是此文却并未从《学灯》这一视角充分关注。必须意识到，《学灯》其实正好构成李长之"中国文艺复兴"思想产生的微型文化语境，有着"不容小觑"的作用。

从1938年6月直至1946年夏天长达八年的时间里，宗白华先生一直担任

---

① 于天池、李书：《李长之与宗白华》，《文史知识》，2008年第12期。
② 于天池、李书：《怀昔贤之高风，对当世之巨变——谈李长之〈迎中国的文艺复兴〉》，见李长之：《迎中国的文艺复兴》，商务印书馆，2013年。

《时事新报》(渝版)星期刊《学灯》的主编。宗白华在发刊词《〈学灯〉擎起时代的火炬》中这样写道:"我们应该恢复汉唐的伟大,使我们的文化照耀世界",并表明"愿擎起时代的火炬,参加这抗战建国文化复兴的大业"[①]。由此可见,《学灯》并非一种普通的文艺副刊,宗白华明确地把它定位于"文化复兴"这一主题。整个抗战期间,在宗白华的精心组织与编排下,《学灯》始终高举着"文化复兴"这一面旗帜,聚拢和吸引了一大批文化界、学术界的著名人士为之撰稿,主要包括郭沫若、方东美、冯友兰、梁宗岱、熊十力、李长之、贺麟、唐君毅、余上沅、傅抱石、柳无忌、徐悲鸿等人,他们成为这一时期致力于中国文化建设的重要力量。

有关《学灯》与"文化复兴"之间的密切关系,当代学者在相关文章中已经有所关注。叶隽在《另一种西学——中国现代留德学人及其对德国文化的接受》一书中认为,《学灯》与宗白华一生所坚持的"文化建国"思想有着紧密的联系。

在他看来,宗白华从少年时期就一直怀着"文化建国理想",并随着岁月、阅历与时代等因素得以"沉潜与成熟",最终"借《学灯》这一平台得到展现"[②]。也就是说,宗白华对于《学灯》的期望与规划,远远超出了文艺副刊的一般使命,而是肩负着"文化建国""文化复兴"的重要责任,这是他自"五四"新文化运动起,就已然播种在内心的强烈愿望。对于宗白华来讲,无论是负责主编《学灯》,还是从事有关中国传统文化与艺术的美学研究,都具有相同的性质,都承载着他心中"复兴"中国传统文化的美丽梦想。尤其是20世纪三四十年代,恰逢民族危机空前深重的战争岁月,"民族复兴""文化建国"等时代文化思潮高涨的时期,这更为宗白华提供了将《学灯》的"文化复兴"愿望早日实现的绝佳机会。在这一意义上,宗白华主编的《学灯》对于李长之"中国文艺复兴"思想的重要意义,绝不仅仅是为李长之提供了发表文章的园

---

① 宗白华:《〈学灯〉擎起时代的火炬》,《时事新报·学灯》(渝版),1938年第1期。
② 叶隽:《另一种西学——中国现代留德学人及其对德国文化的接受》,北京大学出版社,2005年,第180页。

地，或者是给予李长之以充分的肯定与鼓励，更是《学灯》这一刊物本身所具有的"文化建国"理想，以及由此营造出的浓厚"文化复兴"氛围，恰好为李长之"中国文艺复兴"思想的形成，提供了最为适宜的文化空间与环境。

从某种意义上讲，李长之发表在《学灯》上的诸多文章，也正是宗白华借助《学灯》实现"文化建国"／"文化复兴"理想的重要力量。也就是说，李长之的"中国文艺复兴"思想与宗白华主编《学灯》的"文化建国"／"文化复兴"宗旨，在最终目标与根本精神上是完全一致的。正因如此，李长之才可以与《学灯》的主编宗白华，以及在《学灯》上面经常发表文章的冯友兰、方东美、梁宗岱、贺麟、唐君毅等众多学者，展开积极而热情的对话与交流、冲击与碰撞，并由此更加有力地激发起他"中国文艺复兴"思想的丰富灵感。在这一意义上，宗白华的美学思想及其主编的《学灯》，对于李长之"中国文艺复兴"思想的最终形成，起到的积极作用是"不可估量"的。

总而言之，宗白华先生作为李长之在重庆中央大学的前辈、同事与"知音"，对于李长之"中国文艺复兴"思想的形成，产生了多方面的积极影响。无论是在中国传统文化与艺术美学精神方面，还是对蔡元培先生与"五四"新文化的评价上，或者是《学灯》所营造的浓厚"文化复兴"氛围等，宗白华无疑都是李长之"中国文艺复兴"思想形成过程中"不可或缺"的重要存在。

第四节 德国古典文化精神的吸收与影响

李长之对于德国文学、文化及学术一直都有着浓厚的兴趣，甚至他本人的性情喜好与推崇的美学观念也都受到了德国古典文化的深深浸染。李长之与德国文化的结缘，大约始于1931年的夏天他与北大德文系杨丙辰先生的结识。当时，杨先生对德国文化与德文学习的深情阐述，让李长之"心里十分叹服"。受老师杨丙辰的影响，李长之日后对德国古典文学与文化尤其注重。他先后翻译了歌德的童话、荷尔德林的德语诗歌，并撰写了相关文章。有学者向德国马尔巴哈文学档案馆推荐1950年以前中国日耳曼学者条目时，赫然把李长之也

"列入其中"①。

就学术著作而言,李长之在民国时期有关德国与西方文化的翻译、介绍与评论著作主要包括:《西洋哲学史》(1940)、《波兰兴亡鉴》(1941)、《德国的古典精神》(1942)、《文艺史学与文艺科学》(1942)、《北欧文学》(1943)等。

有关德国古典哲学与文化对李长之的"文学批评与文艺美学"思想所产生的影响,学界已经较为关注。然而,人们很少注意到的是,李长之的"中国文艺复兴"思想其实与德国古典文化精神有着重要的关联,同时与德国现代文化思想、西方文化也存在非常紧密的联系。

一、"肯定自我"与"意识自我"的深刻共鸣

李长之最早的有关西方文化的专著,是翻译德国现代学者外尔诺·玛尔霍兹(Werner Mahrholz)于1922年出版的著作《文艺史学与文艺科学》(1942)。根据李长之在此书《译者序一》中的相关叙述可知,他对于这部德国现代文化著作的阅读与翻译,可以追溯到1934年杨丙辰在《文学评论》上发表的相关谈论文章。② 也就是说,李长之接受玛尔霍兹《文艺史学与文艺科学》一书的影响,早在20世纪30年代中期就已开始,而且一直持续到40年代初期。这段时间正是李长之"中国文艺复兴"思想的重要酝酿时期,这无疑意味着,玛尔霍兹此书与李长之"中国文艺复兴"思想之间,可能存在着某种重要的思想关联。最明显的联系之一,即在国家与民族文化方面"肯定自我"与"意识自我"观念上的深刻共鸣。

单纯从表面上看,《文艺史学与文艺科学》仅仅是一本有关文艺研究或文艺史研究的学术专著,但事实上并非如此简单。著者玛尔霍兹似乎对此书抱有非常大的期望,他希望此书不仅能在文艺研究的专业领域内产生重要影响,还能对整个国家和民族的精神产生不可估量的作用。玛尔霍兹在《原著者序》

---

① 吴晓樵:《李长之与德语文学》,《中国图书评论》,2009年第4期。
② 玛尔霍兹著,李长之译:《文艺史学与文艺科学》,见《李长之文集》(第9卷),河北教育出版社,2006年,第134页;《译者序一》还曾以《文艺史学与文艺科学》为名单独发表,收录于《李长之文集》(第3卷)的《苦雾集》。

（1922）中明确地声称，此书有着"一种精神政治性（Geistespolitisch）的任务"，有着"文化政治（Kulturpolitisch）的目的"①，这可能正是此书与一般的文学史研究著作不同的重要特点，同时也是它一出现就立刻引起李长之翻译热情的重要原因。

与此相应，玛尔霍兹在《文艺史学与文艺科学》一书的第七章谈及"古典人物的解体"时，就专门分析了德国当时的具体处境，还明确地指出，"肯定自我（Selbstbehauptung）与意识自我（Selbstbesinnung）"正是德国民众应当意识到并承担的重大责任②。在玛尔霍兹看来，"一战"后的德国面临着国内分裂与国际侵略的双重严峻挑战，并由此提出了新的"民族认同"的艰巨任务，即必须充分意识到，德国是"一个不可分的整体之最有价值的部分"③。也就是说，有必要培养和建立德国民众对于自己国家民族"肯定自我"与"意识自我"的观念。

那如何才能使德国民众从国家民族的角度做到"肯定自我"与"意识自我"呢？在玛尔霍兹看来，最重要的途径在于充分尊重德国的传统文化与昔日的英雄人物。他明确地指出："思念先哲，缅怀早日的传统，追想一己之光荣并及于事业上精神上之英雄，这都是肯定自我所要求的。"④也就是说，一个民族能够做到"肯定自我"，与他对待自己传统文化与民族英雄的态度有着重要的关系。与此同时，比"肯定自我"更难的，是如何使一个国家或民族能够真正"意识自我"。他指出，这既不是那种"偏狭的德国国粹主义（Deutschtumelei）"，也不是"田园式的家乡之感"，而是"一种新的国家情感（Nationalgefuhl）"、"一种民族情感（Volksgefuhl）"⑤。想要培养这种特殊的"国家情感""民族情

---

① ［德］玛尔霍兹著，李长之译：《文艺史学与文艺科学》，见《李长之文集》（第9卷），河北教育出版社，2006年，第138页。
② ［德］玛尔霍兹著，李长之译：《文艺史学与文艺科学》，见《李长之文集》（第9卷），河北教育出版社，2006年，第299页。
③ ［德］玛尔霍兹著，李长之译：《文艺史学与文艺科学》，见《李长之文集》（第9卷），河北教育出版社，2006年，第299页。
④ ［德］玛尔霍兹著，李长之译：《文艺史学与文艺科学》，见《李长之文集》（第9卷），河北教育出版社，2006年，第299页。
⑤ ［德］玛尔霍兹著，李长之译：《文艺史学与文艺科学》，见《李长之文集》（第9卷），河北教育出版社，2006年，第299页。

感",那就必须对于"历史学"提出"国家政治"与"国家教育"的重大要求。也就是说,仅仅尊重传统文化是远远不够的,必须使用"科学的"精神重新阐释民族传统文化,才能建立起一种新的"国家情感"或"民族情感",从而构成"新民族的形式"①。也只有这样,才能促使一个国家或民族在现代语境中真正地实现"意识自我""肯定自我"。

玛尔霍兹在《文艺史学与文艺科学》一书中,对国家民族"肯定自我"与"意识自我"观念的明确强调,如何尊重并"科学"地对待传统文化的独特认识,显然对李长之产生了重要而深刻的影响。在某种程度上,它们充分唤醒了李长之从国家民族角度对于中国"自我"意识的看重,并直接影响到了他对中国传统文化的研究,从而奠定了李长之"中国文艺复兴"思想的坚实基础。

李长之在《译者序一》中曾明确地提到,他选择翻译玛尔霍兹的《文艺史学与文艺科学》的重要原因之一,是源于对于此书所提倡的"肯定自我"与"意识自我"观念的欣赏与认同。他在文中这样写道:

> 我:……所谓任务,指德国处在战后那样艰巨困乏的时代,肯定自我,与意识自我为刻不容缓之图,文学史家便应该担负起这种伟大的责任。
>
> 友:这样说来,你这部翻译,倒另有一种意义了。中国不也是处在艰巨困乏的时代么?中国不也是需要肯定自我与意识自我么?这部书对中国文学史家也一定有所感发呢。
>
> 我:对呀。这也是我译书的动机之一。②

可以看到,正是强烈地意识到中国也需要"肯定自我"与"意识自我",李长之才对玛尔霍兹的《文艺史学与文艺科学》一书格外地"情有独钟"。在

---

① [德] 玛尔霍兹著,李长之译:《文艺史学与文艺科学》,见《李长之文集》(第9卷),河北教育出版社,2006年,第299页。
② [德] 玛尔霍兹著,李长之译:《文艺史学与文艺科学》,见《李长之文集》(第9卷),河北教育出版社,2006年,第131页。

某种意义上，玛尔霍兹的这一观念恰如一粒微妙的种子，悄悄地播种在了李长之的内心深处，他由此积极展开了有关中国传统文化的批评实践。日后一旦遭遇到日本侵华战争的"非常"空气，这粒种子便立刻不可遏制地、蓬勃茁壮地生长起来，并完美地结出了"中国文艺复兴"这枚思想硕果！

在李长之"中国文艺复兴"思想的形成过程中，德国玛尔霍兹的《文艺史学与文艺科学》这一"西学"，无疑起到了极为重要的作用。玛尔霍兹因为采用了"科学的"方法研究德国文学史，从而肩负起帮助德国民族培养"肯定自我"与"意识自我"观念的历史任务。随后，李长之则致力于在中国的文学研究与批评领域建立"科学的"研究方法[①]，还积极使用"科学的"批评方法对中国传统文化展开批评实践，可以说这一切远远超出了单纯的文艺批评范畴，而是他承担对中国民众从国家民族角度"肯定自我"与"意识自我"的重要尝试，从而也就成为他"中国文艺复兴"思想的重要内容。

二、"德国文艺复兴"的重要影响

在李长之有关西方文化的诸多著作中，《德国的古典精神》（1942）一书是被目前学界关注得最多的。很多研究者正是在此书中发现了德国古典文化对于李长之"文学批评与文艺美学"思想的深刻影响。在某种程度上，这些研究已经较为充分地表明，作为"西学"的德国古典文化，并非仅仅是李长之所仰慕的一种外来文化，而是直接深深地嵌入了李长之思想的深处，并悄然转化为他思想中不可分割的组成部分。但尽管如此，由于缺乏较为明确的"中国文艺复兴"研究视野，学界对于李长之"中国文艺复兴"思想与德国古典文化之间复杂关系的认识，仍有进一步补充的必要。

李长之在《德国的古典精神》一书的《自序》中，曾经明确表达过自己对"德国古典时代"的向往[②]，这一点已经为学界广为知晓。但学界很少提及的

[①] 详见于阿丽：《"使文学研究本身成为一种科学"——李长之与中国现代文论话语的转型》，《太原理工大学学报》（社科版），2021年第2期。

[②] 李长之：《自序》，见《德国的古典精神》，《李长之文集》（第10卷），河北教育出版社，2006年，第151页。

是，"德国古典主义"其实还有着另外一个更为符合李长之内心期望的说法，即"德国文艺复兴"，李长之早在1934年阅读玛尔霍兹的《文艺史学与文艺科学》时就已经发现这一看法。李长之这样翻译玛尔霍兹的著作："纳德勒的研究，是以研究一种典型的历史过程开始的，这种历史过程的特别情形就是'意大利的文艺复兴'，实则却是在各个时代、各种文化、或者说在一种文化之过程上都所常见的情形。……这样的'文艺复兴'，在欧洲的历史上是无数的；最后一个便是德国的古典主义。"①既然"德国古典主义"可直接称为"德国文艺复兴"，那么它与李长之"中国文艺复兴"思想之间的距离，自然也就更加接近、更加"一目了然"了。

不仅如此，在《德国的古典精神》所收录的《宏保耳特（一七六七——一八三五）之人本主义》（1935）一文的导言部分，李长之曾明确地指出，中国文化当时正处于一个"青黄不接、贫弱、空泛的时代"，是文化上的一个"苦闷期"，也是"尚在彷徨，而无所适从的时代"；但与此同时，他却认为"不必悲观"，反而应当"预祝着"，因为这正是"中国文化的新黄金时代的前夕"，现在"决不是停滞，而在酝酿"②。在李长之看来，中国未来的新文化将与中国传统文化紧密相连，他还进一步归纳出了中国传统文化的特色，正在于"人本的""入世的""心性的""伦理的""审美的"等方面，并指出这同样是德国古典主义思想家最为看重与追求的理想，也是"中国甚而世界"在建设未来新的文化体系中最需要的内容③。

让人惊讶的是，李长之在这一时期对于中国当时的文化状况与中国传统文化的分析，几乎就是他日后在《迎中国的文艺复兴》一书中谈论这些话题时的理论雏形。在某种程度上，李长之在《迎中国的文艺复兴》中的相关论述，只

---

① ［德］玛尔霍兹著，李长之译：《文艺史学与文艺科学》，见《李长之文集》（第9卷），河北教育出版社，2006年，第266页。
② 李长之：《宏保耳特（一七六七——一八三五）之人本主义》，见《德国的古典精神》，《李长之文集》（第10卷），河北教育出版社，2006年，第239页。
③ 李长之：《宏保耳特（一七六七——一八三五）之人本主义》，见《德国的古典精神》，《李长之文集》（第10卷），河北教育出版社，2006年，第239页。

是对于上述分析的进一步补充与丰富。更值得注意的是,李长之在此时已经开始使用"中国文化的新黄金时代"的说法,这距离他后来明确提出"中国文艺复兴"的理论主张"近在咫尺"。也就是说,当李长之脑海中闪现出"中国文化的新黄金时代"这一未来图景时,他心目中有关"中国文艺复兴"的文化理想就已经是"栩栩如生""呼之欲出"了!

这一切都离不开德国古典主义时期的思想家宏保耳特,同样也离不开温克尔曼、康德、歌德、席勒等德国古典主义时期的大师,他们为李长之"中国文艺复兴"思想提供了无比重要的灵感源泉。所以,"德国古典主义"文化的这一"西学",在李长之"中国文艺复兴"思想的形成过程中,扮演着非常重要的角色。

有必要补充的是,李长之随后在对"中国文艺复兴"的方法进行理论阐释时,对于"西学为用"这一理论主张的接受与剖析,主要针对的是传统意义上的"西学",也即指英、法、美等国的先进科技文化,可能并不包括他所钟爱的"德国古典文化"。在李长之的潜意识之中,他对于"德国古典文化"的理解,在很大程度上与艾恺、叶隽与单世联等学者的理解相同,即把它看作"另一种西学",而绝非一般意义上的"西学"。

首先需要提及的,是美国学者艾恺在《世界范围内的反现代化思潮——论文化守成主义》(1991)一书中的相关分析。在此书中,艾恺特意提出了一个值得引起注意的重要事实:"启蒙运动和现代化产生于世界的两个最早的民族国家——英国和法国,反现代化批评却在德国以全盛之姿出现。在当时的印象中,德国在地理上处于英法之东,故认为英法的现代化,对德国是一种'东西文化'冲突——早期的德国批判预示了日后很多的其他非欧洲批判所具有的主要特征。"[1]这段论述清晰地表明,尽管德国是中国人眼中的"西方",却是"西方世界"中的"东方"。换言之,作为"西方国家"之一的德国,可能具有一种不同于英、法等一般西方国家的"非西方"性质。正是因为如此,德国面对西方的现代化时,也曾经遭遇了与很多亚洲国家非常相似的经历。在很

---

[1] [美]艾恺:《世界范围内的反现代化思潮——论文化守成主义》,贵州人民出版社,1991年,第16页。

大程度上，这可能也正是德国古典文化能在李长之内心深处引起强烈共鸣的重要原因。

当代学者叶隽有本名为《另一种西学——中国现代留德学人及其对德国文化的接受》（2005）的专著，他在书名中直接采用了"另一种西学"的说法来概括"德国文化"[1]，此书从中国留德学生的角度出发，考察了德国对现代中国所产生的重要影响。很显然，叶隽同样清醒地认识到，德国文化不同于一般的"西方文化"，而属于"另一种西学"。无独有偶，单世联在《辽远的迷魅：关于中德文化交流的读书笔记》一书中，专门以《为什么是"另一种西学"》（2005）为题认真解读了叶隽此书，对于"另一种西学"这一说法深表赞赏，认为它"明确提出德国文教不同于英美日法文教的特殊性"[2]。这一切表明，中国当代学者已经充分地意识到，"德国文化"不同于一般的"西方文化"，而有着自己的独特之处，在某种程度上它们遭遇了与中国文化相似的经历，因此彼此可能有着更多的共通点。

可以看到，"德国古典主义"在李长之"中国文艺复兴"思想的形成过程中起到了重要的引领和启示作用，无形中成为他这一思想的重要背景或底色。正因为如此，李长之在"中国文艺复兴"的具体文化实践中，尤其是从事与"德国古典文化"相关的解读与论述时，自然会产生与"西学为用"这一理论主张的明显冲突。在某种程度上，这也正好流露出李长之"中国文艺复兴"思想在面对"西学"时颇为复杂的态度。

三、"欧洲文艺复兴"的直接影响

李长之的《西洋哲学史》（1941）一书似乎较少受到学界的关注，但此书其实是他"在1949年之前影响最大销路最广的书"[3]，更与他的"中国文艺复兴"思想有着紧密的联系。可以说，李长之"中国文艺复兴"这一主张的提

---

[1] 叶隽：《另一种西学——中国现代留德学人及其对德国文化的接受》，北京大学出版社，2005年。
[2] 单世联：《辽远的迷魅：关于中德文化交流的读书笔记》，上海外语教育出版社，2008年，第194页。
[3] 于天池、李书：《李长之与罗家伦》（下），《文史知识》，2013年第7期。

出，有可能就是直接受惠于此。

正是在《西洋哲学史》第一章介绍"希腊哲学"的时候，李长之明确地使用了"中国文艺复兴"这一语词。他写道："它曾经是欧洲文艺复兴的原动力了，但不知道是不是也可以作为'中国文艺复兴'的接触剂（Caialyzator），由它而使中国过去的伟大精神也有一种觉醒和光大呢！"①十分明显，此处正是由于涉及"希腊文化"而想到了"欧洲文艺复兴"，并进而有了对"中国文艺复兴"的热切期待。根据笔者所掌握的资料来看，这里可能才是李长之"中国文艺复兴"这一主张首次完整的表述与使用。尽管目前学界一般倾向于认为，李长之是在《迎中国的文艺复兴》一书中正式提出了"中国文艺复兴"这一主张的。然而，此书最早收录的《国防文化与文化国防》（1938）一文只是提到，不能使用"文艺复兴"来称呼"五四"新文化运动，并呼唤"真正的文艺复兴"的到来，并未明确地使用"中国文艺复兴"这一语词。一直要到《五四运动之文化的意义及其评价》（1942）一文的出现，才明确提出"中国文艺复兴"这一主张。在《西洋哲学史》（1941）一书中，李长之才首次明确而直接地使用了"中国文艺复兴"这一说法。同时值得关注的是，就在"中国文艺复兴"这一语词旁边的右上角，李长之还特意标出了注释的标号，具体内容如下："参看本书第一篇第三章第三节注六"②。

根据注释内容的提示，可以查到"中国文艺复兴"在此书第二次出现，其实是在随后论述柏拉图、亚里斯多德思想的时候，李长之由他们自然想到了中国的孔子，更想到了"中国文艺复兴"。李长之这样写道："也许孔子比柏拉图、亚里斯多德的体系更完美吧，所以孔子以后，中国人睡得更久些！——可是睡足了以后，也就准有精神百倍的更大更精深的贡献的，这在西洋是已有五百年历史的'近代'，在中国则是将临的中国'文艺复兴'吧！"③可以看到，李长之在此借助"欧洲文艺复兴"对柏拉图、亚里士多德的唤醒，充分表达了

---

① 李长之：《西洋哲学史》，见《李长之文集》（第10卷），河北教育出版社，2006年，第19页。
② 李长之：《西洋哲学史》，见《李长之文集》（第10卷），河北教育出版社，2006年，第19页。
③ 李长之：《西洋哲学史》，见《李长之文集》（第10卷），河北教育出版社，2006年，第48页。

他唤醒孔子从而迎来"中国文艺复兴"的热切渴望。

值得注意的是,"中国文艺复兴"这一语词的右上角同样作出了标记,具体内容如下:"中国文艺复兴之将临,并非一虚语,如梁思成先生等之以科学方法、专门知识去恢复中国古代建筑;如冯友兰先生之以西洋哲学观念阐明宋人理学,且更推衍之,以作继续之发挥;方东美先生之提倡'原始儒家哲学',于以见中国人在哲学上创造力之真相;以及宗白华先生,滕固先生,罗家伦先生之特别强调汉唐人健康的美感;都可以说是一种征兆。"[①]可以看到,李长之专门对"中国文艺复兴"这一语词予以解释的行为本身,以及注释中的"并非一虚语"所流露的口气,都一再清晰地表明,这可能是李长之首次完整地使用这一语词。同时,这也间接地说明,在20世纪40年代的中国学界,似乎很少有人明确地提倡和使用这一说法,所以李长之才会如此小心谨慎地使用,并予以详细的解释。这恰好说明,李长之正是在《西洋哲学史》一书中,借助对"欧洲文艺复兴"的相关思考与论述,直接获得了有关"中国文艺复兴"的语词灵感与思想共鸣,从而使之在《迎中国的文艺复兴》中进一步"大放异彩"。

由此可见,在李长之"中国文艺复兴"思想的形成过程中,《西洋哲学史》一书无疑是重要的标志性存在。可以说,李长之正是在理解和仰慕"欧洲文艺复兴"的过程中,情不自禁地滋生出"中国文艺复兴"的强烈愿望,与此同时也逐渐形成对于"中国文艺复兴"这一概念的语言表述。

综观以上诸种论述,无论是李长之从现代国家的角度萌生对于中国"肯定自我""意识自我"的观念和热情,还是他在"中国文艺复兴"概念的理解和形成过程中受到"德国文艺复兴""欧洲文艺复兴"等表述的启发与暗示,德国古典文化、现代文化乃至于西方文化都起到了不可忽视的重要作用。

本章小结

本章重点考察了李长之"中国文艺复兴"思想产生的现代学术渊源、文化

[①] 李长之:《西洋哲学史》,见《李长之文集》(第10卷),河北教育出版社,2006年,第48页。

语境及其与诸位现代学者之间的密切关系。不难看出,李长之的"中国文艺复兴"思想与"中国文化复兴""民族复兴""文化建国"等思潮,以及张君劢、冯友兰、宗白华等学者的文化思想,还有德国古典文化精神等都有着密不可分的关系。值得关注的是,尽管接受了诸多因素的影响,但李长之仍立足于自己的专业领域,进行了很多积极而独立的思考,作出了重要的开拓性贡献,从而使李长之的"中国文艺复兴"思想成为中国现代文化思潮中的重要组成部分。

第二章

中国文艺复兴的起点与方法

——反思"五四"新文化运动

对于"五四"新文化运动的评价,一直都是学界的热点话题,也是李长之的"中国文艺复兴"思想中备受关注的焦点。有关"五四"新文化运动究竟是"启蒙运动"还是"文艺复兴"的争论,从20世纪30年代就已开始,直至20世纪90年代,学界依然对此众说纷纭、观点不一。21世纪以来,当代学者对这一话题的关注热情仍然不减,他们期待以更加开阔的视野对此作出新的阐释。在这样的语境下,重新审视和解读李长之在20世纪三四十年代对于"五四"新文化运动的评价,具有重要的学术意义。

然而遗憾的是,目前学界对于李长之"五四"新文化运动评价的认识,一直存在某种偏差或误解。当人们异常热情地谈论着李长之在《迎中国的文艺复兴》一书中对于"五四"的评价时,却对他在此书之外的其他文章有关"五四"的谈论"浑然不知";甚至当此书所收录的《五四运动之文化的意义及其评价》一文已被人们"耳熟能详"时,而对于此书所收录的《文化上的吸收》《中国文化运动的现阶段》等同样涉及"五四"评价的文章,人们却多少有些"陌生"。因此,本书将全面探讨李长之在多篇文章中对于"五四"的不同评价,力求呈现他在历史变迁中对"五四"新文化运动的复杂理解,并在此基础上尝试分析他对于"中国文艺复兴"思想所进行的理论阐释。

第一节 重评"五四":"启蒙"而并非"文艺复兴"

在《迎中国的文艺复兴》一书所收录的《五四运动之文化的意义及其评价》一文中,李长之明确地提出,"五四"只是"启蒙运动"而并非"文艺复兴",并以此为中心对"五四"展开了颇为激烈的反思和批判,从而正式提出"中国文艺复兴"的文化主张。目前学界对于李长之对"五四"评价的理解,也主要聚焦于上述看法。然而,这并不是李长之对"五四"新文化运动的最早谈论。事实上，早在《迎中国的文艺复兴》一书出版之前，李长之就已在相关文章中表达过对于"五四"的初步认识，只不过那时他对"五四"尚怀有着更多的肯定与赞赏。这意味着从最初的看法到《迎中国的文艺复兴》中的上述评价，李长之对于"五四"的理解经历了微妙而重要的思想转变。

一、对于"五四"新文化运动的肯定与赞赏

1937年"卢沟桥事变"爆发不久，李长之乘坐火车离开北京前往昆明。在途中，他开始构思《迎中国的文艺复兴》一书，并在抗日战争期间完成书中各篇文章的写作，该书于1944年由商务印书馆出版。在此之前，尽管李长之从未正式写作过以"五四"新文化运动为题的文章，他却在相关文章中谈及过这一话题，并已初步形成对"五四"的一些看法。这些文章包括如下三篇：《一年来的中国文艺》（1935年初）、《鲁迅批判·后记》（1935年11月17日）与《谈胡适之——由其诗可见其人》（1936）。在这些文章中，李长之对于"五四"持一种基本肯定与仰慕的立场，高度赞扬"五四"新文化运动的重要贡献，还自认是受到"五四"新文化精神的滋养而成长的一代。

就目前所发现的资料而言，李长之对"五四"新文化运动的最早论述，可能出现在《一年来的中国文艺》一文中。尽管李长之此时还只是清华大学的一名大四学生，但已成为20世纪三四十年代"小有名气"的"文学批评家"。在《一年来的中国文艺》一文中，李长之总结和评价了1934年中国文艺界的整体情况，这其中涉及对于"五四"新文化运动的看法。值得注意的是，此时的李长之对"五四"新文化的评价还较为冷静和客观，并流露出更多的理解和认同。他这样写道：

> 精神科学不如自然科学，哲学不如社会学经济学，文学不如哲学，文学的创作还不如文学的理论批评，这是我对于中国"五四"以来文化运动的总考察。然而这种现象是无足怪的，也就是王国维在三十年前所深切感到的：……在中国过去，我们有不少的杰出人物，我们有

不少的大天才，大诗人，大思想家，要知道那是几千年的培养才发出那几朵灿烂光华的花的，新文化运动不过才十五年，而且要知道是和过去的中国文化截然在两个系统里，一个是中国的，一个是世界的，一个是东方的，一个是西方的，一个是固有的，有根源的，一个是移植的，需要吸收消化才有新的面目的，因此，在短短的十五年间，所以新文化运动的收获，便是还在极其没有定型的时代了，截至现在，也仍在萌芽仍在启蒙而已。①

显然，李长之并不认为在1934年中国文坛的发展情况令人满意，但他努力地为这种"令人失望"的文坛"寻找理由"。他把当时的文坛状况划归于"五四"以来新文化运动的大脉络之下，清晰地体现了他对于"五四"新文化运动的首肯与认同。他还从两个具体方面予以解释，这样便涉及对"五四"新文化运动的评价：一是指出时间上的短暂，他一再说"新文化运动不过才十五年"，"在短短的十五年间"，所以想要取得中国传统上"几千年来的培养"的大天才或大诗人，自然是不可能的；二是强调性质上的差异，他指明"五四"新文化运动的独特性质，迥异于中国过去的文化传统，是一场"世界的"、"西方的"和"移植的"运动，这自然决定了其成果不易形成。值得注意的是，李长之在这里已经明确使用了"移植""启蒙"这样的语词来形容"五四"新文化运动，对于表现出"启蒙"特点的"五四"，李长之此时尚抱有无限的好感与希望，总体上持赞同与仰慕的态度。在随后的《迎中国的文艺复兴》一书中，李长之在描述"五四"新文化运动的时候，基本重复使用了这些语词。可以说，这些语词在前后时期并没有太大的变化，然而李长之此时对"五四"新文化运动所持有的肯定、理解与认同的立场，却已经悄悄地转变了。

李长之在20世纪三四十年代主要是以"文学批评家"而闻名，为他带来巨大声名的，自然包括《鲁迅批判》一书的出版。在《鲁迅批判·后记》中，李长之首次提及自己与"五四"新文化运动之间的关系，并从中流露出对"五

---

① 李长之：《一年来的中国文艺》，见《李长之文集》（第2卷），河北教育出版社，2006年，第324页。

四"的态度。李长之深深感谢从鲁迅那儿所获得的恩惠与影响,并将之扩大为"五四"新文化运动的恩赐,还自称是受到"五四"新文化教育的青年。他认为:

> 恐怕不仅是我,凡是养育于"五四"以来新文化教育中的青年,大都如此的吧。——我们受到鲁迅的惠赐实在太多了。①

这里值得重视的是,李长之把自己看作"养育于'五四'以来新文化教育中的青年"。此时的李长之刚刚从清华大学毕业不久,他在不经意间流露出对于"五四"新文化运动的主动认同,这显然意味着他此时对于"五四"是充分接受和认可的。碰巧的是,此文距离《一年来的中国文艺》一文的写作也只有几个月的时间。在某种程度上,可能正是因为有了《一年来的中国文艺》中对于"五四"的肯定性评价作为铺垫,李长之才会在这里"顺理成章"地表达出对于"五四"新文化运动的身份认同这一重要信息。这一身份认同对于李长之来讲非常重要,有可能从一开始就决定了他的文化立场和方向,也奠定了他一生文化信念的基础。无论李长之日后对"五四"新文化运动作出何种评价,甚至无论他对待"五四"的态度发生怎样的变化,都不应该忽略他早期对于"五四"的这一文化身份认同。在某种意义上,这正是李长之对"五四"新文化运动评价的核心,也是学界理解李长之有关"五四"的多重复杂态度的最好钥匙。

事实表明,李长之在20世纪30年代中期的时候,对"五四"新文化运动的评价与态度都是非常肯定与积极的。就在上面两篇文章完成后不久,李长之紧接着对于"五四"新文化运动的代表性人物胡适的诗歌展开了解读,其中自然又涉及他对于"五四"的一些看法与评论。在《谈胡适之——由其诗可见其人》一文中,李长之对于胡适以及"五四"新文化运动都给予了较高的评价,言辞之间还时常流露出某种颇为明显的赞赏与仰慕。他这样评价"五四"新文

---

① 李长之:《鲁迅批判·后记》,见《李长之文集》(第2卷),河北教育出版社,2006年,第106页。

化运动：

> 我常觉得，作了中国文化史上的新页的"五四"运动，乃是一个启蒙运动（Aufklärung）。例如对于旧权威的摧毁，对于既存的偶像的破坏，以及一般的对于自然科学的信赖，浮浅的功利主义的理智色彩，这都是启蒙运动中应有的现象。……从长远处看，十年二十年是很短的一个时期，所以截至现在，就是说仍处在这个启蒙运动的笼照中也并不为过的。①

在上述引文中，李长之明确地将"五四"新文化运动称为"启蒙运动"，还具体地阐述了作出这一评价的理由，并认为20世纪30年代仍处于"启蒙"时期。在"启蒙运动"一词的后面，李长之特意注明了其所对应的德文语词"Aufklärung"，这表明李长之对于此词的理解主要源自德国文化。在他具体列举的几个用来描述"启蒙运动"与"五四"新文化的特点中，尤其是最后一点"浮浅的功利主义的理智色彩"，显然是德国文化语境中对于"启蒙运动"的批判性理解。在对"启蒙运动"的阐述中，这可能是李长之首次在"理智色彩"前面使用"浮浅的""功利主义的"这样略含讥讽和贬斥的语词。然而，李长之对此并没有作出任何的说明或解释。

在随后分析胡适与"启蒙运动"精神之间的关系时，李长之同样使用了"清楚浅显的理智"来表达他对于"启蒙精神的核心"的理解，不过这一次他予以了专门的解释：

> 胡适是这时代中颇能代表的一个……胡适尤其表现了启蒙的精神。这精神的核心就是清楚浅显的理智。我这样说，丝毫没有菲薄的意味，因为时代根本是相续的，不能没有桥梁。任何能够代表一时代的意义

---

① 李长之：《谈胡适之——由其诗可见其人》，见《李长之文集》（第2卷），河北教育出版社，2006年，第352页。

的人物，不能不说是伟大的人物。所谓时代过去了，是我们指所说的时代过去了，但是历史上的被记录了的时代却是永久的。这样说，就是，胡适的地位是并不会因几个人的叫叫而改动了的。①

耐人寻味的是，可能因为这里涉及了胡适，而李长之在此文中对于胡适又多持肯定和赞赏的态度，所以他不惜耗费笔墨，专门为"清楚浅显的理智"这一说法而辩护"丝毫没有菲薄的意味"。尽管李长之的解释颇有说服力，但这也恰恰说明，"清楚浅显的理智"这一语词原本有着几分"菲薄的意味"，李长之的解释多少是因为有些"爱屋及乌"。换言之，可能因为胡适的缘故，李长之才对"清楚浅显的理智"予以特别的解释。其实，李长之在此并没有沿袭使用前面的"浮浅的功利主义的理智色彩"这一说法，而是悄悄将其换作了"清楚浅显的理智"，语词转换的行为本身已经说明，他在有意回避这些语词所含的讥讽意味。

与此相关，李长之在论述胡适"大胆假设、小心求证"的哲学时，尽管承认其并不高深，却依旧从其对当时贡献的角度出发，采取了肯定与赞赏的态度。他指出："这却是那时，或者直到现在所急需的。他运用他清楚浅显的理智，在中国的启蒙运动中，作了一个强有力的呐喊者。"②饶有意味的是，李长之日后在《迎中国的文艺复兴》一书中重新谈论胡适哲学及"五四"哲学的"理智"色彩时，这种肯定与赞赏的态度就没有再出现。

大体来说，在写作《迎中国的文艺复兴》一书之前，李长之已经初步具有了把"五四"称作"启蒙运动"的看法，而且一度开始使用"浮浅的功利主义的理智色彩"这样略含贬斥意味的语词来形容"五四"新文化运动，但这种批评和菲薄的意味似乎尚不明显，在情感态度上，他对于"五四"新文化运动还基本持有肯定与认可的态度。

---

① 李长之：《谈胡适之——由其诗可见其人》，见《李长之文集》（第2卷），河北教育出版社，2006年，第352页。
② 李长之：《谈胡适之——由其诗可见其人》，见《李长之文集》（第2卷），河北教育出版社，2006年，第355页。

二、对于"五四""启蒙运动"的激烈批判

李长之在《迎中国的文艺复兴》一书的多篇文章中，都论及对于"五四"新文化运动的看法及评价，比如：《自序》《文化国防与国防文化》《五四运动之文化的意义及评价》《中国文化运动的现阶段》《文化上的吸收》等。尤其是在《五四运动之文化的意义及其评价》（1942年4月28日）一文中，李长之更是对"五四"展开了最为全面系统的论述。李长之明确地指出，"五四"并非"文艺复兴"而只是"启蒙运动"，并对其展开了激烈的反思与批判，从而呼吁真正的"中国文艺复兴"运动的到来。正是基于这样的认识，他才特意将此书命名为《迎中国的文艺复兴》。

这也是目前学界对李长之有关"五四"新文化运动评价的主要认识，然而人们很少关注的是，与李长之在20世纪30年代中期对"五四"的肯定态度相比，他在《迎中国的文艺复兴》一书中有关"五四"的上述评价其实经历了微妙的思想转变。李长之对于"五四"新文化运动的态度究竟发生了哪些变化？为什么李长之会转变对"五四"新文化运动的态度？这些问题都是值得人们深思的。

最明显的变化，是有关论述篇幅与方式的。此前李长之对"五四"新文化运动的谈论，只是在相关文章中偶然谈及，从未有过专门的关注和思考，而在《迎中国的文艺复兴》一书中，李长之则对于"五四"展开了全面系统的思考。这一简单的论述变化大致可以反映出，李长之对于"五四"新文化运动的理解与认识，经历了从"不自觉"逐渐走向"自觉"的转变过程。也可以说，是发生了从"无意识地接受"到"主动地批判性反思"的变化，个体的主动性在其中发挥了越来越重要的作用。

在有关"五四"新文化运动是"启蒙运动"的论述上，李长之的态度前后也出现了一些颇耐人寻味的变化。粗略地看，与前期评价相比，李长之仍然沿袭了这一基本观点，只是论述得更为详细和充分，然而仔细辨识就会发现，其中还是有着细微的差异的。李长之此前只是简单而直接地说，"五四"新文化

运动是"启蒙运动",现在却多加了一点补充,"五四"新文化运动"并非文艺复兴"①。也就是说,李长之不但从正面定义了"五四"新文化"是什么",还从侧面点明它"不是什么"。

早在《国防文化与文化国防》一文中,李长之就已明确了态度:"我不赞成用'文艺复兴'来称呼'五四'运动,'五四'运动只是一个启蒙运动。"②在《五四运动之文化的意义及其评价》一文中,李长之首先追溯了西方"文艺复兴"的两个重要特点,即"古代文化的再生"和"新世界与新人类的觉醒",并以此来衡量"五四"新文化运动,从而断定"五四"新文化运动并非"文艺复兴"。然后,他又依据德国汉斯·吕耳对于"启蒙运动"的定义"明白与清楚",逐一考察了当时的情形,比如:陈独秀等人对传统的开火、文化环境上的不喜玄学、哲学与方法论上的理智主义、文艺形式上的写实主义及社会上的唯物思想与功利主义等,从而坚定地认为,"五四"是一场"启蒙运动"而"并非文艺复兴"。

此前,李长之只关心"五四"新文化运动的正面是"启蒙运动",现在他则同样关心它的侧面"并非文艺复兴";此前李长之作出"五四"新文化运动是"启蒙运动"的这一评价,更多的是印象式的、感悟性的简单看法,现在则变为有着理论背景和事实依据的学术论断。这些细微的转变很值得揣摩,它其中正暗示着李长之对"五四"新文化运动态度转变的重要原因。

在对于"五四"新文化运动的叙述口吻与情感态度上,李长之更表现出前后非常明显的转变。在此前,李长之对于"五四"新文化运动的论述还颇为冷静和客观,在情感态度上也表现出较多的肯定与认同;但后期,他的论述言辞则变得激烈与苛刻,还流露出严厉的批评和否定,甚至鄙薄的意味。

李长之在对"五四"新文化运动的论述上的这种激烈批判态度,最集中地体现于《五四运动之文化的意义及其评价》一文中。在此文的开头部分,李长

---

① 李长之:《五四运动之文化的意义及其评价》,见《李长之文集》(第1卷),河北教育出版社,2006年,第18页。
② 李长之:《国防文化与文化国防》,见《李长之文集》(第1卷),河北教育出版社,2006年,第16页。

之直接否定了国外学界将胡适视为"中国文艺复兴之父"的说法,借此表明他对于"五四"新文化运动性质的认识。在李长之看来,"五四"新文化运动并非"文艺复兴",而只不过是一场"启蒙运动"。作为"启蒙运动"而言,"五四"新文化运动最重要的特点在于富有"理智色彩","五四"精神始终与"清浅的理智"紧紧联系在一起。因此,李长之对于"五四"新文化运动的严厉批判,主要围绕着"五四"所具有的这种"理智色彩"来展开。

李长之使用了一种比较苛刻和略带讥讽的叙述口吻来描述"五四"新文化运动的"理智色彩"。他指出,"五四"的时代精神"彻头彻尾是停滞于清浅的理智为已足";甚至包括他的恩师冯友兰先生的《新理学》,也"全然是清浅的理智主义";至于其他的哲学方法,当然"也是清浅的";同时这一时期所了解和欣赏的古人,也几乎"无一不是清浅的理智主义者";最后还包括这时文艺所流行的讽刺、写实等手法,也只是"'五四'时代破坏精神的余波"和"理智主义的另一表现"[①]。更重要的是,李长之对于这种"清浅的理智主义"非常不满意,他一再指出其存在的种种弊端,比如:"假若太理智,我们就恐怕不能抗战了",因为"这种理智主义缺少深度,缺少对人性之深度的透视";某些方法论则"不过是一种常识的科学方法的应用";还有"太理智了,那里会有诗"[②] 等。在对"五四"的"理智主义"特点进行了上述种种严厉的指责与控诉后,李长之对于"五四"新文化运动作出了如下严苛的总结:

> 有破坏而无建设,有现实而无理想,有清浅的理智而无深厚的情感,唯物,功利,甚而势力,是这一时代的精神。这那里是文艺复兴?尽量放大了尺寸说,也不过是启蒙。[③]

[①] 李长之:《五四运动之文化的意义及其评价》,见《李长之文集》(第1卷),河北教育出版社,2006年,第20-22页。
[②] 李长之:《五四运动之文化的意义及其评价》,见《李长之文集》(第1卷),河北教育出版社,2006年,第21-22页。
[③] 李长之:《五四运动之文化的意义及其评价》,见《李长之文集》(第1卷),河北教育出版社,2006年,第23页。

在此之前，李长之还曾为"清浅的理智色彩"这一语词"丝毫没有菲薄的意味"而专门辩护了几乎整段的文字，现在却俨然把"清浅的理智主义"作为"五四"新文化运动的"一宗罪状"而加以控诉，这其中体现出巨大的思想转变。在李长之此前的论述中，"清楚浅显的理智"是胡适诗歌自成一体的光荣标志，也是"五四"新文化运动会被历史永远铭记的伟大功绩；而如今，"清浅的理智主义"却成为诗歌写作最大的障碍，成为"五四"新文化运动的严重缺陷，甚至是污点。可以看到，李长之对于"五四"新文化运动的特点在于"启蒙运动""理智"色彩的这一认识，前后大抵没有太大的改变，重要的转变或差异在于，这一"理智"的色彩却由"值得尊重和认可"变得"必须批评和指责"，从一个特定历史阶段的必然特点，变成了带有重要弊端和缺陷的罪状。张蕴艳在《李长之学术——心路历程》一书中也指出，李长之在这一时期系统评价"五四"时，对于"五四"的"不满情绪"已经"非常直露"，"'菲薄的意味'已明显多于肯定的意味"[①]。也就是说，李长之在《五四运动之文化的意义及其评价》一文中，不仅提出"五四"是"启蒙运动"而并非"文艺复兴"的观点，更对"五四"所具有的"启蒙色彩"展开了非常激烈的批判与反思，从而与他在20世纪30年代中期对于"五四"的肯定与赞赏性评价，形成鲜明的思想差异与情感对比。

为什么李长之对于"五四"新文化运动的态度会出现上述转变呢？这其中的关键原因可能在于时代语境的变化，还有李长之自己对于某些文化主张的提倡。

前面提到，李长之是在全面抗战的语境中，开始构思和写作《迎中国的文艺复兴》一书的，毫无疑问，这一语境深深影响到了《迎中国的文艺复兴》一书的具体写作，尤其影响到了他对于"五四"新文化运动的评价。正是在这种战争的语境中，李长之正式提出建设"中国文艺复兴"的文化主张，伴随着这一主张的提出，他对于"五四"新文化的评价悄然发生了转变。在李长之的眼中，"五四"新文化运动不再单单是"启蒙运动"，由于"五四"时期曾经出现

---

① 张蕴艳：《李长之学术——心路历程》，北京大学出版社，2006年，第125页。

过激烈的反传统文化的主张,从而在某种程度上间接变成"中国文艺复兴"运动的"对立面",自然会受到李长之颇为严厉的否定和批判。这也就是前面所分析的为何李长之在将"五四"新文化运动定义为"启蒙运动"之后,要另外再添加一个有关它"并非文艺复兴"补充的原因。也就是说,由于李长之身处抗日战争的特殊语境中,心怀"在抗战中建国"的真诚愿望①,还热情提倡"中国文艺复兴"的文化主张,这使他在评论"五四"新文化运动的时候,无法再像从前那样客观和冷静,不免带了几分苛责与强求,甚至是讥讽。

在同一时期,李长之在《我希望于中国作家者》(1941年除夕)这篇很短的文章中,也再次重复了自己在《迎中国的文艺复兴》一书中对于"五四"新文化的反思与批判。他这样写道:"浅薄的理智主义过去了,短狭的功利主义过去了,我们要理想,要热情!//……理智的、启蒙运动的、'五四'式的精神停止吧!//我们要迎生气蓬勃的中国底文艺复兴!"②可以说,由于李长之是在抗战的时代语境中亲自致力于提倡一场真正的"中国文艺复兴"运动,其中难免夹杂着热情与急切的双重心理,从而使他对于"五四"的理解有些片面,甚至在某种程度上采用了机械的"二元对立"的简单模式,来看待"五四"新文化运动与"中国文艺复兴"运动之间的复杂关系。李长之对"五四"新文化运动的激烈反思与批评,甚至一度流露出的讥讽与鄙薄态度,可能并不是李长之对于"五四"新文化运动的真正态度。与其说这是一种"真实的想法",还不如说它是在特殊情势之下的一种"应对策略",其中固然包含着某些睿智合理的远见,但也难免有考虑不周之处。正是因为如此,在抗战接近尾声及战争胜利以后,李长之便对自己的这一主张进行了调整。

三、有关李长之对于"五四"评价的接受与"误读"

伴随着《迎中国的文艺复兴》一书的出版和再版,李长之有关"五四"是

---

① 李长之:《国防文化与文化国防》,见《李长之文集》(第1卷),河北教育出版社,2006年,第15页。
② 李长之:《我希望于中国作家者》,见《苦雾集》,《李长之文集》(第3卷),河北教育出版社,2006年,第162页。

"启蒙运动"而并非"文艺复兴"的观点,在20世纪40年代中后期就受到了学界的热切关注,并产生了颇为重要的学术反响。无论是在新书推介、书评文章里,还是在相关文章的谈论中,都可以看出学界对于李长之上述观点的赞同与欣赏(详见后文分析)。更让人惊讶的是,经历了大半个世纪的尘封和遗忘,当李长之的"中国文艺复兴"思想重新引起学界的热情关注时,人们所最为看重和赞赏的,也依然是李长之的这一评价。

然而无论是民国学界,还是当今学界,他们对李长之"五四"是"启蒙运动"观点的接受,可能都在某种程度上存在一些"误读"。这主要是指,一方面,学界更多地只是接受了李长之有关"五四"是"启蒙运动"的这一知识性评价,而对于李长之在这一评价身上所寄寓的"讥讽或鄙薄色彩",则予以了忽略或漠视;另一方面,由于学界普遍是通过《迎中国的文艺复兴》一书来接受李长之"五四"是"启蒙运动"的这一评价的,而对于李长之在20世纪30年代中期就已经作出的相关评价几乎"毫不知晓",因此对于李长之评价"五四"新文化运动所经历的从"肯定性认同"到"批判性反思"的思想转变,缺乏必要的敏感与关注,从而未能充分意识到,李长之作出"五四"是"启蒙运动"这一评价背后的复杂性。也就是说,民国学界与当今学界几乎都存在对李长之关于"五四"的评价的某种"误读",从而也进一步影响到对李长之"中国文艺复兴"思想的正确认识与理解。

问题在于,如何看待当今学界对李长之"五四"上述评价的"误读"现象?其中是否仍具有某种"合理性"的因素?又如何评价李长之将"五四"看作"启蒙运动"这一评价所具有的学术价值?

这种"误读"现象发生的原因,与历史原因造成的文献不足和研究滞后有关。因为直到2006年,《李长之文集》(十卷本)才得以首次正式出版,至此读者方可以一睹李长之著述的"全貌"。在此之前,人们一般只能阅读到李长之生前出版的部分单册著作,自然很难发现他在其他零散文章中对于"五四"新文化运动的相关谈论。再加上李长之重新引起学界的关注,是20世纪90年代以后的事情,而对他的"中国文艺复兴"思想产生广泛的研究兴趣,更是

21世纪以来的事,因此有些研究还尚未来得及深入展开,不免有些滞后。在这个意义上,当今学界对于李长之"五四"上述评价的"误读"几乎是"不可避免"的,因而也是应该谅解的。

与此同时,这种"误读"同样包含着某些"合理性"的因素。具体地说,尽管当今学界尚未意识到李长之关于"五四"的评价背后的思想转变,但已充分关注到,李长之有关"五四"是"启蒙运动"这一重要的评价依然具有积极的学术贡献。

李长之有关"五四"是"启蒙运动"的这一评价,居然有很多需要完善的地方,但依然具有十分重要的学术价值与贡献。当代学者张颐武认为,李长之有关"五四"的一些论述,"在有着明显的弱点的同时却有压抑不住的强大的生命力"①。在某种程度上,李长之对于"五四"新文化运动的评价,提供了与此前不同的另一种叙述话语,由此开启了在"五四"之后继续开拓新文化的可能性。尤其是当"五四"已被学界视作一个"不可逾越的顶点"之后②,李长之对于"五四"新文化运动的这一反思性评价,尤其值得珍视。

不仅如此,李长之"五四"是"启蒙运动"的这一评价,可能同样具有着重要的思想价值。最早使用"启蒙运动"来评价"五四"新文化运动的是"新启蒙运动",而并非李长之。然而,李长之可能是第一个完全从纯粹的学术立场上出发,对"五四"作出这样评价的人,无疑具有重要的思想贡献。早在20世纪90年代,余英时就曾指出,李长之的这一评价与"新启蒙运动"毫无关联,而且是"基于完全不同的理由"③,并因此高度肯定了李长之的"中国文艺复兴"思想。在这一意义上,李长之有关"五四"是"启蒙运动"的看法,的确有理由受到学界的充分重视。

最后有必要补充的是,在《迎中国的文艺复兴》一书出版之后,李长之及时地调整或补充了"五四"是"启蒙运动"的相关评价,这些看法才能更加真

---

① 张颐武:《超越"五四":追寻李长之的文学精神》,《文学自由谈》,2003年第5期。
② 张颐武:《超越"五四":追寻李长之的文学精神》,《文学自由谈》,2003年第5期。
③ 余英时:《文艺复兴乎?启蒙运动乎?——一个史学家对五四运动的反思》,见《重寻胡适历程:胡适生平与思想再认识》,广西师范大学出版社,2004年,第255页。

实而全面地代表他对"五四"新文化运动的深刻认识与理解。然而遗憾的是，由于相关文章并没有被收录在《迎中国的文艺复兴》一书，因此很少受到学界的关注和重视，这种情况从民国时期一直持续至今。

第二节 再评"五四"："启蒙"而孕育着"文艺复兴"

《迎中国的文艺复兴》于1944年由商务印书馆正式出版之后，李长之并没有停止对于"五四"新文化运动的思考。伴随着对"五四"新文化运动的认识不断深化，以及现实语境与时代氛围的悄然转换，李长之努力地调整和修正了他在《迎中国的文艺复兴》一书中对于"五四"的激烈批判与反思立场，尝试着去重新理解"五四"，并努力重建作为"启蒙运动"的"五四"与"文艺复兴"之间所蕴藏着的更为丰富而复杂的联系。

一、有关"五四"孕育着"文艺复兴"的新理解

在抗战接近尾声的时候，李长之对于"五四"新文化运动的看法出现新的变化和调整，主要体现在《五四——蔡子民——大学教育》（1944年5月3日）与《我的写作生活》（1945年1月10日）两篇文章之中。此时，李长之对之前激烈批判"五四"新文化运动的立场，已经开始有所怀疑和动摇，他敏锐地意识到，"五四"新文化（"启蒙运动"）与"文艺复兴"其实并非"水火不容"或"势不两立"，而是存在着他此前所未曾注意到的更为密切的关系。

《五四——蔡子民——大学教育》写于1944年"五四青年节"的前夕，此文是为了纪念"五四"新文化运动而作，也是为了纪念蔡元培先生而作。更准确地说，正是因为有了对蔡元培先生多方面贡献的深入了解，才促使李长之进一步意识到，有必要重新反思此前对于"五四"新文化运动的看法。蔡元培先生于1940年在香港去世，尽管当时李长之曾经写过《释美育并论及中国美育之今昔及其未来——为纪念蔡子民先生逝世作》一文表示纪念，但事实上他对于蔡元培先生的真正认识与理解，却还要等到《五四——蔡子民——大学教育》

一文的出现，当然这中间有着宗白华先生的功劳（详见第一章论述）。在此文中，李长之更加充分地认识到蔡元培先生的卓越贡献，并由衷地对蔡元培产生了仰慕与崇拜之情，甚至正是由于蔡元培先生的缘故，他对"五四"新文化运动也再次产生了好感与认同。

在某种程度上，李长之此前有关"五四"新文化的诸多论述，主要是围绕胡适等人展开的，比如《谈胡适之——由其诗可见其人》《五四运动之文化的意义及其评价》等，并由此形成对于"五四"新文化具有"清浅的理智主义"特点的认识。然而，在《五四——蔡孑民——大学教育》一文中，李长之对于"五四"的谈论与前有所不同，他重点关注的是"五四"时期的另一位重要人物——蔡元培先生，这一微妙的变化非常关键。当李长之将自己对于"五四"新文化运动的认识与理解，从胡适转向蔡元培之后，他对于"五四"新文化运动的认识与评价，也发生了某种重要的转变。

在《五四——蔡孑民——大学教育》一文中，李长之首先重申了此前对于"五四"新文化运动是"启蒙运动"的基本看法。他指出："五四运动在文化上的意义是一种启蒙运动，而不是文艺复兴，这意见到现在我仍主之。"[①]由此可见，李长之对于"五四"新文化运动的看法并没有发生太大的转变，但在深层意义上，李长之对其作出了许多重要的调整和补充，从而充分暗示出，他对于"五四"新文化运动的评价已经发生了很多改变。

李长之此前只是依据"五四"时期具体呈现出来的一些情况，作出"五四"只是"启蒙运动"而并非"文艺复兴"的重要论断，现在他试图"追根溯源"，尝试为"五四"所呈现出来的上述特征寻找出更为深层而内在的理由。因此，他发出了这样的追问：

> 我现在想进一步推求它的原因。为什么一种基于民族情感的运动，想和自己的文化传统绝缘？为什么一种发自少年热情的运动，它表现

---

① 李长之：《五四——蔡孑民——大学教育》，见《李长之文集》（第3卷），河北教育出版社，2006年，第345页。

在文化上乃是贫血底，浅薄的理智底？①

这无疑是一个非常深刻的追问，对于真正理解"五四"新文化运动有着重要的意义。李长之认为，尽管这一切表面上"似乎不可解"，但仔细分析就会发现"其有势所必至者"②。这意味着，他对于"五四"不再采取那种单纯的批判和指责态度，而开始怀有一种"同情式的理解"。这自然与李长之对于蔡元培先生的理解日渐加深有关，同时也与李长之对于"中国文艺复兴"主张的提倡，即尽管"热情不减"但总不似先前那样的"急切"，有着重要的关联。换句话说，随着抗日战争逐渐走向尾声，李长之的心态也日趋冷静和沉稳。他开始重新思索：为何"五四"时期会那样激烈地反传统文化，为何"五四"会在文化上表现出"清浅的理智主义"色彩？两者正是李长之在《迎中国的文艺复兴》一书中对于"五四"新文化运动有所"鄙薄"的重要原因，现在李长之终于可以作出正面回答了。

李长之对这两个问题展开了十分深入的剖析，认为"五四"新文化运动之所以会呈现出"激烈反传统文化""清浅的理智主义"等特点，有如下五个方面的原因：一是历史原因，从17世纪以来直至晚清，中国一直受到怀疑的、理智主义色彩的西方文化影响；二是对外关系的原因，中国贫弱自卑多年，自然很难拥有文化上的自信；三是知识不够，不仅对于中国文化的真正了解不深，对于西方各国思想的认识也非常的片面与浮浅；四是时间不够，"五四"新文化运动的时间还很短暂，根本来不及深入了解中国传统文化；五是那时提倡中国传统文化，往往是军阀们在利用传统文化以图私利，所以有识之士当然"避之唯恐不及"。受到上述诸原因的内在影响，"五四"新文化运动最终必然只能呈现出"启蒙运动"的精神面貌。李长之对于"五四"新文化运动的上述分析，可谓十分精辟深刻。如果说李长之此前的重要贡献在于，首次在学术意义

---

① 李长之：《五四——蔡孑民——大学教育》，见《李长之文集》（第3卷），河北教育出版社，2006年，第345页。
② 李长之：《五四——蔡孑民——大学教育》，见《李长之文集》（第3卷），河北教育出版社，2006年，第346页。

上指出了"五四"是"启蒙运动",那么现在他则进一步深入阐释了"五四"必然只能是"启蒙运动"的根本原因,这一阐释同样具有着不可忽视的重要意义。即使时至今日,这依然堪称一种极富洞察力的学术分析。

因此,尽管李长之依然坚持"五四"是"启蒙运动"的观点,但他开始尝试慢慢理解和欣赏"五四"新文化运动了,甚至由此进一步发现"五四"在某种程度上正孕育着"文艺复兴",从而在情感态度上对"五四"也流露出更多的认同与好感,这与此前在《迎中国的文艺复兴》中的相关论述相比,无疑有着十分明显的差异和转变。李长之指出:

> 五四之启蒙性质,其来历既如此,于是也就决定这种启蒙自有一种不同于历史上其他启蒙运动者。这就是——它仍有少年精神。它的清浅理智色彩是幼稚,而不是衰老;它之反对中国文化传统是有所激而然,是能力问题,而不是本心;在骨子里,未尝不期待传统文化上的发掘与自信的树立,可是时间还没成熟。因为如此,这种启蒙式的五四也未尝不孕育着一种文艺复兴![1]

倘若对比李长之在《迎中国的文艺复兴》一书中的相关言论,上面这段论述会显得非常有趣,也更加耐人寻味。因为李长之在具体论述的"前半句"并未显示出任何变化,与此前的论述基本相同,比如:"五四之启蒙性质""它的清浅理智色彩""它之反对中国文化传统"等,但有趣的是,李长之"无一例外"地增加或调整了"后半句"的论述,从而为"五四"新文化运动进行了某种"有力的辩护",比如:"它仍有少年精神""是幼稚,而不是衰老""是有所激而然,是能力问题,而不是本心""在骨子里,未尝不期待传统文化上的发掘与自信的树立,可是时间还没成熟"等。这样一来,李长之就彻底颠覆或翻转了他此前在这些语词上所寄寓的"讥讽与鄙薄",而成功地将其转化为某

---

[1] 李长之:《五四——蔡孑民——大学教育》,见《李长之文集》(第3卷),河北教育出版社,2006年,第346页。

种"认同与肯定"。

正是在此基础上,李长之否定了自己此前有关"五四"是"启蒙运动"而并非"文艺复兴"的学术论断,进而重新阐明"五四"新文化运动的复杂性,认为"这种启蒙式的五四也未尝不孕育着一种文艺复兴"。毫无疑问,这是对于此前关于"五四"论述的一个重大调整,"五四"新文化运动与"文艺复兴"之间那种"二元对立"的简单模式被彻底打破,代之而起的是一种更加冷静与睿智的学术洞察。在某种程度上,这才是真正代表李长之对于"五四"新文化运动的深刻理解,尽管学界对此还所知甚少。

尤其是当李长之把关注的目光投向蔡元培先生的身上时,有关"五四"新文化运动正孕育着"文艺复兴"的这一论断,就以更加清晰生动的形式呈现出来。无论"五四"新文化运动在李长之眼中有多少缺点,只要一提到蔡元培先生,那一切就都得"另当别论"了。他这样写道:

> 我们觉得五四运动在文化的意义上之不满人意处是缺少哲学精神,太表面,太理智(而且是短浅的),太注重实证,太注重怀疑和破坏,太和中国的文化传统绝缘,然而蔡先生呢,就是有哲学头脑,更进而提倡世界观和美学的教育(他自己并且亲自在北大讲了不少次的美学),他有他的建设,他能把西方文化看出和中国传统哲学的沟通处(如以义说自由,以恕说平等,以仁说博爱,非常精!)这都是多么可贵的!……
>
> 这超出这五四精神的地方,却也就是应该养育于五四之中,而作为进一步发展的。——五四虽不是文艺复兴,但却含了萌芽。这萌芽即寄托在蔡先生身上。①

可以看到,李长之这时并没有完全改变先前把"五四"看作"启蒙运动"

---

① 李长之:《五四——蔡孑民——大学教育》,见《李长之文集》(第3卷),河北教育出版社,2006年,第348页。

的基本论断,他对于"五四"新文化运动整体评价上的"清浅的理智色彩""与中国传统文化绝缘"等观点,也大体保持不变,但对李长之来讲,作为"五四"时期重要人物之一的蔡元培,则是与上述对于"五四"新文化运动判断完全不同的"例外",甚至足以代表李长之"中国文艺复兴"理想中的真正精神。显然,蔡元培先生在美学、哲学等方面的重要贡献,都让李长之体会到了一种不同于他先前对于"五四"新文化运动的基本理解。由于此前李长之对于"五四"新文化运动的理解,更多是基于对胡适等人的认识而得出的结论,并没有充分考虑到蔡元培等人的重要成就,因此难免有些片面和不够深入。在宗白华先生的影响下,当蔡元培先生真正走进李长之的视野之后,有关"五四"新文化运动在"启蒙运动"之外的另一面就凸显出来了。在这种情形之下,李长之会不由自主地调整先前关于"五四"新文化运动的一些论断,而认为"五四虽不是文艺复兴,但却含了萌芽"。

需要特别指出的是,李长之在此文中所提出的看法,即作为"启蒙运动"的"五四"同时也孕育着"文艺复兴",真正代表了他对于"五四"新文化运动的全面评价,应当引起学界的高度重视。事实上,有关"五四"新文化运动到底是"启蒙运动"还是"文艺复兴",一直是学界长久以来争论的热点话题,至今尚无定论。且值得注意的是,有越来越多的学者逐渐认为,"五四"新文化运动具有复杂性,兼具"启蒙运动"与"文艺复兴"的双重特征。20世纪90年代,余英时先生在《文艺复兴乎?启蒙运动乎?——一个史学家对五四运动的反思》中曾指出,"五四必须通过它的多重面相性和多重方向性来获得理解"[1]。21世纪以来,张宝明、张光芒在《百年"五四":是"文艺复兴"还是"启蒙运动"?——关于五四新文化运动性质的对话》一文中则认为,"五四"新文化运动应该被看作"文艺复兴性与启蒙运动性的混合体",是由这两方面所构成的"双螺旋结构"[2]。这些观点与李长之对"五四"新文化运动的理解几

---

[1] 余英时:《文艺复兴乎?启蒙运动乎?——一个史学家对五四运动的反思》,见《重寻胡适历程:胡适生平与思想再认识》,广西师范大学出版社,2004年,第268页。
[2] 张宝明、张光芒:《百年"五四":是"文艺复兴"还是"启蒙运动"?——关于五四新文化运动性质的对话》,《社会科学论坛》,2003年第11期。

乎是"不谋而合",只是李长之早在20世纪三四十年代就已经作出了这一重要评价,学界却至今对此毫不知情,这多少令人有些遗憾。

种种迹象表明,李长之在抗日战争即将结束前的这段时期,对于"五四"新文化运动的态度确实发生了重要的转变,这同样体现在他此时所写的《我的写作生活》一文中。李长之在此文中总结了自己在抗战期间所写的文章,碰巧的是,他恰好提及了《迎中国的文艺复兴》一书中专门评价"五四"新文化运动的那篇文章,在言语之间同样流露出了态度转变的端倪。

李长之指出,他在战时写作的文章约有二百万字,但"我自己所满意的东西却也不过只到三万字左右"①。这三万字的得意文章主要是指三篇文章:一是《杨丙辰先生论》,二是《孔子与屈原》,三是《五四运动之文化的意义及其评价》。他饶有意味地这样写道:

> 另外有一篇文章,我自己也喜欢了许多时候,可是现在已经看得不甚满意了,这就是《五四运动之文化的意义及其评价》,现在是商务印书馆出版的《迎中国的文艺复兴》一书中的一篇。②

可以说,从抗战期间所写的二百万文字当中,李长之能挑选出《五四运动之文化的意义及其评价》一文作为这一时期"最满意"的文字之一,足以说明他对于此篇文章的重视与珍爱,因而他才说自己"喜欢了许多时候"。这份欢喜并不难理解,因为对于"五四"新文化运动的评价,正是构成李长之"中国文艺复兴"理想的重要前提和基础。

然而,耐人寻味的是李长之紧随其后的表述,"可是现在已经看得不甚满意了"。为什么"不甚满意"?他没有任何解释,仅仅"点到为止"而不想深谈。可是此处的语言表述及点到即止的神态,恰好构成了重要的暗示。诚如前所述,李长之在《五四运动之文化的意义及其评价》一文中认为,"五四"只是"启

---

① 李长之:《我的写作生活》,见《李长之文集》(第8卷),河北教育出版社,2006年,第516页。
② 李长之:《我的写作生活》,见《李长之文集》(第8卷),河北教育出版社,2006年,第516页。

蒙运动"而并非"文艺复兴",还由此对"五四"展开了颇为严厉的反思与批判。如若对此文有所不满,那就只能是对于上述有关"五四"新文化的评价,以及那种略带批评与否定的态度有所不满。然而问题是,李长之为什么不直接点破这层意思,挑明了说呢?这可能正暗示了李长之此时心态上的矛盾:一方面,他对于此前对于"五四"新文化运动的批评态度,已经开始有所怀疑;另一方面,他还没有足够的勇气去彻底否定自己此前的评价。但无论如何,李长之对于"五四"新文化运动的严苛评价已经开始动摇,但他需要更多的时间。

二、对于"五四"新文化运动的褒扬和捍卫

在抗战胜利至1949年这段时间里,李长之对于"五四"新文化运动继续思考着。他几乎是怀着一种忏悔的心情,写作了《保卫"五四"、发扬"五四"与超越"五四"》(1947年5月)一文,正式坦承了自己对"五四"诸种否定与批评的歉意,并声称对于"五四"将采取"褒扬与捍卫"的新立场。

在《保卫"五四"、发扬"五四"与超越"五四"》一文的开头部分,李长之就直接转引了自己在《五四运动之文化的意义及其评价》中的观点,并直言自己当时对于"五四"新文化运动的态度"是偏于不满意的方面的",因为他"要求不要停滞在'启蒙'",希望"真正步入'文艺复兴'"[1]。

然而,抗战胜利之后的诸种社会现实与文坛现状,让李长之深感失望,他不得不认真反思此前对于"五四"新文化运动的评价,甚至于怀疑曾经热情提倡的"中国文艺复兴"主张。李长之无比痛心地写道:

> 我虽然不能后悔我那种热望,然而究竟我那期待还太早一点,我那乐观的态度还未免太幼稚一点。……文艺复兴,文艺复兴,这几乎是幻影;再谈起我们所不满意的"五四",也已经像是"发思古之幽情"。所以,我不能不在"不放弃文艺复兴的热望"之外,重弹一点

---

[1] 李长之:《保卫"五四"、发扬"五四"与超越"五四"》,见《李长之文集》(第1卷),河北教育出版社,2006年,第396页。

低调，重作一点起码的呼求：起码要保卫"五四"吧，起码要再从"五四"出发，发扬，发扬"五四"！①

于是，李长之终于一改抗战时期对于"五四"新文化运动苛责与鄙薄的态度，而开始转向了对于"五四"新文化热情的赞美和肯定。这种对于"五四"新文化运动的向往和仰慕之情，颇有点接近他在20世纪30年代中期对"五四"新文化的看法了，甚至"有过之而无不及"。李长之怀着羡慕的心情写道：

> 我们起码要回到那么一个世界：单纯的自然的爱国热情笼罩着一切，学生和市民打成一片（当然不是现在打风之"打"），没有任何党派的支持，大家在要求民族的向上！要如同那时的求知欲那样高，甚至在吸收上超过了消化的能力。如同那时的向恶势力之搏斗，一无顾忌。要如同那时的卑之无甚高论的两个平凡的口号：要科学，要民主！②

最后，李长之一语道破了自己看法之所以转变的另一关键原因：可能有一股强大的复古势力，也即真正反对和否定"五四"新文化运动的势力，此前被李长之低估了。众所周知，自从抗战爆发以来，民族情绪一直持续高涨，由此对于中国传统文化的重视也呈"水涨船高"之势，因而各种国粹派、复古派的势力重新抬头，甚至"煊赫一时"！在这种新的形势之下，若再谈论重视中国的传统文化，恐怕就并非李长之昔日之意了。从某种程度上讲，李长之现在所面对的战场，可能阴差阳错地，正与当日"五四"新文化运动的先驱者们所面对的是"同一战场"，这样也就不难理解，他为何会重新转向褒扬与捍卫"五四"新文化运动的立场。毕竟李长之始终自认为是受到"五四"新文化精神所

---

① 李长之：《保卫"五四"、发扬"五四"与超越"五四"》，见《李长之文集》（第1卷），河北教育出版社，2006年，第397页。
② 李长之：《保卫"五四"、发扬"五四"与超越"五四"》，见《李长之文集》（第1卷），河北教育出版社，2006年，第397页。

滋养的一代，他在精神上与"五四"新文化运动是息息相通的，而与国粹派、复古派有着本质的不同。李长之清醒地意识到：

> 我们不满意"五四"，是因为要超越"五四"，然而现在已经看到许多和"五四"对立的势力，也在不满意"五四"，却是要根本消灭"五四"，不要"五四"！"五四"之广泛的民族自觉的意义之浸润于文化各部门的意义，现在已经眼看着在被缩小，在被贬值，在被歪曲了！时时有"沉滓的泛起"，时时有掣肘的退归"五四"以前的状态的势力存在着。单单以"五四"时代的一点小小园地——白话文——论，那堡垒也已经在飘摇。我们试看一般的大学国文系里，不是仍有冬烘的气息在跃跃欲试么？我们试看一般的大中学校的国文入学试题，不还是代表封建势力在执行选择作用么？[①]

在"五四"新文化运动"激烈反传统"的声音洪流中，李长之曾于抗战期间奋起呼吁应当重视中国传统文化，那时他心中所期待的，是真正"中国文艺复兴"梦想的早日实现！但抗战胜利之后，国粹派、复古派的强大势力很快四处蔓延，触目所见皆为封建势力，"五四"新文化精神则俨然已成为弱势。面对四周复古派等同样高呼"重视中国传统文化"的声声巨浪，李长之突然间"幡然醒悟"，必须放下对中国传统文化的提倡，也必须放下对"五四"新文化运动的一味指责了。于是他毅然决定调整自己的文化主张，选择褒扬和捍卫"五四"新文化运动的精神！

同样是提倡中国传统文化，李长之与"复古派"有着本质的不同。李长之是要超越"五四"新文化运动，在继承"五四"新文化运动所提出的，充分尊重和吸收世界优秀文化的前提下，发扬中国传统文化的精神；而复古派则是要消灭"五四"新文化精神，抬高中国传统文化到"世界至尊"的地位，因而故

[①] 李长之：《保卫"五四"、发扬"五四"与超越"五四"》，见《李长之文集》（第1卷），河北教育出版社，2006年，第397页。

意贬低、漠视世界其他优秀文化。换言之，是否尊重和吸收世界其他优秀文化，正是李长之与复古派之间的重要分水岭。

对此，李长之早在《迎中国的文艺复兴》一书中就有着清醒的认识。一方面，他虽然对于"五四"新文化运动时期"清浅的理智主义"色彩大加挞伐，但始终积极地肯定"五四"新文化运动时期对西洋文化的吸收，并表达了自己的深切认同，认为"应该首先完成新文化运动的吸收作用"[1]；另一方面，他虽提倡中国传统文化，却明确地斥责了复古派的主张，指出："中国本位的文化运动，确代表一种觉醒的运动。但我们不愿这名词为反动复古者所借口。中国本位，并不是要以中国代替了一切。"[2]抗战时期，是李长之对于"五四"新文化运动反思和批评最为激烈的时期，然而即使在这一阶段，他都从来没有反对过"五四"新文化运动对于西方文化的吸收，其本人也一直在从事德国文化、西方文化的译介与评述工作，并一直清醒地警惕着自己与复古派之间存在本质的差别。依此来看，李长之的这一立场是一贯的。这样一来就更可以证明，李长之此时对于"五四"新文化运动立场的转变，绝不是一个突兀的转向行为，而有着其内在的学理逻辑。

值得一提的是，李长之曾在《迎中国的文艺复兴》一书中对以孔孟为代表的"儒家文化"大加赞赏，但随着此时对于"五四"新文化运动立场的转变，他对于孔子的态度也发生了相应的改变。在《孔子可谈而不可谈》（1948）一文中，他转而开始思考孔子"是否可谈"的问题，并认为"现在在可谈不可谈之间"[3]。李长之在此明确地把自己与"复古派"区别开来，这不妨看作他褒扬和捍卫"五四"新文化运动精神的具体行动之一。

也就是说，在抗战胜利至1949年这段时间里，李长之对于"五四"新文化

---

[1] 李长之：《文化上的吸收》，见《迎中国的文艺复兴》，见《李长之文集》（第1卷），河北教育出版社，2006年，第82页。

[2] 李长之：《中国文化运动的现阶段》，见《李长之文集》（第1卷），河北教育出版社，2006年，第57页。

[3] 李长之：《孔子可谈而不可谈》，见《李长之文集》（第1卷），河北教育出版社，2006年，第439–440页。

运动的立场再度发生了转变。伴随着这一时期复古派等封建势力的强劲抬头，他放下了此前对于"五四"新文化运动激烈批判的立场，转而开始提倡发扬和捍卫"五四"新文化运动的精神！

李长之在抗战胜利后，对于"五四"新文化运动的"褒扬与捍卫"立场，很少为学界所提起；他在抗战接近尾声时所提出的，"五四"正孕育着"文艺复兴"的重要观点，学界至今仍未知晓；至于他在抗战之前，对于"五四"所表现出的"理解与认同"姿态，更是为学界所忽略。目前学界最为重视的，是他在抗战期间的《迎中国的文艺复兴》一书中所提出的，"五四"是"启蒙运动"而并非"文艺复兴"的看法，以及由此对"五四"所采取的"反思与批评"立场。诚然，李长之在此书中充分地阐述了对于"五四"新文化运动的反思，并表达出对"中国文艺复兴"的热切期待，于当下的文化建设有着重要的启示和参考价值。但与此同时，全面而系统地研究李长之在历史变迁中对于"五四"新文化运动作出的复杂评价，深入关注这些评价与时代语境之间的紧密互动，同样具有重要的意义。

第三节 吸收与创造：有关"五四"的另一种思考

在《迎中国的文艺复兴》一书中，李长之还有一篇评价"五四"新文化运动的文章，即《文化上的吸收》（1940年11月24日），此文并没有得到学界应有的重视。然而，正是在此文中，李长之深入地探讨了"五四"所提出的"大力吸收西方文化"的主张，并表达了与《五四运动之文化的意义及其评价》（1942年4月28日）一文对待"五四"并不完全一致的态度。紧随此文，他还附录了两篇文章：《论翻译工作》（1942年10月2日）与《〈柏拉图对话集〉的汉译》（1939年4月1日），这可以看作他围绕上述问题具体展开的讨论。事实上，只要不涉及"中国传统文化""理智主义色彩"等相关话题，李长之对于"五四"新文化运动的态度就会呈现出"肯定与赞赏"的一面。

一、新文化运动的意义"仍算得是伟大"

从写作时间上来看,《文化上的吸收》一文要比《五四运动之文化的意义及其评价》大约早两年。这意味着,李长之在《文化上的吸收》一文中对"五四"新文化运动的谈论,早于他在《五四运动之文化的意义及其评价》一文中对于"五四"颇为激烈的反思与批判。在某种程度上,李长之在《五四运动之文化的意义及其评价》一文中对于"五四"的激烈批判,与他在此文中所明确表达的建设"中国文艺复兴"的急切渴望有关。由此,李长之在早些时候写作《文化上的吸收》一文时,对于"中国文艺复兴"的倡导尚没有那样"急切",所以他对于"五四"新文化运动的态度可能也会有所不同。

同时,李长之在《五四运动之文化的意义及其评价》一文中对于"五四"新文化运动的激烈批判所针对的,主要是"中国传统文化"及"理智主义特点"等方面的内容。那么,当李长之在《文化上的吸收》一文中,重点谈论"五四"在"西方文化"方面的主张时,其态度自然会有所不同。

李长之在《文化上的吸收》中对于"五四"新文化运动的谈论,是从中国文化自晚清以来所遭遇的"重大变局"开始起笔的,也正是站在这一空前变动的文化背景上,他才赋予了"五四"新文化运动重要的历史意义。

关于时代与文化的重要变化,李长之主要从两个方面把握:一是时代与文化的变动之大,旷古未有;二是人们在这一变局中感到手足无措、困惑茫然。这一巨大困惑与"中国传统文化的断裂"密切相关,也使未来的一切都变得无从着手。具体地讲,这一困惑可能从晚清已经开始,中国传统文化的迷梦已经被西方的"船坚炮利"所惊醒,传统是回不去了;但面对陌生的西方文化,却又一时找不到接受与汲取的有效途径和方式,一时间陷入了不知该何去何从的"苦闷"与"空虚"之中。这正是问题的症结所在,我们似乎徘徊在一种"两难"的境地,是一种既"回不去传统"也"与西洋究竟有所不同"的"中国人"的真实处境。[①]

[①] 李长之:《文化上的吸收》,见《李长之文集》(第1卷),河北教育出版社,2006年,第81-82页。

正是充分考虑到了时代与文化的这一重大变局,以及由此给人们带来的困惑与茫然,与《五四运动之文化的意义及其评价》等文章中对于"五四"颇为激烈的批判口吻有所不同,李长之正式指出"五四"具有着不可忽视的重要意义。他写道:

> 从文化的巨变一点想,我们可以了解新文化运动的意义;不错,新文化运动是有些清浅,单薄,贫血;我常觉得它是插在瓶中的花,缺少深厚的土壤和根基。但是它的意义却仍算得是伟大,它也尽了它的崭新的使命。……然而它仍有着无穷的意义,因为它是巨变的一点象征,它是巨变的一点征兆和信号![1]

在李长之眼里,"五四"新文化运动并非一个"绝对完美的存在",而是有着很多的缺陷,比如"清浅、单薄、贫血""缺少深厚的土壤和根基"等,这正是他在《迎中国的文艺复兴》一书的多篇文章中屡次提及的,尤其是在《五四运动之文化的意义及其评价》一文中重点展开批判和反思的重要内容。然而同时,李长之却从"文化的巨变"这一角度出发,指出"五四"新文化运动仍然完成了自己"崭新的使命",因此具有着"无穷的意义",也依然"算得是伟大"。这无疑是对于"五四"新文化运动重要意义的正面肯定,是李长之关于"五四"新文化运动的评价中很少被人注意的另一个侧面。这也是李长之对"五四"新文化运动所作出的颇为冷静、客观与公允的评价。

在此基础上,李长之还进一步剖析了"五四"新文化运动的本质,即"只是一个西化运动罢了",而有关胡适、蔡元培、陈独秀等"五四"新文化运动领袖们的文化主张都可以在西方文化中寻找到源头,可谓"都是西洋货"![2] 事实上,有关"五四"新文化运动的这一认识,他在《五四运动之文化的意义及

---

[1] 李长之:《文化上的吸收》,见《李长之文集》(第1卷),河北教育出版社,2006年,第82页。
[2] 李长之:《文化上的吸收》,见《李长之文集》(第1卷),河北教育出版社,2006年,第82页。

其评价》一文中也同样指出过，他认为"五四"是"一个移植的文化运动"①，是"西洋思想演进的一种匆遽的重演"②，同样阐明了"五四"新文化运动与西方文化之间的紧密联系。但重要的差别在于，李长之在《文化上的吸收》中的态度有着明显的不同，他明确地声称："真相固然如此，可是我们也菲薄不得。"③也就是说，即使发现了"五四"新文化运动在"西方文化"的吸收方面"不太成功"，他依然非常肯定"五四"新文化运动在吸收"西方文化"方面的重要意义。

不仅如此，李长之紧接着还从"现代化运动"及"文化的交流"等角度出发，继续为"五四"新文化运动辩护，并且坚定地指出，当务之急"应该首先完成新文化运动的吸收作用"④。可以看到，李长之不仅充分肯定了"五四"新文化运动在"大力吸收西方文化"方面的重要意义，而且明确表明要继承"五四"新文化运动的这一方向，继续致力于对西方文化的全方位吸收。由此可见，对"西方文化"的大力吸收，其实正是李长之所提倡的"中国文艺复兴"思想的重要组成部分，同时也是他对于"五四"新文化运动精神"有所继承"的重要侧面。

二、在文化上吸收得"更深些"

对于"五四"新文化运动在"大力吸收西方文化"方面所作出的重要贡献，李长之予以了高度评价，认为它迈出了中国吸收"西方文化"的重要一步。但尽管如此，他也明确地指出，"五四"对于"西方文化"的吸收并没有做到"尽善尽美"，还有很多需要继续完善和不断推进的地方。

李长之具体考察了从"五四"新文化运动至20世纪三四十年代以来有关西

---

① 李长之：《五四运动之文化的意义及其评价》，见《李长之文集》（第1卷），河北教育出版社，2006年，第23页。
② 李长之：《五四运动之文化的意义及其评价》，见《李长之文集》（第1卷），河北教育出版社，2006年，第25页。
③ 李长之：《文化上的吸收》，见《李长之文集》（第1卷），河北教育出版社，2006年，第82页。
④ 李长之：《文化上的吸收》，见《李长之文集》（第1卷），河北教育出版社，2006年，第82页。

方文化的接受情况，其结果并不能让人十分满意。他总结道："就量说，太少；就质说，太浅。而且没有计划，没有决心，甚至没有意识。"①由此可见，在有关"西方文化"吸收的问题上，李长之似乎有着比"五四"新文化运动更为彻底、也更为宏大的要求和规划。就此而言，"五四"新文化运动显然只是刚刚开启了中国吸收"西方文化"的大门，接下来对于"西方文化"的吸收无疑需要更全面、更彻底地继续展开。

李长之认为，"五四"以来对于西方文化的吸收"量太少"。在他看来，不仅"翻译还不够全""介绍还不够多"，而且如果仅仅限于"薄薄的一本小册子""不加选择的零译"，这能起到什么真正的作用呢？他所要求和需要的是，"彻底地研究某派或某人的专家"，他想要得到的是"客观的真相"，而并非一般的、毫无价值的"耳食的捧或骂"②。在这个意义上，如果说"五四"新文化运动发出了"大力吸收西方文化"的第一声号令，那么继"五四"新文化运动之后，李长之在"中国文艺复兴"思想的规划中，就"应该如何接受西方文化""吸收怎样的西方文化"，进一步提出了更加明确、更高层次的要求。零零碎碎的翻译或简单粗略的介绍，显然已经不能满足李长之的要求，他希望对"西方文化"能展开彻底而深入的了解，并在此基础上进行全面而系统的翻译，还期待能出现一些真正精通"西方文化"的专家。

不难看出，李长之对于"西方文化"的强烈呼吁，与张君劢在《民族复兴之学术基础》一书中关于"西方文化"的主张非常相似。他们都倾向于"五四"新文化运动对"西方文化"的吸收还远远不够，因此在"五四"新文化运动之后，更应该继续展开对"西方文化"全面而深入的吸收。如果能充分考虑到，张君劢与李长之并非提倡"全盘西化"主张的"西化派"，而是热情提倡"中国传统文化"的"文化复兴论者"，就能清晰地感受到他们提出上述主张的重要价值与难能可贵。他们既不同于完全抹杀中国传统文化独特价值的"西化派"，也不同于过分张扬中国传统文化重要地位的"国粹派"；也可以说，他们

---

① 李长之：《文化上的吸收》，见《李长之文集》（第1卷），河北教育出版社，2006年，第82页。
② 李长之：《文化上的吸收》，见《李长之文集》（第1卷），河北教育出版社，2006年，第82页。

既没有"西化派"论者的自卑心理,也没有"国粹派"论者的自大情结,而是真正做到了运用一种"平等而健康的心态",尽可能"不卑不亢"地去理性审视中国传统文化的伟大,也去欣赏世界各国文化的精妙。在某种意义上,他们的这种文化主张,才真正昭示出了中国传统文化未来的"复兴"之路。

有关"五四"以来对于"西方文化"的吸收"质太浅"的问题,李长之也予以具体的分析。他痛切地指出,"我们还没能得西洋文化的神髓"[1],这主要是有感于部分留学生的一些不良倾向而言。很多留学生对于西洋文化的接受,往往只停留在了"坐汽车""打扑克""用抽水马桶""非洋房不住"层面,而根本无暇顾及英国、德国、法国等世界各国文化真正的"独特优异之点"[2]。由此,李长之再次强调指出,看待一国的民族文化时,"要从他的最高的成就上看"[3],这也是他在《论如何谈中国文化》一文中的重要主张。更让李长之感到痛心的是,有些留学生甚至完全忘记了吸收西方文化的长处是"为中国本身",只是"作了驻在中国的外国主子的代言人"[4]。可以看到,李长之虽然主张"大力吸收西方文化",但是有一点他自始至终非常明确,那就是这种接受和吸收必须是为了中国,即牢记"中国本位"的文化立场。正是在这一意义上,李长之正式提出了对于吸收"西方文化"的明确要求:"在文化上吸收得更深些——就是注意到人家的精华,大处,而不忘了中国。"[5]可说,这也正是李长之的"中国文艺复兴"思想与"五四"新文化运动又一重要而微妙的差别,尽管两者都提倡对"西方文化"的吸收,但李之表现出更为强烈的"中国本位"的文化意识。

对于"西方文化"的吸收"没有计划、没有决心"的问题,李长之展开了具体的分析。在李长之看来,中国不仅缺少专门的文化机关认真地计划着"先介绍什么,后介绍什么,分些缓急轻重";也缺少一些学者或学术团体"由于

---

[1] 李长之:《文化上的吸收》,见《李长之文集》(第1卷),河北教育出版社,2006年,第82页。
[2] 李长之:《文化上的吸收》,见《李长之文集》(第1卷),河北教育出版社,2006年,第83页。
[3] 李长之:《文化上的吸收》,见《李长之文集》(第1卷),河北教育出版社,2006年,第83页。
[4] 李长之:《文化上的吸收》,见《李长之文集》(第1卷),河北教育出版社,2006年,第83页。
[5] 李长之:《文化上的吸收》,见《李长之文集》(第1卷),河北教育出版社,2006年,第83页。

了解和真心倾服，始终鼓吹着某一纯学术思想"。① 正因为如此，李长之认为当前有关西方文化的翻译和介绍，主要局限于留学生们在国外偶尔遇到的某位外国导师或偶尔阅读的某本外国书籍，只能称得上章学诚所谓的"可易之师"或"凑成的文化杂景"，而完全缺少一种有意识、有决心的规划与提倡。李长之所谈及的这一现象，正是当时翻译界较为真实的状况。尽管这一状况的真正改善，远非李长之一人之力所能为，也远非短暂的一时所能完成，但这并不妨碍其成为李长之"中国文艺复兴"思想的热切期望。

三、吸收和创造"原是不可分的"

李长之对于"西方文化"的热情提倡，从更深层次上讲，是因为他深刻地意识到了"吸收"与"创造"之间的紧密联系。也就是说，在李长之对于"西方文化"的"吸收"热情中，寄寓着他对中国文化在未来富有"创造性"的殷切期望，从而也充分承载和体现着他的"中国文艺复兴"理想。换句话说，李长之的"中国文艺复兴"理想不仅是要"复兴"中国原有的传统文化，更是希望在"复兴"传统文化的过程中，能"创造"出真正面向未来的中国文化。在这其中，"吸收"西方文化是最应该好好把握的重要契机。

对于中国吸收"西方文化"的强大能力，李长之满怀信心。他指出："中国特别像个能够吸收的海绵，过去对于印度文化的融会贯通，便可视为一例。"② 更为重要的是，在这种强大的吸收能力背后，李长之看到了更为旺盛的"创造力"在滋长："中国对于外来文化，不但能够吸收，而且能够改造，这是我们的先天深厚处。"③ 正是充分意识到了这一点，李长之才更加坚定吸收西方文化的热忱和决心。因为对"西方文化的吸收"更多一点，也就意味着"创造新的中国文化"的可能性增多了一分。

事实上，在李长之的心目中，"吸收西方文化"只是必要的手段或过程，

---

① 李长之：《文化上的吸收》，见《李长之文集》（第1卷），河北教育出版社，2006年，第83页。
② 李长之：《文化上的吸收》，见《李长之文集》（第1卷），河北教育出版社，2006年，第84页。
③ 李长之：《文化上的吸收》，见《李长之文集》（第1卷），河北教育出版社，2006年，第84页。

"创造新的中国文化"才是他的最终目标。李长之明确地指出:"凡是一个民族在文化吸收上最猛烈的时代,也往往是在创造气魄上最雄厚的时代,盛唐即是一例。"①换句话说,"吸收并不完全是被动的"②。显然,李长之最为在意的,是"文化吸收上最猛烈"与"创造气魄上最雄厚"二者之间的紧密关系,这一语道破了他内心最为真实的文化渴望。由此可见,为了能够最终实现"创造新的中国文化"这一重要的目标,李长之才始终把"大力吸收西方文化"放在极其重要的位置。

值得一提的是,在《文化上的吸收》后面所附录的《论翻译工作》一文中李长之论及西方文化的翻译问题时,再次谈到他对于"吸收西方文化"与"创造新的中国文化"之间密切关系的认识,表明了他在这一问题上始终一贯的立场。李长之指出:

>就整个文化上看,我们吸收西洋文化的阶段还没有过去,因此翻译自然是一件有意义的工作,有关民族文化的营养。创造和吸收,原是不可分的,我们希望不久的将来,是中国能有伟大创造的时代,于是我们也希望同时能发动猛烈的吸收!③

可以说,正是深刻地意识到"创造"与"吸收"这种"不可分"的关系,李长之才会在"中国文艺复兴"思想中提倡"大力吸收西方文化"与"创造新的中国文化"(或者"坚持中国文化本位")这两种看似矛盾的文化主张。在李长之看来,现阶段仍然必须"大力吸收西方文化",才能为日后"创造新的中国文化"打下坚实的基础,从而有望真正实现"中国的文艺复兴"。

有必要补充的是,李长之的这一观点也影响到了顾毓琇在《中国的文艺复兴》(1948)一书中的相关叙述。顾毓琇在此书中曾专门提及李长之的《迎中

---

① 李长之:《文化上的吸收》,见《李长之文集》(第1卷),河北教育出版社,2006年,第84页。
② 李长之:《文化上的吸收》,见《李长之文集》(第1卷),河北教育出版社,2006年,第84页。
③ 李长之:《论翻译工作》,见《李长之文集》(第1卷),河北教育出版社,2006年,第87页。

国的文艺复兴》，并表示十分推崇。顾毓琇同样高度重视"吸收"与"创造"之间密不可分的关系，认为正是在大力吸收异域文化的基础上，中国传统的文化才有了重大的发展。他写道："国内各民族的文化交流，如周吸收诸夏的文化，唐吸收五胡的文化，因而开创了新时代的新文化。汉唐通西域，唐受佛教文化的影响，哲学、文学、艺术都有很大发展。"①换句话说，必须有不同文化之间的相互交流与吸收，才能带来中国未来文化的新发展。在顾毓琇看来，中国历史上文化的多次发展是如此，而今与世界各国的文化交流也是同样的道理。这与李长之所提倡的"大力吸收西方文化"有助于"创造新的中国文化"在精神上是完全一致的。

最后值得指出的是，目前学界在谈论李长之的"中国文艺复兴"思想时，更多侧重于关注李长之热情"复兴中国传统文化"的一面，而对李长之主张"大力吸收西方文化"的这一侧面则重视不够，还有待进一步加强。其实，对于西方文化的大力吸收，正是李长之与那些提倡中国文化复兴的"国粹派""复古者"之间的重要区别，也充分体现了他对于"五四"新文化运动精神的继承，因此这也是他的"中国文艺复兴"思想不可忽略的重要内容。

第四节 文化建设的方法：中西体用之辨

对于"五四"新文化运动的评价，正是李长之"中国文艺复兴"思想的重要起点和组成部分，从中可反映出李长之对于中国文化建设的深入思考。也正因如此，学界往往将李长之有关"五四"新文化运动的相关评价，直接看作其"中国文艺复兴"思想的文化主张，在不经意间忽略了李长之对"中国文艺复兴"思想本身所进行的理论阐释。在《迎中国的文艺复兴》一书的《中国文化运动的现阶段》（1942年11月28日）一文中，李长之重新反思和评价了晚清以来至20世纪三四十年代的各种文化主张，诸如"中体西用"、"全盘西化"

---

① 顾毓琇：《中国的文艺复兴》，见杨义等主编：《顾毓琇全集》（第8卷），辽宁教育出版社，2000年，第138－139页。

与"中国本位文化"等,并在分析这些文化主张的过程中,较为充分地阐明了"中国文艺复兴"思想的理论内涵,值得高度重视。

一、"中学为体"意义上的"中国本位文化"

李长之首先深入分析了"中体西用"、"全盘西化"与"中国本位文化"这些文化主张提出的时代背景,认为其与中国近百年来所遭遇的文化"大变局"有关,他将之称为"民族自信的大试验期"[1]。在他看来,从晚清的"中体西用"到"五四"以后的"全盘西化"都意味着"民族自信"的逐步丧失,只有"九一八"之后的"中国本位文化"才代表着"民族自信"的逐步回归与建立。正是从"民族自信"这一角度出发,李长之重新考察和接受了晚清"中体西用"主张所倡导的"中学为体"的思想,并高度肯定了20世纪三四十年代提出的"中国本位文化"主张的重要意义。在某种程度上,这正好构成李长之"中国文艺复兴"思想的第一层理论内涵。

李长之指出,尽管晚清的"中体西用"说在"认识论"上是不能分开的,但在"方法论"上则可以。在"方法论"的意义上,"中学为体"的含义就是"取中国的文化传统为根本原则"[2]。在李长之看来,"中体西用"这一文化主张并非"这话不对",而在于"当时人并不了解其中的意义"[3]。具体来说,晚清可能并没有真正弄清楚以下问题:"中的体"到底是什么?也即"中国文化传统的长处"到底是什么?以"中学为体"到底是基于它"本身价值",还是由于"吾人爱国的情绪"[4]?因此,李长之对于这些问题展开了深入探讨。

李长之指出,中国传统文化的真正长处主要有两大方面:一是在内容上侧

---

[1] 李长之:《中国文化运动的现阶段》,见《迎中国的文艺复兴》,《李长之文集》(第1卷),河北教育出版社,2006年,第53页。
[2] 李长之:《中国文化运动的现阶段》,见《迎中国的文艺复兴》,《李长之文集》(第1卷),河北教育出版社,2006年,第54页。
[3] 李长之:《中国文化运动的现阶段》,见《迎中国的文艺复兴》,《李长之文集》(第1卷),河北教育出版社,2006年,第54页。
[4] 李长之:《中国文化运动的现阶段》,见《迎中国的文艺复兴》,《李长之文集》(第1卷),河北教育出版社,2006年,第55页。

重于"人生方面",二是在精神上呈现出"审美的"特点。他认为,"人本主义"是中国传统文化的根本,这体现在很多方面:比如《礼记》上所谓的"人情所不能免",儒家经典中所叙述的"未能事人,焉能事鬼""未知生,焉知死",还有《易经》的"天行健,君子以自强不息"等众多言论,都表明中国传统文化始终具有积极的"为人生"的一面。与此同时,中国传统文化还鲜明地体现出"审美的"特点,这才是"中国文化的真正精神"①。中国传统生活中到处都表现出"艺术化"的色彩,如对联、四扇屏、诗画等各种艺术形式十分发达。在此基础上,李长之深刻地剖析了"中学为体"的真正含义,正在于"以人生问题为第一,以美育为首要态度"②。他还进一步明确地指出,在这一意义上,"中学为体"是"不错"的。在李长之看来,正是中国传统文化自身具有"人生的"与"审美的"双重特点,决定了其必须作为"体"而存在。这样一来,李长之就在重新阐释"中学为体"的真正含义的前提下,对这一文化主张表达了充分的认可与接受。

有必要指出的是,李长之对于晚清"中体西用"的态度可能潜在地受到冯友兰"贞元六书"的影响。早在《新事论》一书的《赞中华》中,冯友兰就曾明确指出,"中体西用"在某一方面可能说不通,比如"以四书五经为体,以枪炮为用"③;但在另一方面是完全可行的,比如说"组织社会的道德是中国人所本有底,现在所须添加者是西洋的知识、技术、工业"④。在冯友兰看来,晚清的人只是"没有这样清楚底见解""不能明确地看出说出而已"⑤。不难看出,李长之在具体阐释"中学为体"的意义时,有很多观点来源于自己的独立思考,与冯友兰有很多具体而细微的不同,但在根本立场上,他与冯友兰几乎是"完全一致"的。他们都没有轻易地彻底否定晚清"中体西用"这一主张,反

---

① 李长之:《中国文化运动的现阶段》,见《迎中国的文艺复兴》,《李长之文集》(第1卷),河北教育出版社,2006年,第55页。
② 李长之:《中国文化运动的现阶段》,见《迎中国的文艺复兴》,《李长之文集》(第1卷),河北教育出版社,2006年,第55页。
③ 冯友兰:《赞中华》,见《新事论》,《冯友兰文集》(第四卷),长春出版社,2008年,第249页。
④ 冯友兰:《赞中华》,见《新事论》,《冯友兰文集》(第四卷),长春出版社,2008年,第249页。
⑤ 冯友兰:《赞中华》,见《新事论》,《冯友兰文集》(第四卷),长春出版社,2008年,第249页。

而都认为，这一主张的主要问题只是在于其"真正意义"并没有被阐释清楚，而一旦得到更为充分与合理的理解与阐释之后，这一主张仍然具有着非常重要的价值。由此来看，冯友兰对待晚清"中体西用"主张的这一根本态度，显然在潜移默化中影响了李长之。李长之则在充分继承冯友兰这一文化思想的基础上，进一步总结和提炼出中国传统文化所具有的"人生的"与"审美的"特点，从而更充分地阐明了"中学为体"的深层含义，这无疑是对冯友兰思想的发展与深化，同时也带有李长之鲜明的个人思想印记。

李长之还专门分析了20世纪30年代兴起的"中国本位文化"论，高度肯定了这一文化主张中所蕴含的"民族自信"的回归，认为它体现出了"要回到中国来"的强烈心声[1]，确实代表着"一种觉醒的运动"[2]。但与此同时，他也时刻警惕并拒绝这其中包含的复古因素。他不仅明确强调了"不愿这名词为反动复古者所借口"，还重新阐释了"中国本位"的真正内涵，即"并不是以中国代替了一切""并非抹杀中国以外的东西"[3]。这些论述清楚地表明，李长之所欣赏和提倡的"中国本位文化"，既包含着以中国文化为本位的立场，也意味着对于世界其他国家文化的充分尊重与吸收，从而与当年"中国本位文化"运动的最初倡导者"十教授"[4]等复古者有着根本的不同。

其实，李长之一贯以来对于"十教授"等人的复古倾向十分不满。值得一提的是，李长之在1940年夏天参与筹办《星期评论》的时候，曾与刊物的负责人刘英士事先明确约定"陶希圣、叶青、张国焘、陈铨等几个人不能邀约，他们的文章也不予刊登"；否则的话，他就"立时辞职"[5]。需要注意的是，赫然

---

[1] 李长之：《中国文化运动的现阶段》，见《迎中国的文艺复兴》，《李长之文集》（第1卷），河北教育出版社，2006年，第53页。
[2] 李长之：《中国文化运动的现阶段》，见《迎中国的文艺复兴》，《李长之文集》（第1卷），河北教育出版社，2006年，第57页。
[3] 李长之：《中国文化运动的现阶段》，见《迎中国的文艺复兴》，《李长之文集》（第1卷），河北教育出版社，2006年，第57页。
[4] "十教授"：王新命、何炳松、武堉干、孙寒冰、黄文山、陶希圣、章益、陈高傭、樊仲云、萨孟武。参见王新命等：《中国本位的文化建设宣言》（1935年1月10日），见蔡乐苏主编：《中国思想史参考资料集》（晚清至民国卷·下编），清华大学出版社，2005年，第503页。
[5] 于天池、李书：《李长之与罗家伦》（下），《文史知识》，2013年第7期。

出现在李长之反对邀约和刊登文章名单之首的,正是参与提倡"中国本位文化"运动建设宣言的"十教授"之一"陶希圣",这正好能从侧面反映出,李长之对于"中国本位文化"所带有的"复古色彩"或"党派色彩"的强烈反对与否定。事实上,十教授的"中国本位文化"运动宣言在20世纪30年代发表以后,就因为其隐含的"复古"与"党派"等色彩,引起了来自社会各界进步人士的强烈批评[1]。在这种情况下,李长之对它有所排斥和抵触是自然的,这可以说是一种颇为普遍的学界声音,反倒是他能从"民族自信"这一角度出发,去积极地发现和肯定这一"复古"主张中所隐含的合理因素,才真正显得"难能可贵"。

倘若进一步追溯还可以发现,李长之对于"中国本位文化"的肯定与接受,在很大程度上与他受到张君劢《民族复兴之学术基础》一书的影响有关。具体来讲,李长之所认可和接受的"中国本位文化",承接的正是张君劢在《民族复兴之学术基础》一书中建立"民族自信""以国族为本位"的思想系统,而与十教授的"中国本位文化"运动宣言并没有什么直接的思想联系。也就是说,他只是借用了"中国本位文化"这一语言形式,而并非接受"十教授"所发起的那场"中国本位文化"运动,二者之间有着重要的区别。更进一步讲,李长之对于"中国本位文化"的肯定和接受,在精神上与他关于"中学为体"真正含义的解释"一脉相承",都体现出他对"民族自信"的高度重视。正是在这里,李长之找到了"中国本位文化"与"中学为体"之间的相通之处。

与此同时,李长之还潜在地受到了冯友兰"贞元六书"的相关影响。冯友兰在《新事论》一书的《明层次》中也谈及"中国本位"的问题,他曾明确指出,从具体的现实国际环境角度出发,"在国之上尚没有一个较高层次底社会组织之时,无论哪个国或民族,都须以其自己为本位,'竞争生存'。不然,它是

---

[1] 参见焦润明在《中国现代文化论争》(社会科学文献出版社2012年)一书第七章《"全盘西化"与"中国本位文化"的论证》中的相关叙述。

>>> "中国文艺复兴"理想大厦的构建

一定不能存在底。"①由此可见，冯友兰也十分倾向于"中国本位"这一立场，在这一点上，他与张君劢有着非常相似或一致的看法。不难推断，由于李长之信赖和仰慕的张君劢、冯友兰两位学者都不约而同地接受"中国本位"的文化立场，李长之自然也不会十分排斥"中国本位文化"这一文化主张。这意味着李长之主要是继承和发展了张君劢、冯友兰的相关思想，而与"十教授"发起的"中国本位文化"运动本身并没有什么直接的思想联系。

另外，李长之还特意说明，希望"中国本位文化"不是一种"矫枉之策"，而是"一条常策"②，这不仅是由于"任何国家都应当以自己为本位"，更是因为中国文化中确实有很多"值得作为本位的优长"③，因此当然应该坚持"中国本位文化"。正是在这里，"中国本位文化"与"中学为体"取得了紧密的联系。也就是说，以"中学为体"，与坚持"中国本位文化"具有相同的理由，就是因为中国传统文化本身所固有的"人生的""审美的"特点与优长，同时也因为它们都可以作为培养"民族自信"的重要手段。这样一来，李长之借助于自己的重新阐释，不仅充分挖掘出晚清"中学为体"与20世纪30年代"中国本位文化"这两个主张的合理因素，而且还以此为契机，将这两个主张进行了崭新的整合。

上述内容，就是李长对于"中国文艺复兴"思想的第一层理论内涵所作出的阐释。概括地讲，他从"民族自信"的角度出发，重新发现或赋予了"中学为体""中国本位文化"等主张积极合理的内涵，并把它们作为"中国文艺复兴"思想的重要组成部分。李长之的这些论述，正是对冯友兰、张君劢相关文化思想的重要继承与有力推进，也是对于"五四"新文化运动"激烈反传统"主张的重要调整与补充，具有重要的思想价值。

---

① 冯友兰：《明层次》，见《新事论》，《冯友兰文集》（第四卷），长春出版社，2008年，第165页。
② 李长之：《中国文化运动的现阶段》，见《迎中国的文艺复兴》，《李长之文集》（第1卷），河北教育出版社，2006年，第57页。
③ 李长之：《中国文化运动的现阶段》，见《迎中国的文艺复兴》，《李长之文集》（第1卷），河北教育出版社，2006年，第57页。

二、"全盘西化"洗礼后的"西学为用"

李长之还重新阐释了"全盘西化"与"中体西用"中的"西学为用"等文化主张,在发现其合理内涵的基础上,赋予了它们崭新的意义,与此同时他也逐渐阐明了"中国文艺复兴"思想的第二层理论内涵。

对于"全盘西化"这一文化主张,李长之认为可以有两种不同的理解和阐释:一种是需要因此而抹杀自己原有的文化,如"五四"新文化运动时期的"全盘西化",有人甚至扬言要把"古书丢进茅厕"、打倒"孔家店",即"抹杀所谓中国文化"[1];另一种则是并不需要因此抹杀自己原有的文化,比如德国歌德、席勒、温克尔曼等人对于希腊文化的"全盘吸收",他们并没有因为吸收希腊文化而抹杀原有文化,即"不见得抹杀自己"[2]。对于"五四"时期那样激烈否定中国传统文化的"全盘西化",李长之自然"不能苟同"[3],这与他在《五四运动之文化的意义及其评价》中的观点基本一致。但对于德国歌德等人在肯定原有文化基础上,对于希腊文化的"全盘吸收",他则认为"无可厚非"[4],这也正是他在"中国文艺复兴"思想中希望大力提倡的那种"全盘西化"。

在李长之看来,真正值得倡导的"全盘西化",应该同时符合以下两个要求:一方面,是对于西洋文化吸收的整体性,所谓"吸收要吸收整个的","全盘者在见其底蕴,而不在巨细不遗之迹"[5]。也就是说,必须采取"全盘西化"的态度,才能真正发现西洋文化的"底蕴"与"神采",从而不会迷失在西洋文化的种种"貌相"之中,最终实现真正吸收。另一方面,则是对于自己传统

---

[1] 李长之:《中国文化运动的现阶段》,见《迎中国的文艺复兴》,《李长之文集》(第1卷),河北教育出版社,2006年,第56页。
[2] 李长之:《中国文化运动的现阶段》,见《迎中国的文艺复兴》,《李长之文集》(第1卷),河北教育出版社,2006年,第56页。
[3] 李长之:《中国文化运动的现阶段》,见《迎中国的文艺复兴》,《李长之文集》(第1卷),河北教育出版社,2006年,第56页。
[4] 李长之:《中国文化运动的现阶段》,见《迎中国的文艺复兴》,《李长之文集》(第1卷),河北教育出版社,2006年,第57页。
[5] 李长之:《中国文化运动的现阶段》,见《迎中国的文艺复兴》,《李长之文集》(第1卷),河北教育出版社,2006年,第57页。

文化的坚持，所谓"未必要放弃自己的立场"①，即必须以原有的传统文化为基础去吸收西方文化。在上述双重意义上，李长之看到了"全盘西化"与"中体西用"之间息息相通，并明确指出"见不出"它们彼此"有什么冲突"②。

　　李长之的上述论断是十分值得深思的，因为学界对于"全盘西化"的理解和认识，一般来自胡适，尤其是陈序经等人的说法，但李长之对于"全盘西化"的接受和提倡，是源自对他们上述看法的直接反对。李长之心仪和仰慕的是德国古典时期的"全盘西化"，他在这里只是借用了"全盘西化"这一概念，他真正所指的乃是"德国的文艺复兴"。他有可能犯了"混淆概念""偷换概念"的错误。他这样做的根本目的，是试图借德国"全盘西化"这一主张之名，推广德国"文艺复兴"之实，从而为"中国文艺复兴"思想的实现扫清道路。也就是说，李长之在此对于德国"全盘西化"的阐释，正与他在"中国文艺复兴"思想中提倡的两面旗帜："复兴中国传统文化"与"大力吸收西方文化"，在精神上是完全吻合的。

　　换句话说，李长之对于"全盘西化"这一主张的借用或挪用，主要是为了更好地说明他在"中国文艺复兴"思想中"大力吸收西方文化"的态度。由此可见，李长之与"五四"新文化运动的主要分歧，并不在于是否坚持"全盘西化"，在这一点上他们的看法其实是"完全一致"的，这正体现出李长之对于"五四"精神的某种继承。他们之间的真正冲突在于，在"全盘西化"的过程中，是否一定要抹杀中国传统文化，即是否一定要放弃自己原有的文化立场。正是在这些问题上，李长之对"五四"新文化运动展开了深刻的反思与批评，这正是他把"五四"向更深一步推进所作出的可贵努力。

　　有必要补充的是，由于"五四"本身的"多重面相性与多重方向性"③，

---

① 李长之：《中国文化运动的现阶段》，见《迎中国的文艺复兴》，《李长之文集》（第1卷），河北教育出版社，2006年，第57页。
② 李长之：《中国文化运动的现阶段》，见《迎中国的文艺复兴》，《李长之文集》（第1卷），河北教育出版社，2006年，第57页。
③ 余英时：《文艺复兴乎？启蒙运动乎？——一个史学家对五四运动的反思》，见《重寻胡适历程：胡适生平与思想再认识》，广西师范大学出版社，2004年，第268页。

"五四"是否真的就属于"抹杀原有传统文化"的"全盘西化",仍是一个非常复杂的问题。至少就胡适而言,情况并非如此。胡适在《充分世界化与全盘西化》(1935)一文中,明确地将"全盘西化"这一主张调整为"充分世界化"①。胡适"全盘西化"或"充分世界化"的本意,也并非一定要"抹杀自己原有传统文化",他不仅在20世纪二三十年代的系列英文演讲与文章中将"五四"新文化运动称为"中国的文艺复兴",更在晚年的口述自传中对这一说法极为赞赏。有趣的是,叶青在《五四文化运动的检讨》(1935)一文中还曾攻击胡适具有复古倾向,将他称为"新式的复古派和新式的保守派"②。这一材料正好可以从反方面证明,胡适其实是有维护中国传统文化价值倾向的。当然,"五四"新文化运动到底是否为"中国文艺复兴",史学家对此争论不休,这自然另当别论,毕竟"胡适"并不等于"五四"新文化运动。单就胡适的个人倾向与意愿来讲,他无疑真诚地怀着"中国文艺复兴"的愿望,他并没有想"完全抹杀自己原有传统文化",唐德刚、周昌龙、欧阳哲生等学者在相关研究中已经指出了这点③。

同时,李长之对于"中体西用"主张中的"西学为用"也展开了深入的分析。与晚清对于这一主张的理解有所不同,他特别强调在"全盘西化"前提下的"西学为用"。在李长之看来,一种文化的"体和用"是"分不开"的,因此绝不能"把西学分成体和用"而"只取其用";正确的态度应该是,必须"采取整个西洋文化",只是同时必须明白西洋文化"只可为用"④。可以看到,他在这里明确强调了要"采取整个西洋文化",比如科技、军事、工业等近代文化,而并非如晚清那样,只采取西洋文化中"用"的部分。这样一来,虽然

---

① 胡适:《充分世界化与全盘西化》,见蔡乐苏主编:《中国思想史参考资料集》(晚清至民国卷·下编),清华大学出版社,2005年,第506页。
② 叶青:《五四文化运动的检讨》,见杨琥编:《历史记忆与历史解释:民国时期名人谈五四》,福建教育出版社,2010年,第362页。
③ 参见唐德刚、[美]格里德、余英时、周昌龙有关胡适的研究著作,以及罗志田、欧阳哲生、李小玲、席云舒有关胡适的研究论文。
④ 李长之:《中国文化运动的现阶段》,见《迎中国的文艺复兴》,《李长之文集》(第1卷),河北教育出版社,2006年,第56页。

李长之使用了"西学为用"的文化主张,该主张却有着与晚清完全不同的含义,他赋予了这一主张崭新的前提与内涵,即必须全面地了解和吸收西洋文化,同时知道这种文化"只可为用"。

为什么西洋文化"只可为用"呢?李长之予以了专门的解释,在他看来,这是由西洋文化自身的特点决定的。他指出,西洋文化的重要特征在于"物的方面",在于"理智与意志方面",它们的贡献主要在于"对于自然的了解与征服",以及"科学知识的构成",还有"'浮士德式'的追求不已的精神"①。所以,与中国传统文化呈现出"艺术化"的倾向完全不同,西洋的一切都呈现出"科学化"的色彩,甚至于西洋的艺术也是"科学化"的,比如"未来派",就是受近代物理学相关概念影响的结果。在李长之看来,"人之中,当然以人情为本位,不能以理智为本位,或以意志为本位。"②他还进一步解释道,如果是"以人情为本位",理智与意志就可以进一步地促使"人情"更为深厚,而倘若"以理智为主"或者"以意志为主"的话,都会产生不良的结果,要么是情感与意志变得"不真""不能发挥力量",要么就是理智与情感沦为"侵夺的工具""泛滥的生杀予夺"③。也就是说,从人情本位的立场来看,由于西洋文化具有"物"、"理智"与"意志"等方面特点,决定了西洋文化只能为"用",即必须坚持"西学为用"。进一步讲,之所以必须坚持"西学为用"这一文化主张,并非仅仅因为它是"西学"的缘故,而是由它本身的性质决定的。在这个意义上,甚至"西洋人也要以西学为用呢,人类才可以更幸福些"④。

在此基础上,李长之还特意指出自己与晚清提倡者的另一个区别,他认为

---

① 李长之:《中国文化运动的现阶段》,见《迎中国的文艺复兴》,《李长之文集》(第1卷),河北教育出版社,2006年,第55页。
② 李长之:《中国文化运动的现阶段》,见《迎中国的文艺复兴》,《李长之文集》(第1卷),河北教育出版社,2006年,第56页。
③ 李长之:《中国文化运动的现阶段》,见《迎中国的文艺复兴》,《李长之文集》(第1卷),河北教育出版社,2006年,第56页。
④ 李长之:《中国文化运动的现阶段》,见《迎中国的文艺复兴》,《李长之文集》(第1卷),河北教育出版社,2006年,第56页。

"中体西用"的主张"并非一时之计","而是久计"①,因为"人类的幸福天然应该建在人生的和谐上,并非建在霓虹灯和自来水上""人类的生存更非建在机械化部队和跳伞部队上"②。也就是说,必须坚持"中学为体、西学为用",这是在坚持"以人生为本位",这一文化选择可能不仅适用于战争时代,也同样适用于世界人类的长久生存。

客观地讲,在李长之对"西学为用"所作出的重新阐释中,前半句所说的"应当采取整个西洋文化",大抵是没有什么问题的,因为文化确实有其整体性的特点。这也正是张君劢在《民族复兴之学术基础》一书中所指出的,不仅要接受"西洋科学中之现成结果",更要对于"科学本身""科学的前提"加以思考③。在这方面,依然可以看到张君劢给李长之的深刻影响。这种全面而系统地了解西方文化的态度,是非常可取的。

但李长之对于"西学为用"所解释的后半句,即要明白其"只可为用",就有需要商榷之处。笼统地讲,西方文化具有比较强烈的"科学"倾向,这是自晚清以来很多学者都持有的普遍看法,并非为李长之一人所独有的认识;同时,这一说法也并不是毫无道理,即使在当代的西方文化与艺术中,也可以轻易地发现它们的"科学化"特点。但问题的关键是,西方文化是否仅仅具有"科学化"的这一侧面呢?或者说,西方文化是否"只可为用"?事实显然并非如此,这意味着李长之在此时对于西方文化的复杂性与多面性,仍缺乏足够的认识;或者说,他在有意无意地回避西方文化的复杂性,因为这样一来,就可以更好地凸显中国传统文化的优势。无论如何,李长之有关西方文化"只可为用"的理论阐释具有某些缺陷,幸运的是,他在关于西方文化的具体批评实践中却并不这样认为,因此也可以看作他对于这一理论阐释进行了重要的调整和

---

① 李长之:《中国文化运动的现阶段》,见《迎中国的文艺复兴》,《李长之文集》(第1卷),河北教育出版社,2006年,第56页。
② 李长之:《中国文化运动的现阶段》,见《迎中国的文艺复兴》,《李长之文集》(第1卷),河北教育出版社,2006年,第56页。
③ 张君劢:《人生观论战之回顾》,见《民族复兴之学术基础》,中国人民大学出版社,2006年,第82页。

修正。

上述内容，就是李长之对"中国文艺复兴"思想的第二层理论内涵所进行的阐释。可以说，李长之借用了"全盘西化"的概念，强调了"大力吸收西方文化"的内涵，同时还将这一层意义融合在晚清"西学为用"的主张中，从而使"西学为用"具有了新的含义。其实，李长之"中国文艺复兴"思想的第二层理论内涵，主要在于坚持"中国传统文化"的前提下，对"西方文化"的全方位吸收。略微遗憾的是，可能因为受到热情提倡"中国文艺复兴"的急切心理的影响，李长之在此时对于"西方文化"的认识显得有些不够成熟，还有待于借助他关于西方文化的具体批评实践，来加以调整或补救。

三、从"中体西用"到"中国文艺复兴"

经过上述详细考察与分析，李长之认为，被赋予崭新意义的"中体西用"、"全盘西化"与"中国本位文化"，其实并非毫不相容，它们彼此"未尝不可通"①。与此同时，李长之也明确指出，绝不可以直接使用"中体西用"这一名词，因为它"已不是原始的意义"，这中间"经过后来全盘西化和中国本位的呼声两阶段"，它已经被赋予了崭新的意义②。他还进一步阐释道：

> 假若就三个名词看，自仍以中体西用为最少流弊。假若把这认为是正，全盘西化就是反，而中国本位是合。合往往近于正，而超过之。所以现阶段的文化运动，就是近于中体西用，而又超过中体西用的一种运动。其超过之点即在我们是真发现中国文化之体了，在作彻底全盘地吸收西洋文化之中，终不忘掉自己！③

---

① 李长之：《中国文化运动的现阶段》，见《迎中国的文艺复兴》，《李长之文集》（第1卷），河北教育出版社，2006年，第57页。
② 李长之：《中国文化运动的现阶段》，见《迎中国的文艺复兴》，《李长之文集》（第1卷），河北教育出版社，2006年，第57页。
③ 李长之：《中国文化运动的现阶段》，见《迎中国的文艺复兴》，《李长之文集》（第1卷），河北教育出版社，2006年，第57页。

既然"中体西用"这一说法不合适,那究竟该采用何种说法来概括上述三者"融会贯通"之后的文化运动呢?在李长之看来,最合适的说法自然是"中国文艺复兴"。他认为,"中国文艺复兴"是结合了"中体西用"、"全盘西化"与"中国本位文化"三者理论精华的完美结晶,它在表面上似乎沿用了"中体西用"的理论框架,但在实质上却吸纳了"全盘西化""中国本位文化"的合理内涵,从而成为中国未来文化发展最为理想的道路选择。

有必要补充的是,其实冯友兰在《新事论》一书的《别共殊》中也谈论到了"全盘西化""部分西化""中国本位文化"之间的相通问题。他指出,如果仅仅把西洋文化看作一种"特殊底文化",那么这些主张"俱是说不通,亦行不通底"[1];但倘若把西洋文化看作一种"类的文化",则这种改变可以说是"全盘底"(从一类转入另一类),也可以说是"部分底"(只须改变与类相关的部分),也是"中国文化本底"(并不会改变为另一个特殊底文化)的[2]。可以看到,尽管具体论述的角度与李长之并不相同,但冯友兰在此已经发现了这些不同的文化主张之间并非"毫无关联",这有可能启发了李长之对上述文化主张的相通性展开思索。同时,冯友兰对于这些文化主张所采取的"有条件地接受"的方式,也在一定程度上影响了李长之,从而促使他重新阐释上述文化主张,并赋予它们崭新的意义。

总而言之,在张君劢、冯友兰相关文化思想的共同启示与引导之下,李长之对于"中体西用""全盘西化""中国本位文化"等文化主张展开了深入考察与仔细辨析,并借此充分阐述了"中国文艺复兴"思想的双重理论内涵。可以说,李长之的"中国文艺复兴"思想虽然外表上有晚清"中学为体、西学为用"的熟悉面孔,却在本质精神上经历了"全盘西化"与"中国本位文化"的共同洗礼,因此具有全新的内涵,焕发出蓬勃而旺盛的生命活力。

从现代中国思想史的发展讲,李长之的"中国文艺复兴"思想正是对于张君劢、冯友兰"民族复兴"思想的延续和发展,也是对于晚清至20世纪三四十

---

[1] 冯友兰:《别共殊》,见《新事论》,《冯友兰文集》(第四卷),长春出版社,2008年,第154页。
[2] 冯友兰:《别共殊》,见《新事论》,《冯友兰文集》(第四卷),长春出版社,2008年,第156页。

年代以来出现的各种文化主张的系统梳理与总结。不仅如此，李长之还创造性地提出了将上述文化主张融会贯通的新方案，从而为中国文化的未来发展，描绘了一幅宏伟的规划蓝图。由此可见，李长之的"中国文艺复兴"思想无疑是中国现代思想史上"不可或缺"的一环，有着重要的思想价值与意义。

最后值得补充的是，由于学界一直不太重视李长之对于"中国文艺复兴"思想的理论阐述，同时又严重欠缺对李长之上述思想与张君劢、冯友兰相关思想之间密切关系的认识，因此这一问题的研究还非常薄弱，显得不够深入。有的研究者轻率认为，李长之的"中国文艺复兴"思想"并没有走出'中体西用'的老路""并未比提倡中体西用者高明多少"[1]，而对于李长之这一思想与晚清"中体西用"的种种差异视而不见。也有的研究者则直接指出，李长之有关"中体西用"的重新阐释属于"新的也是让人诧目惊舌的结论"[2]，殊不知李长之一些看似"冲突"的论述背后，正是冯友兰、张君劢在相关问题上的深入思考，同时也存在对于一些概念或主张的"借用"情况。所以，目前学界对于李长之这一方面的研究确实亟待进一步加强与深入。

本章小结

本章重点论述了李长之"中国文艺复兴"思想的相关理论主张，不仅包括他在历史变迁中对于"五四"新文化运动的复杂评价，还包括他对于"中国文艺复兴"思想展开的理论阐释。从时间上看，李长之对于"五四"新文化运动在前后不同时期情感态度是有过变化的：他最初把"五四"视作"启蒙运动"，原本充满"肯定与认同"；但随着时代语境的变化与自己文化主张的提倡，他开始对"五四"作为"启蒙运动"展开激烈的"批判与反思"；之后伴随着对蔡元培的仰慕，又逐渐认识到"五四"正孕育着"文艺复兴"，而慢慢转向

---

[1] 丁晓萍：《抗战语境下的文化重建构想——陈铨与李长之对"五四"的反思之比较》，《中国现代文化研究丛刊》，2012年第3期。
[2] 张蕴艳：《李长之学术——心路历程》，北京大学出版社，2006年，第128页。

"理解与好感";再后来随着复古浪潮的高涨,转而对"五四"予以热情的"提倡和捍卫"。从内容上看,尽管涉及"中国传统文化"与"理智主义特点"等内容时,李长之对于"五四"持有较多的批判,但在涉及"西方文化"等方面时,他对于"五四"则表现出完全的支持。总而言之,李长之对于"五四"的评价是十分复杂的,并非如目前学界所理解的那样,仅限于《五四运动之文化的意义及其评价》一文。同时,李长之还对于"中体西用"、"全盘西化"与"中国本位文化"等文化主张予以了重新阐释,认为"中国文艺复兴"思想的理论内涵正与此密切相关,既要坚持"中学为体"意义上的"中国本位文化",也要贯彻"全盘西化"前提下的"西学为用";或者说,要在"复兴中国传统文化"与"大力吸收西方文化"的基础上,创造出适合中国未来语境的新型文化。

第三章

中国传统文化的剖析与复兴

——审视儒家文化与道家文化

李长之的"中国文艺复兴"思想不仅有鲜明的理论主张,还有大量的中国传统文化批评实践与之相应,这正是他最富个人色彩的卓越贡献。目前学界对于李长之的中国传统文化批评实践已有较多的研究和关注,但主要倾向于将其纳入"文学与文化批评"这一体系中考察,重点揭示其在批评视域中所呈现出的独特色彩。尽管也有一些研究者尝试将其放在李长之"中国文艺复兴"思想的整体框架中进行分析,但一般注重论述的是这些文化实践如何更好地体现了李长之的"中国文艺复兴"思想,且很少展开更深一步的探讨,更少关注这些文化实践与他的理论主张之间存在的矛盾与冲突。

鉴于此,本章将在李长之"中国文艺复兴"思想的整体框架中,对他的中国传统文化批评实践予以重新考察,不仅包括《迎中国的文艺复兴》一书,也涉及他的其他书中有关中国传统文化的大量论述。在具体阐述的时候,本书既会关注这些文化实践是如何完美地实现李长之的"中国文艺复兴"思想的,比如对于儒家文化"人生的"与"审美的"方面的热情推崇;也会留意这些文化实践与李长之"中国文艺复兴"的理论主张之间所存在的一些错位与矛盾,比如对于道家文化理论上的批评与实践中的认可这种前后矛盾的态度等。在某种程度上,李长之的中国传统文化批评实践或许存在"双重面孔",既有着与其理论主张相一致的一面,又有彼此冲突的一面,这一切也恰好给他"中国文艺复兴"思想的相关理论主张进行了重要的调整与补充。

第一节 原始的儒家文化:"人生的"与"审美的"

在《迎中国的文艺复兴》所收录的《中国文化运动的现阶段》一文中,李长之具体阐释"中国文艺复兴"思想的相关理论主张时,曾专门谈论了中国传统文化的重要特点,即体现在"人生的"与"审美的"两大方面,其实这两点正是他对于中国传统儒家文化重要特点的精练概括。在李长之眼中，儒家文化正是中国传统文化的重要代表，从而也是"中国文艺复兴"思想中最应当努力"复兴"的重要传统文化。因此，在李长之对于中国传统文化的很多批评实践中，都可以看出他对于儒家文化的热情推崇，充分体现了与他这一理论主张的一致性。

在李长之关于中国传统文化的大量批评实践中，很多内容都直接或间接地与儒家文化紧密相关。这些文章不仅包括《迎中国的文艺复兴》一书的如下篇章①：《中国文化传统之认识（上）：儒家之根本精神》（1939）、《中国文化传统之认识（中）：古代的审美教育》（1940）、《中国文化传统之认识（下）：中国人的人生观之缺点》（1940）、《精神建设：论国家民族意识之再强化及其方案》（1941）等，还包括此书之外的其他篇章，比如：《从孔子到孟轲》（1943）、《孔子与屈原》（1941）、《秦汉之际的人们之精神生活及其美学》（1941）、《我之"唯物史观"》（1941）、《孟轲之生平及其年代》（1943）、《功利主义的墨家之文学观》（1942）、《韩非的文学论及其批评》（1944）等。在这些文章中，李长之不仅高度评价了儒家文化所具有的"人生的""审美的"特点，还以此作为重要的衡量标准，对中国人的人生观，以及道家、墨家、法家等诸子文化进行了深刻反思。

一、对于中国传统文化"人生的"一面的推崇

尽管在中国历史上，以孔孟为代表的儒家文化一直被看作中国传统文化的重要代表，但在"五四"新文化运动时期，学界却对儒家文化展开了十分激烈的批判，直到梁漱溟、张君劢、冯友兰、熊十力等"现代新儒家"的重新提倡，儒家文化的重要意义才再度受到人们的关注与重视。在20世纪三四十年代，李长之在"中国文艺复兴"思想中对于儒家文化的热情提倡，可能正受到

---

① 为了叙述的方便，以下将《中国文化传统之认识（上）：儒家之根本精神》《中国文化传统之认识（中）：古代的审美教育》《中国文化传统之认识（下）：中国人的人生观之缺点》依次简称为《儒家之根本精神》《古代的审美教育》《中国人的人生观之缺点》。

了张君劢、冯友兰相关思想的重要影响。不过值得注意的是，李长之是在儒家文化的权威受到空前的冲击与动摇的文化氛围中，试图重新发现和阐释儒家文化的重要价值与意义的。正因为如此，李长之对于儒家文化的提倡，就不会只是简单地重复历史上尊崇儒家文化的理由，甚至与张君劢、冯友兰主要从哲学角度对儒家文化予以再度认可也有所不同，李长之更多是从自己所擅长的文学与美学、文化与人生的角度出发，对儒家文化进行了重新发现与解读。

同时值得重视的还有，李长之关于中国传统文化的批评实践具有鲜明的"返本开新"的意味，恰如欧洲"文艺复兴"重新发现古典精神以振兴现代文化一样，李长之的"中国文艺复兴"思想也有着强烈的"面向未来"的特点。正是怀着这样的文化期待，李长之把目光投向了中国传统的儒家文化。李长之并非要全面深入地阐释儒家文化的要义，因此与冯友兰在"贞元六书"的《新原道》中有关"孔孟"思想"仁义礼智信"的经典解读相比，李长之反而较少专门谈论这一类话题。他真正感兴趣的，是重新挖掘和发现儒家文化的真正精神核心，希望借此寻找到儒家文化在现代世界中依旧富有价值的闪光点，从而为中国传统文化迎来崭新的生机与希望，并促使其在未来世界文化建设中作出独特的贡献。

李长之对于儒家文化精神核心的寻找，是从对儒家文化的重要代表人物孔子、孟子思想的深入解读开始的。在《儒家之根本精神》（1939）一文中，李长之明确指出，孔子最重要的特征并不是以往人们所仰慕的丰富知识，而是孔子"刚强，热烈，勤奋，极端积极的性格"[1]，即富有"人生的"情怀的一面；还有"无害于人""从容""丝毫不计成败的伟大雄厚气魄"，即具有"审美的"精神的一面。正因为如此，他对孔子表达了极高的赞赏与仰慕，认为"从来没有这样完美无缺的雕像""从来没有这种精彩生动的脚色"[2]。可以看出，李长之所作的孔子具有"人生的""审美的"性格特征这一评价，迥然不同于

---

[1] 李长之：《儒家之根本精神》，见《迎中国的文艺复兴》，《李长之文集》（第1卷），河北教育出版社，2006年，第58页。
[2] 李长之：《儒家之根本精神》，见《迎中国的文艺复兴》，《李长之文集》（第1卷），河北教育出版社，2006年，第59页。

传统对于孔子及儒家文化特征的普遍理解。李长之对孔子的地位及其重要性的认识，也与"五四"时期对孔子及儒家文化大加挞伐的看法几乎"截然相反"，甚至完全"针锋相对"。李长之偏偏就是在孔子身上，在那种刚强热烈的"人生的"特点与不计成败的"美学的"精神中，寻找到了儒家文化与中国传统文化的精神核心，并将其视为自己"中国文艺复兴"理想的重要组成部分。

不仅如此，李长之还进一步发现了孔子与孟子在精神性格上的相似点。他指出："原来孔子也正是一个收敛了的孟子。"[1]也就是说，孔子性格中有着和孟子一样的刚健爽朗、慷慨热情的一面，虽然这被他表面上的从容、内敛所遮盖。李长之就从孔子、孟子在精神上的息息相通中，一举奠定了他对于孔孟所代表的"原始儒家文化"的深刻认同。在李长之看来，儒家文化已经深深影响了中国四千年，"洗练了老庄思想的杂质""又熔铸了印度思想的异质"[2]，正是中国传统文化中最富有价值和生命力的部分，从而也是"中国文艺复兴"建设中最应该复兴和重建的重要内容。

李长之列举了孔子《论语》中的大量言论，以证明孔子性格（或思想）中确实存在刚强、激烈的一面，积极勤奋而又不计成败的一面。比如："非其鬼而祭之，谄也；见义不为，无勇也"（《为政》）、"朝闻道，夕死可矣"（《里仁》）、"志士仁人，无求生以害人，有杀生以成仁"（《卫灵公》）等[3]。尤其值得一提的是，李长之还将孔子的这种思想性格和生命态度，与歌德笔下"浮士德"的进取，以及康德的书斋生活进行了对比，并认为孔子的生活态度有如"音乐家的进行曲一样，紧张而有节奏，丰富而有韵致"[4]，言外之意是要比后两者"略高一筹"。由此可见，在李长之内心深处，孔子的这种思想性格不仅

---

[1] 李长之：《儒家之根本精神》，见《迎中国的文艺复兴》，《李长之文集》（第1卷），河北教育出版社，2006年，第59页。
[2] 李长之：《儒家之根本精神》，见《迎中国的文艺复兴》，《李长之文集》（第1卷），河北教育出版社，2006年，第59页。
[3] 李长之：《儒家之根本精神》，见《迎中国的文艺复兴》，《李长之文集》（第1卷），河北教育出版社，2006年，第59页。
[4] 李长之：《儒家之根本精神》，见《迎中国的文艺复兴》，《李长之文集》（第1卷），河北教育出版社，2006年，第59页。

在中国传统文化中非常宝贵，在现代语境与世界文化中也同样富有生命力，这充分肯定了孔子及儒家文化所具有的现代价值与世界价值。

为了更加充分地证明孔子的上述形象，李长之还详细考察了孟子在文章中对孔子形象的塑造与阐述。随后，他又找来《易经》《礼记》《春秋》等著作中对于孔子形象的大量描述来作论据。不仅如此，他还打开历史纵深的宏阔视野，分析了汉朝董仲舒、三国诸葛亮、宋儒中的程朱、清朝曾国藩等人物言论中所受到的孔子及儒家文化的影响。同时，他还从孔子精神影响范围之广的角度，指出孔子刚健硬朗的性格不仅影响了士大夫，也波及普通老百姓。可以说，李长之期待通过自己对孔子形象的重新挖掘和发现，把孔子从后世讹传曲解的各种其他形象与面目中拯救出来，重塑儒家文化那种刚强健朗、积极热烈又不计成败的崭新形象，并希望能借此再度唤醒中国传统文化的强大生命。在李长之看来，这正是"中国文艺复兴"所应大力提倡和复兴的主要内容。

除此之外，李长之在《从孔子到孟轲》（1943）一文中也再次重复了上述观点，并进一步指出，孔子身上所体现出来的"人生的""审美的"特点，同样体现在儒家的政治理想中。在传统的儒家文化中，"政府不过是一个教育机关""一个伦理的推行机关"，其最终目的旨在"维持一种人情的温暖"[1]。与此相关，儒家还认为"文化高于一切""美育建设在刑法制度之上"。所以，儒家对于政治领袖有着很高的要求，"不唯是伦理的领袖，而且是审美教育的领袖"[2]。这一切表明，儒家的政治理想与孔孟身上所体现出的"人生的""审美的"特点是紧紧联系在一起的。这样，李长之从儒家的政治理想这一角度，更加有力地证明了他对孔子及儒家文化崭新形象的塑造。

有必要指出的是，李长之坚定地认为，孔孟身上所体现出的"人生的""审美的"特点才是儒家文化的精神核心，也正是"中国文艺复兴"所应当"复兴"的重要传统文化，因此他特别强调，自己所提倡的并非一般儒家文化，而是以孔孟为代表的"原始儒家文化"。

---

[1] 李长之：《从孔子到孟轲》，见《李长之文集》（第1卷），河北教育出版社，2006年，第259页。
[2] 李长之：《从孔子到孟轲》，见《李长之文集》（第1卷），河北教育出版社，2006年，第260页。

在《精神建设：论国家民族意识之再强化及其方案》（1941年11月1日）一文中，李长之明确表示出对"原始儒家文化"的推崇与提倡。他还特意使用"新儒家精神"来代表以孔孟为代表的"原始儒家精神"，以此将其与历史上各种各样的"儒家精神"区别开来。他指出："所谓新儒家精神，就是指不是迷信的西汉今文家精神，不是支离的东汉古文家精神，也不是空谈义理的宋儒精神，更不是规步距行的冬烘的高头讲章精神，这些都不是真正儒家精神。"①真正的"新儒家精神"指的是"原始的儒家精神"，即"孔子孟子的真精神"②。李长之对"原始儒家文化"寄予了很大的期望，他认为，这是一个"功利主义弥漫的时代"，急切地需要"提倡原始儒家的反功利精神"③。在李长之看来，对于以孔孟为代表的"原始儒家文化"这种"人生的""审美的"精神的提倡，非常有助于治疗当时社会上诸种虚无主义、个人主义引发的弊病，有着重要的现实意义。

除了上述文章，李长之在其他文章中也表示了对"原始儒家精神"的推崇与看重。在《从孔子到孟轲》（1943）一文中，李长之这样写道："假若我们剥掉理想主义的宋代理学家所加给孔子的面罩，以及蔽于小而不知大的流俗所加给孔子的误解，我们即可发现孔子的真面目——在根性上是有浓重的气魄的人！"④可见，正是因为深刻意识到宋代理学及流俗对于孔子真面目的遮盖与误解，李长之才格外热切地呼吁孔孟的原始真精神。同时，对于儒家思想在不同时代所发生的各种复杂变化，李长之也有着十分清醒的认知。在《秦汉之际的人们之精神生活及其美学》（1941）一文中，李长之就指出了儒家思想在秦汉之际的复杂变化，"道家法家的思想乃部分地同化于儒家思想的权威之中"⑤，因此，他特意指出："我们对于这时的儒家，万不能只以单纯的儒家视之，它的

---

① 李长之：《精神建设：论国家民族意识之再强化及其方案》，见《李长之文集》（第1卷），河北教育出版社，2006年，第106页。
② 李长之：《精神建设：论国家民族意识之再强化及其方案》，见《李长之文集》（第1卷），河北教育出版社，2006年，第106页。
③ 李长之：《精神建设：论国家民族意识之再强化及其方案》，见《李长之文集》（第1卷），河北教育出版社，2006年，第106页。
④ 李长之：《从孔子到孟轲》，见《李长之文集》（第1卷），河北教育出版社，2006年，第257页。
⑤ 李长之：《秦汉之际的人们之精神生活及其美学》，见《李长之文集》（第3卷），河北教育出版社，2006年，第478页。

血液中实已有了新成分。"①正是因为认识到儒家思想在漫长历史中的复杂演变，李长之才始终明确地提倡"新儒家精神"，寻找"原始的儒家精神"。

前面已经指出，李长之对于儒家文化的提倡受到了张君劢、冯友兰思想潜在的影响。事实上，无论是张君劢、冯友兰，还是李长之，他们都明显地表示出对于儒家思想文化的青睐，也都一致地反对汉代"训诂"、清代"朴学"等注重校勘、考据之风的学术倾向，这一倾向自"五四"新文化运动以来受胡适等人的影响而盛行，他们更加注重从道德、伦理、文化、人生的视角去接受中国传统文化的精神遗产。然而，尽管同样提倡儒家文化，张君劢、冯友兰似乎更倾向于宋明理学，李长之却独钟情于"原始儒家精神"，这正是李长之立足于自己的专业背景与独立思考所作出的重要开拓性贡献，他的这一主张在20世纪三四十年代也并不多见。

二、对于中国传统文化"审美的"一面的盛赞

李长之在热情地肯定儒家文化所具有的"人生的"特点的同时，还高度评价了其在"审美的"方面所作出的卓越贡献，并把"审美性"看作儒家文化、也是中国传统文化最为重要的特点。他明确地指出，儒家文化最重要的贡献在于"审美教育""中国文化的精华在此，孔孟思想的极峰在此"②。客观地讲，在20世纪三四十年代，能从"审美"角度对于儒家文化及中国传统文化加以阐释的学者并不多，这正是李长之立足于自己的文艺美学专业背景，在德国古典美学的启发之下所作出的重要学术贡献。李长之在此专门分析了孔子、孟子的美学思想，还进一步剖析了中国古代"玉的文化"等。

在《古代的审美教育》（1940年3月28日）一文中，李长之首先探讨了孔子的美学理论与实践。他认为，孔子的美学富有"古典精神"③，并列举了孔子

---

① 李长之：《秦汉之际的人们之精神生活及其美学》，见《李长之文集》（第3卷），河北教育出版社，2006年，第479页。
② 李长之：《古代的审美教育》，见《迎中国的文艺复兴》，《李长之文集》（第1卷），河北教育出版社，2006年，第68页。
③ 李长之：《古代的审美教育》，见《迎中国的文艺复兴》，《李长之文集》（第1卷），河北教育出版社，2006年，第68页。

有关"思无邪""乐而不淫,哀而不伤""文质彬彬"等言论来加以证明。在李长之看来,孔子的生活深深浸润着审美,孔子除了"积极勤奋"的一面,也有着"闲适恬淡"的一面,所以孔子既会对音乐表现出喜欢和陶醉,也能欣赏"饭疏食,饮水,曲肱而枕之"的乐趣;既会赞美颜回"一箪食,一瓢饮,在陋巷"的生活,也会推许公西华等人在暮春时节"浴乎沂,风乎舞雩,咏而归"的满足感。他还指出,孔子深知美学的真精神"在反功利,在忘却自己,在理想之追求"①,所以才会用"利"与"义"去区分"小人"与"君子",并且"知其不可而为之"地为理想而奋斗。同时,正因为孔子对美育功效有清醒的认识,所以才能深深体会"知之者不如好之者,好之者不如乐之者"的道理②。

李长之给予孔子的美学思想很高的评价,甚至直接把"孔子一生的成功"概括为"美学教养的成功"③。他认为,孔子四十年进德修业的最大收获即在于"从心所欲,不逾矩",还指出这是"所有艺术天才所遵循的律则,同时也是所有伦理家所表现的最高的实践,最美与最善,融合为一了"④。在李长之看来,这美善合一正体现着最高的美学理想、最成功的美学教育,也正是孔子被称为"人类永久的导师者"的重要原因。

随后,李长之又专门论述了孟子在美学上的杰出贡献。孟子曾经指出:"充实之谓美"(《尽心下》),这一阐释深得李长之的赞许,被他誉为"再好也没有的美底定义"⑤。在李长之看来,孟子由于"性格之故",可能更具有"艺术家

---

① 李长之:《古代的审美教育》,见《迎中国的文艺复兴》,《李长之文集》(第1卷),河北教育出版社,2006年,第69页。
② 李长之:《古代的审美教育》,见《迎中国的文艺复兴》,《李长之文集》(第1卷),河北教育出版社,2006年,第69页。
③ 李长之:《古代的审美教育》,见《迎中国的文艺复兴》,《李长之文集》(第1卷),河北教育出版社,2006年,第69页。
④ 李长之:《古代的审美教育》,见《迎中国的文艺复兴》,《李长之文集》(第1卷),河北教育出版社,2006年,第69页。
⑤ 李长之:《古代的审美教育》,见《迎中国的文艺复兴》,《李长之文集》(第1卷),河北教育出版社,2006年,第67页。

的气分",孟子的审美态度也"尤纯粹而鲜明"①。

李长之指出,孟子一生的事业都是以"美学"的精神("反功利")为重要基础的,这无疑是对于孔子思想的继承,但态度上更为坚决。在李长之看来,孟子最重要、最突出的贡献在于,他创造性地把"伦理"与"美感"二者巧妙地联系起来,即"把伦理与美感打成一片"②。孟子成功地将"义理"("伦理")与"悦""可爱"("美感")成功地融合在一起,赋予了"伦理"以"美感"的价值,首次实现将"人生的"内容与"审美的"感觉紧密地联系在一起。不仅如此,孟子对于礼乐和仁义的解释等,也都体现了这种从艺术角度加以阐释的倾向。在李长之看来,孟子的这些看法"最简单明了""也最和悦近人""却也最博大精微"③。

对于孟子运用"美学"原理成功地解决"人欲与天理"问题所具有的智慧,李长之予以充分的肯定。在李长之看来,与中国诸子学派的极端做法不同,因为孟子具有浓厚的审美趣味,才深深懂得"在人欲之中而表现天理"④。不仅如此,李长之还以美学精神与美学原理为导引(比如讲审美需要"讲选择"、需要对欣赏对象"平等视之"等),转入了对孟子的人生思想与学说的阐述与分析。同时,他也高度评价了孟子关于审美能力的普遍性、审美批评等诸多方面的学说。

李长之最终对孟子美学给予很高的评价,认为孟子是"孔子后唯一有创造性的美学大师"⑤。这一评价的重要基础正在于,孟子的思想不仅体现了中国传统文化所具有的"人生的""审美的"两方面特点,还创造性地将二者紧密地

---

① 李长之:《古代的审美教育》,见《迎中国的文艺复兴》,《李长之文集》(第1卷),河北教育出版社,2006年,第69页。
② 李长之:《古代的审美教育》,见《迎中国的文艺复兴》,《李长之文集》(第1卷),河北教育出版社,2006年,第70页。
③ 李长之:《古代的审美教育》,见《迎中国的文艺复兴》,《李长之文集》(第1卷),河北教育出版社,2006年,第70页。
④ 李长之:《古代的审美教育》,见《迎中国的文艺复兴》,《李长之文集》(第1卷),河北教育出版社,2006年,第70页。
⑤ 李长之:《古代的审美教育》,见《迎中国的文艺复兴》,《李长之文集》(第1卷),河北教育出版社,2006年,第71页。

融合在一起，从而使诸多"人生的"伦理或问题获得了"审美的"感觉与解决，最终不仅成功消除了"人生的"冲突与困境，也营造出了"审美的"氛围与心境。因此，李长之有理由相信，以孔孟为代表的"原始儒家文化"正是中国传统文化的杰出代表，是"中国文艺复兴"运动中最重要的核心力量。

在李长之看来，与孔孟所代表的"原始儒家文化"一样，足以代表中国传统文化精神核心的还有"玉的文化"。在本质上，"玉的文化"与孔孟的思想内在相通，既有刚性硬朗的一面，也有温润柔和的一面，而且同样深深渗透于源远流长的中国传统文化之中。

在《儒家之根本精神》一文中，李长之曾谈到"玉的文化"与孔子思想的息息相通，他们"本质坚硬而外表致密""和谐""一无所窒碍的残渣"[1]。不仅是"玉的文化"，还有中国的瓷器、绘画、书法等艺术，也都不约而同地呈现出这一特点。

在随后的《古代的审美教育》一文中，李长之更是直接以"玉的文化"为题，专门展开了深入探讨。他一开头便指出"玉"是中国古代"美感的最佳代表"，亦是"一种德性的象征"[2]，还列举出大量古代典籍中关于"玉"的论述来证明。在李长之看来，中国古代一直把"玉"放在了"美感"与"德性"相统一的位置，即"审美的"与"人生的"相结合的地位，这无疑代表着中国古代"审美教育的成功"[3]。

李长之还进一步谈到"玉的文化"在中国漫长的历史时期内的自然演化，及其对中国传统文化的深刻影响。他认为，"玉的文化"在后来虽然逐渐减少、但并未真正消失，而是演变成了"晋人书法""元人文人画"，其中"简洁淡雅

---

[1] 李长之：《儒家之根本精神》，见《迎中国的文艺复兴》，《李长之文集》（第1卷），河北教育出版社，2006年，第64页。
[2] 李长之：《古代的审美教育》，见《迎中国的文艺复兴》，《李长之文集》（第1卷），河北教育出版社，2006年，第71页。
[3] 李长之：《古代的审美教育》，见《迎中国的文艺复兴》，《李长之文集》（第1卷），河北教育出版社，2006年，第72页。

有力的壮美感"①，一直熏陶和感染着中国读书人。在他看来，"玉的文化"正是中国古代《尚书·舜典》《老子》《乐记》等蕴藏着"美学上极精微的原理"经典著作共同的"结晶"②。而且，"玉的文化"不仅渗透浸润在中国传统艺术之中，也深深地熏陶着中国历代以来的杰出人物，由此中国古代的周秦也与古希腊一样，令人无限地仰慕与"神往"③。

在20世纪三四十年代积极倡导"美学""美育"建设的，除了蔡元培、宗白华、朱光潜、邓以蛰等为数不多的学者，李长之也算得上是致力于这一领域研究的重要学者。与他们相比，李长之颇为独特的贡献主要在于，他始终积极阐释着儒家文化的"美学"价值与贡献，并将其作为未来"中国文艺复兴"的主要内容予以热情提倡。

根据学者的相关研究，在20世纪三四十年代，"现代新儒学"已经初步发展到了"理论建构的阶段"④，形成的重要理论建树主要包括：熊十力的"新唯识论"、冯友兰的"新理学"与贺麟的"新心学"，此外还有马一浮与钱穆等人的理论。毫无疑问，他们在儒学的现代阐释方面作出了极其重要的贡献，然而，他们都很少从美学角度对儒学展开深入考察。这也正是李长之在为冯友兰"贞元三书"撰写的书评文章中，在某些文化问题上会与冯友兰展开对话与商榷的重要原因。由此来看，在20世纪三四十年代有关儒家文化的诸多阐释中，李长之可能积极尝试并提供了"美学"这一崭新视角，从而作出了重要的开拓性贡献。

当然，李长之能从"美学"的角度重新阐释和发现儒家文化及中国传统文化的重要价值，无疑受到了德国古典美学的深刻影响。有关这方面的具体内容，会在本书第四章论述"审美教育"话题时具体展开。

---

① 李长之：《古代的审美教育》，见《迎中国的文艺复兴》，《李长之文集》（第1卷），河北教育出版社，2006年，第72页。
② 李长之：《古代的审美教育》，见《迎中国的文艺复兴》，《李长之文集》（第1卷），河北教育出版社，2006年，第72页。
③ 李长之：《古代的审美教育》，见《迎中国的文艺复兴》，《李长之文集》（第1卷），河北教育出版社，2006年，第73页。
④ 宋志明：《现代新儒学的走向》，北京师范大学出版社，2009年，第15页。

另外值得一提的是，李长之在《五四运动之文化的意义及其评价》一文中，曾经严厉地批评"五四"对于孔子、中国传统文化与艺术都没有"新了解与新认识"[①]。由此来看，他在《儒家之根本精神》《古代的审美教育》等文章中对于儒家以及中国传统文化的深入解读，有效地弥补了"五四"的上述不足。可以说，正是建立在对以孔孟为代表的"原始儒家文化"、中国传统文化与艺术的真正欣赏与理解的基础上，李长之才最终建立起"中国文艺复兴"这一宏伟的文化构想。在这个意义上，"五四"新文化运动有所不足和欠缺的地方，正是李长之"中国文艺复兴"思想开始出发的地方，这体现出李长之对"五四"新文化运动的进一步深化与发展。

三、对于中国人的人生观、道家、墨家、法家等思想的批判

除了对中国传统文化"人生的""审美的"特点展开全面论述，李长之还将其作为重要的参考标准和衡量尺度，对中国人的人生观以及道家、墨家、法家等思想展开了严厉的批判。这些批判充分地流露出他对于中国传统文化上述特点的看重与推崇。

在《中国人的人生观之缺点》（1940年12月6日）一文中，李长之对于中国人的人生观展开了剖析与深刻反省。他认为，中国社会上滋生和蔓延的种种个人主义、唯物主义等不良现象，都与中国人的人生观有很大关系。在他看来，中国人的人生观的最大缺点在于，太过看重"现实"而缺乏"理想主义"精神；换句话说，即过分关注"现有的特殊的个别事物"，而缺乏把目光"倾注在一个更高更大更统一的对象上"[②]。紧接着，他还具体分析了中国人在学问、事业、孝道、爱情、人性观与女性观等方面所存在的类似缺点。

李长之指出，中国人治学"重家法和师承"，缺少那种"献身于自己所治

---

① 李长之：《五四运动之文化的意义及其评价》，见《迎中国的文艺复兴》，《李长之文集》（第1卷），河北教育出版社，2006年，第19页。
② 李长之：《中国人的人生观之缺点》，见《迎中国的文艺复兴》，《李长之文集》（第1卷），河北教育出版社，2006年，第77页。

的学问，生死以之"①、不问自己荣辱与利害的精神。在事业上，要想完成大事业，"非有殉道者的精神是不能成功"，但是中国人讲求的是"某人立德""某人立功""某人立言"②。他还引入了柏拉图《对话集》中的故事，指出中国人只有孝道、缺乏西方的国家观念意识，并具体分析《三国演义》中"关云长为什么在华容道上放了曹操"，以及《水浒传》等经典故事，进一步分析了这种因为"个人的知己之感"而置"国法""军令"于不顾的做法所存在的巨大隐患③。同时，他还指出了中国人在爱情观、人性观与女性观上，都同样存在上述缺点，缺乏那种"把情感倾注在一个超乎个人的对象"上的能力与习惯④。在这些方面，中西文化有着重要的差异。

他还进一步剖析了产生这种人生观缺陷的深层原因，可能与传统农业社会所形成的"自给自足"的生活方式有关，也与中国并无严格意义上的"宗教"、也无"不近人情"的哲学有关。然而无论何种原因，最终结果是中国人的生活"太执著于单个的人""太执著于单个的物"⑤，被"现实的生活"与"个人的利害"紧紧环绕，严重地缺乏理想与热情。

为今之计，最好的解决办法在于，"提倡反功利的精神，提倡热情，提倡理想，提倡牺牲"⑥，还必须多接受些"不近人情的西洋哲学才行"，尤其需要召回"知其不可而为之"的儒家文化精神⑦。需要指出的是，"反功利""热情"

---

① 李长之：《中国人的人生观之缺点》，见《迎中国的文艺复兴》，《李长之文集》（第1卷），河北教育出版社，2006年，第77页。
② 李长之：《中国人的人生观之缺点》，见《迎中国的文艺复兴》，《李长之文集》（第1卷），河北教育出版社，2006年，第77页。
③ 李长之：《中国人的人生观之缺点》，见《迎中国的文艺复兴》，《李长之文集》（第1卷），河北教育出版社，2006年，第78页。
④ 李长之：《中国人的人生观之缺点》，见《迎中国的文艺复兴》，《李长之文集》（第1卷），河北教育出版社，2006年，第78页。
⑤ 李长之：《中国人的人生观之缺点》，见《迎中国的文艺复兴》，《李长之文集》（第1卷），河北教育出版社，2006年，第79页。
⑥ 李长之：《中国人的人生观之缺点》，见《迎中国的文艺复兴》，《李长之文集》（第1卷），河北教育出版社，2006年，第80页。
⑦ 李长之：《中国人的人生观之缺点》，见《迎中国的文艺复兴》，《李长之文集》（第1卷），河北教育出版社，2006年，第80页。

"理想""知其不可而为之"等精神，正是李长之在《儒家之根本精神》和《古代的审美教育》中所大力张扬的中国传统文化"人生的""审美的"根本精神，即以孔子、孟子为代表的原始儒家文化。

正是把儒家文化"人生的""审美的"特点作为重要的衡量尺度，李长之直接批判了道家、墨家及法家文化各自存在的不足与缺陷。

在《孔子与屈原》（1941年4月15日）一文中，李长之对"道家文化"予以了深刻的剖析与批评。他的批判主要集中在两点：其一是道家强烈的功利主义色彩，只是"叫人避苦就乐"，而"始终没出乎个人的圈儿"，所以从没有考虑过"庄严的人类"与"社会"[1]；其二是道家的虚无主义倾向，他们是"虚无主义者"与"宿命主义者"，采用"悲观"和"讥讽"的眼光看待一切，因此缺乏"光"和"热"[2]。显然，"道家文化"的上述特点与"儒家文化"积极热烈的人生态度、不计成败的反功利精神相比，完全是"格格不入""背道而驰"的。

在李长之看来，道家文化给中国人的人生观造成了非常恶劣的影响："空造下数千年来冷淡的人生观，无血色的人生观，短浅的人生观，误以糊涂为奥妙的人生观，对任何'事不干己'的现象作一个第三者，没有勇气，永远追随而不能倡导！"[3]所以，他对于道家文化进行了异常激烈与严厉地指责，甚至将其称为"中国精神上的污点和耻辱"，还指出"其斫丧中国民族的元气处"，几乎"完全是不可挽赎的罪孽！"[4]需要指出的是，李长之并非在此对"道家文化"故意心存偏见，而是他一贯以来就对"虚无主义""宿命主义"秉持着非常明确的反对态度。在《德国古典精神》（1942）一书的《自序》中，他就曾坦诚地

---

[1] 李长之：《孔子与屈原》，见《苦雾集》，《李长之文集》（第3卷），河北教育出版社，2006年，第188页。
[2] 李长之：《孔子与屈原》，见《苦雾集》，《李长之文集》（第3卷），河北教育出版社，2006年，第188页。
[3] 李长之：《孔子与屈原》，见《苦雾集》，《李长之文集》（第3卷），河北教育出版社，2006年，第189页。
[4] 李长之：《孔子与屈原》，见《苦雾集》，《李长之文集》（第3卷），河北教育出版社，2006年，第189页。

表明过，自己对于这类思想是"一律憎恶"的①。

此外，在《我之"唯物史观"》与《孟轲之生平及其年代》中，李长之对于道家文化的重要代表人物"老子"，也进行了同样激烈的否定与批评。在《我之"唯物史观"》（1941年10月17日）一文中，李长之直接将老子称为"卑劣的'世故老人'"，是导致中国人沉溺现实、执著个人利害的"罪魁"，甚至是中国思想史上的"一个大污点"，老子思想所及之处都是"阴森森"的②。而在《孟轲之生平及其年代》（1944）一文中，他同样激烈地指责老子加重了"消极的个人主义"倾向，并将《道德经》贬斥为"一部如何取巧的经""以天下之至柔驰骋天下之至刚的一部御夫经。"③不难看出，李长之对于道家文化及其代表人物老子的批判是十分激烈的，他所依据的主要标准，正是传统儒家文化"人生的""审美的"重要特点，这也正是他在"中国文艺复兴"思想中所提倡的重要内容。

与此同时，李长之在《功利主义的墨家之文学观》（1942年5月）一文中也对墨家文化展开了深刻剖析。他认为，与"绝对反功利"的孔子截然相反，墨家恰恰是"绝对地主张功利"④。正因为过分注重功利，墨家对于"人性"及"情感方面的事"都"很隔膜"，以至于"完全不懂"，由此也就自然缺乏"审美能力""审美趣味或审美态度"⑤，从而导致了墨家"反对美"⑥。在这一意义上，他非常赞同荀子对于墨家的评价，所谓"蔽于用而不知文"⑦，也可以将其

---

① 李长之：《自序》，见《德国的古典精神》，《李长之文集》（第10卷），河北教育出版社，2006年，第151页。
② 李长之：《我之"唯物史观"》，见《李长之文集》（第1卷），河北教育出版社，2006年，第353页。
③ 李长之：《孟轲之生平及其年代》，见《李长之文集》（第1卷），河北教育出版社，2006年，第279页。
④ 李长之：《功利主义的墨家之文学观》，见《李长之文集》（第7卷），河北教育出版社，2006年，第286页。
⑤ 李长之：《功利主义的墨家之文学观》，见《李长之文集》（第7卷），河北教育出版社，2006年，第289页。
⑥ 李长之：《功利主义的墨家之文学观》，见《李长之文集》（第7卷），河北教育出版社，2006年，第291页。
⑦ 李长之：《功利主义的墨家之文学观》，见《李长之文集》（第7卷），河北教育出版社，2006年，第298页。

理解为，墨家因为过分重视"实用"而致使其"不知美"，因此导致了墨家思想的重要缺陷。在此基础上，他进一步认为墨子的"兼爱"也终于沦入了"空虚"，因为他不能把"兼爱"看作一个"可爱的理念"，也不懂得"对于这种理念之可爱的情感的可爱"，因此"兼爱"说到底不过是"兼利"而已[①]！

然而值得注意的是，在情感态度上，与对道家文化的一味指责、激烈批判，甚或是憎恶有所不同，李长之对墨家文化始终怀着一份深深的理解与好感。他认为，从时代背景的角度看，墨子的很多主张"是大半可原谅的"，墨子是"为挽救时弊"才不得不如此，因此倘若仅以墨子"救世"的精神而论，可称得上"真正伟大""真正可令人向往"[②]。可以看到，李长之非常肯定墨子身上的"救世"精神，因为这正与孔子的热心救世思想在某种程度上"不谋而合"，所以他才会对墨家没有特别的反感。遗憾的是，墨家文化由于欠缺审美性维度、不懂得美，所以在整体思想与远景等方面都远远逊于儒家文化。

此外，李长之还对法家代表人物韩非的文化思想予以了思考。在《韩非的文学论及其批评》（1944）一文中，尽管李长之高度评价了韩非理智的清晰、文笔的犀利，堪称"千载难遇的才智之士"[③]，却指出因为韩非倾向于"实用主义"与"国家集权"，从而极大地限制了他的眼光与心胸。在李长之看来，在韩非的世界里，没有"实用以外""国家利害以外"的东西，也没有"个性"[④]，更"没有美"[⑤]。因为不懂"美"，韩非也就不懂"发抒个性的文学"[⑥]，从而缺少了"温暖"、"理想"以及"对于别人的理想的信心"，由此必然导致

[①] 李长之：《功利主义的墨家之文学观》，见《李长之文集》（第7卷），河北教育出版社，2006年，第299页。
[②] 李长之：《功利主义的墨家之文学观》，见《李长之文集》（第7卷），河北教育出版社，2006年，第297-298页。
[③] 李长之：《韩非的文学论及其批评》，见《李长之文集》（第7卷），河北教育出版社，2006年，第313页。
[④] 李长之：《韩非的文学论及其批评》，见《李长之文集》（第7卷），河北教育出版社，2006年，第314页。
[⑤] 李长之：《韩非的文学论及其批评》，见《李长之文集》（第7卷），河北教育出版社，2006年，第315页。
[⑥] 李长之：《韩非的文学论及其批评》，见《李长之文集》（第7卷），河北教育出版社，2006年，第316页。

韩非的世界里没有"善和美",也"贬抑了能够代表人性之庄严与荣誉的文学了"①。可以看到,正是以儒家文化"人生的""审美的"特点为评价尺度,李长之对于韩非的文学观及文化思想进行了批判。在李长之的心目中,无论是道家文化、墨家文化,还是法家文化,都远不及儒家文化富有现代生命力,只有儒家文化才足以担当"中国文艺复兴"的重要使命。

第二节 屈原:倾向于"道家文化"还是"儒家文化"

李长之在上述文化实践中表达了对"原始儒家文化"的热情推崇,体现出与他"中国文艺复兴"思想相关理论主张的一致性,但在对于屈原、司马迁、李白等受到"道家文化"影响的人物所展开的深入解读中,则体现出与其相关理论主张的矛盾与冲突。大体而言,李长之此前对于"道家文化"那种激烈的批判态度,在这些文章与著作中得到了很大程度的缓和,甚至在某些时候还转变为肯定与赞赏。这一切充分表明,李长之"中国文艺复兴"的理论主张与文化实践之间确实存在某种微妙的错位,也暗示了李长之对于中国传统文化态度的复杂性与多面性。

在《孔子与屈原》(1941年4月15日)一文中,李长之给予屈原非常高的评价,称其是可与孔子相并列的、足以代表中国传统文化精神的重要人物,两人都是"中国精神史上最伟大的纪念像,是中国人伦之极峰"②。然而耐人寻味的是,即使得到李长之如此高评价的屈原,在《迎中国的文艺复兴》一书有关中国传统文化的叙述中,却从来没有得到过一次被正面提及的机会。这一并不易察觉的叙述现象,可能正意味着李长之"中国文艺复兴"思想在理论主张与文化实践之间的冲突,以及他对于中国传统文化在认识上的复杂性。

---

① 李长之:《韩非的文学论及其批评》,见《李长之文集》(第7卷),河北教育出版社,2006年,第318页。
② 李长之:《孔子与屈原》,见《苦雾集》,《李长之文集》(第3卷),河北教育出版社,2006年,第192页。

一、"另一种异质文化"

在某种程度上，屈原代表着中国传统文化中与孔子思想并不完全相同的"另一种文化"；同时，屈原最为擅长的"文学领域"也并非孔子特别精通的方面。甚至可以说，屈原正是李长之在《迎中国的文艺复兴》中所弹奏的儒家文化曲调中的"不和谐音符"。正因为如此，屈原及其所代表的文化，可能是他在提倡"中国文艺复兴"的理性层面所有意回避或压抑的重要内容，然而当他在文化实践中一旦放松警惕，潜意识中对于它们的欣赏，便情不自禁地流露了出来。

在李长之看来，屈原与孔子各自继承和引领着不同的文化传统。与孔子息息相通的文化，是"浑朴的周代鼎彝"、"汉代的玉器"、"晋人的书法"与"宋人的瓷"，其最重要的特点是"单纯而高贵"，是"雅"[①]。与屈原紧密相关的文化，则是"汉人的漆画""司马迁的文章"与"宋元人的山水"，其最突出的特点是"雄肆而流动"，是"奇"[②]。这一切充分说明，屈原与孔子是"相并列的"而非"从属的"独特存在，屈原所代表的文化与精神，是孔子及儒家文化所无法涵盖和统领的"另一种异质文化"。

不仅如此，孔子与屈原还有着不同的气质、性格和不同的思想特点。他借用温克尔曼在《古代艺术史》中的"美与表现"概念分析指出，孔子倾向于"美"的一面，呈现出"和谐，平静，而流动的"特点；而屈原更倾向于"表现"的一面，属于"虽然悲哀而是只见火星的火焰，虽然悲哀而是纷纷的雪片，终归安详的"[③]。孔子的思想是"由社会到个人的"，他更侧重于整个社会的安定，他的许多主张都在"指示人如何可以过一种人与人相安的生活"[④]；屈

[①] 李长之：《孔子与屈原》，见《苦雾集》，《李长之文集》（第3卷），河北教育出版社，2006年，第191页。
[②] 李长之：《孔子与屈原》，见《苦雾集》，《李长之文集》（第3卷），河北教育出版社，2006年，第191页。
[③] 李长之：《孔子与屈原》，见《苦雾集》，《李长之文集》（第3卷），河北教育出版社，2006年，第173页。
[④] 李长之：《孔子与屈原》，见《苦雾集》，《李长之文集》（第3卷），河北教育出版社，2006年，第173–174页。

原的思想则是"由个人到社会",他希望社会上的个体"都是全然无缺的",是"坚贞的"、"硬朗的"和"优美而高洁的"①。

与此同时,尽管孔子与屈原同样都"热心救世"②,但是他们之间依然有着明显的区别,屈原仅仅是"单纯为理想而奋斗",而缺少了"由理想渡到现实的桥梁";而孔子却是"为'实现其理想'而奋斗着"③。此外,屈原更倾向于"国家主义"的立场,孔子则有"世界主义"的倾向。正因为上述原因,屈原才有很多的痛苦和烦恼,"没有愉快,没有清朗的春天,没有笑声",从而影响了文学上"感伤和悲愁"的一面;而孔子因为比较顾及现实,则具有"无入而不自得的乐趣"④,影响了文学上"闲适"的一面。最后,孔子的"理智"色彩相对更浓一些,而屈原则更多沉浸在"情感"之中。

可以看到,孔子与屈原在思想、文化、气质、性格等方面都体现出明显的不同,因此李长之在《孔子与屈原》一文中把他们分别看作"民族的精神"与"民族的心灵"两个不同的文化代表⑤。然而问题很明显,也很尖锐,既然孔子与屈原分别代表了两种不同的文化,孔子当然是儒家文化的重要创始者与杰出代表,那如何判定屈原的文化归属呢?是否可以把屈原直接看作道家文化的重要代表?如果承认屈原的确深受道家文化影响的话,那么这与李长之在《迎中国的文艺复兴》中对于道家文化的激烈批判是否相矛盾?但假若轻易否认屈原与道家文化之间关系的话,那又应该如何理解屈原与道家文化、儒家文化之间的关系呢?

正是在屈原的文化归属或定位问题上,李长之陷入了思想上的"两难"境

---

① 李长之:《孔子与屈原》,见《苦雾集》,《李长之文集》(第3卷),河北教育出版社,2006年,第175页。
② 李长之:《孔子与屈原》,见《苦雾集》,《李长之文集》(第3卷),河北教育出版社,2006年,第176页。
③ 李长之:《孔子与屈原》,见《苦雾集》,《李长之文集》(第3卷),河北教育出版社,2006年,第178页。
④ 李长之:《孔子与屈原》,见《苦雾集》,《李长之文集》(第3卷),河北教育出版社,2006年,第180页。
⑤ 李长之:《孔子与屈原》,见《苦雾集》,《李长之文集》(第3卷),河北教育出版社,2006年,第192页。

地，遭遇了某种不易为人所察觉的尴尬。为了能够成功化解这一困境，李长之采取了一种颇为"巧妙的"方式：一方面，他努力地证明屈原与道家文化有着重要的差别；另一方面，他又揭示出屈原与孔子思想有着诸多的相似，试图证明屈原思想中含有着儒家文化的成分。也就是说，李长之虽然并未直接把屈原划归为儒家文化的旗帜之下，却明确地否定了屈原与道家文化之间的紧密联系。这样一来，他就悄然回避了对屈原的赞赏与前面对于道家文化的激烈批判相冲突的问题，也在一定程度上遮掩了屈原与孔子属于不同性质文化的问题。然而，这一切"欲盖弥彰"，反而更加清晰地表明，李长之此前有关"中国文艺复兴"的某些理论主张，确实需要调整和补充。

从写作时间上来说，《孔子与屈原》（1941年4月15日）一文的完成，是在《儒家之根本精神》（1939年2月4日）、《古代的审美教育》（1940年3月28日）两文之后。这意味着，李长之此时已经较为明确地形成对于"原始儒家文化"的热烈推崇，也初步形成对于道家文化的批判立场，所以他在屈原在文化上的类别归属问题，的确有着一定的困难。然而值得注意的是，也正是在《孔子与屈原》一文中，李长之对于道家文化展开了最为严厉的批判和毫不客气的指责（如前所述）。那么，李长之究竟是如何在激烈地批判道家文化的同时，又高声赞扬与道家文化有着密切关系的屈原呢？

二、"最可以理解孔子"

要想解决上面的难题，唯一的途径，就只有想方设法地拉近屈原与儒家文化之间的距离，努力阐释屈原与孔子彼此之间的相似与相通之处，尽可能地呈现孔子在儒家经典思想之外的另一形象。

因此，李长之重点剖析了孔子在"理智"外表的背后，有着"浪漫"与"情感"的一面，也有着"神秘"与"深不可测"的一面[1]，甚至还有着一些过错和不完美的地方。他并由此进一步明确地指出，在孔子精神的核心处"仍

---

[1] 李长之：《孔子与屈原》，见《苦雾集》，《李长之文集》（第3卷），河北教育出版社，2006年，第183－185页。

是浪漫的"，孔子原来是以"一个殷人的浪漫情调而羡慕周人的古典精神的"①。对于孔子的这些描述，显然在无形中拉近了他与屈原的距离。可值得关注的是，这里所呈现的孔子形象，似乎与他在《迎中国的文艺复兴》一书中所描述的孔子形象并不完全相同。比如这里并没有刻意突出孔子刚强硬朗、积极热烈的"人生的"一面，也没有强调孔子从容内敛、温柔敦厚的"审美的"一面，而是有所调整地谈到了孔子"浪漫的""神秘的深不可测的""好名的"一面，这正是李长之在叙述上有所调整的一个重要信号。

与此同时，李长之又分析了屈原与孔子及儒家文化在某些方面的相似性。在李长之看来，屈原在"浪漫"热情的背后，同样流露出"高超卓绝的理智""偶尔觉醒的理智"；单就"思辨"成分看，"屈原是孔子"②。不仅如此，屈原同样有一种"求其在我"的精神，显示出"只正谊明道而不谋利计功的"倾向，这些都流露出一种"儒家面目"③。可以看到，尽管有些许的勉强，但在"理智色彩"与"求其自我"精神等方面，李长之还是努力找到了屈原与孔子之间的相似之处。

正是在上述的基础上，屈原的文化立场或文化归属问题出现了某种微妙的变化。李长之明确地指出，屈原的对立面并不是孔子和儒家文化，而是那个江潭渔父与道家文化④。如此一来，屈原与孔子便无形中站在了"同一阵营"之中，他们彼此还有着共同的敌人——道家文化。由此，李长之也就"顺理成章"地展开了对道家文化功利色彩、虚无主义与宿命主义的激烈批判（如前所述）。

然而尽管如此，李长之终究还是无法完全忽视或彻底撇清屈原与道家文化之间的关系，因此他只好尽可能地去分析屈原与道家文化的差异，从而希求把

---

① 李长之：《孔子与屈原》，见《苦雾集》，《李长之文集》（第3卷），河北教育出版社，2006年，第186－187页。
② 李长之：《孔子与屈原》，见《苦雾集》，《李长之文集》（第3卷），河北教育出版社，2006年，第187页。
③ 李长之：《孔子与屈原》，见《苦雾集》，《李长之文集》（第3卷），河北教育出版社，2006年，第188页。
④ 李长之：《孔子与屈原》，见《苦雾集》，《李长之文集》（第3卷），河北教育出版社，2006年，第188页。

屈原从道家文化的"黑色泥潭"中打捞和解救出来。李长之专门指出:"屈原也是以个人为出发的,但他有理想(对于人性有理想),又且最后的归宿仍是人类全体。道家却是不理会这些的。"①也就是说,屈原与道家文化一样,都是从"个人立场"出发的,重要的差异在于,屈原对于人性怀有理想,而且以人类全体为归宿,而道家却始终黏附在个人的小圈子中。在李长之看来,不仅屈原如此,李白也有着类似的情况(详见后文分析)。

正是在这个意义上,李长之明确地指出:"孔子不是道家,屈原也不是道家,甚而李白也没被道家的谦卑思想所完全牢笼着。道家之反对孔子,反对屈原,是无怪的。"②然而在某种程度上,这一结论只是李长之的"一厢情愿"。因为问题的关键在于,李长之肯专门对屈原、李白与道家文化之间的差异展开充分论证,他的这一行为本身就已雄辩地说明,屈原、李白与道家文化有着复杂而密切的关系,更何况在具体的论述过程中,事实上李长之也呈现了屈原、李白与道家文化之间的确具有着某种相通性与一致性。

大概李长之对于自己的上述结论也有所疑虑,因此他一再努力地证明,屈原与孔子确实属于"同一阵营",他们与道家文化有泾渭分明的界限。因此,他还进一步阐释了在"与愚妄战"的问题上,孔子与屈原所表现出的坚定立场与绝不妥协的精神,是完全一致的,"恐怕孔子最可以了解屈原,屈原也最可以了解孔子了"③。言下之意,屈原与孔子堪称"相知甚深"的知己了,因为他们在同一问题上有着相同的执着与坚持。

李长之作出上述判断,并非违心或有违事实,因为他在内心深处对屈原和孔子都怀有着极为仰慕和赞赏的情感,而屈原和孔子作为人格与品行同样光辉高洁的伟大人物,也的确存在很多相似之处。这里的问题或差池主要在于,李

---

① 李长之:《孔子与屈原》,见《苦雾集》,《李长之文集》(第3卷),河北教育出版社,2006年,第188页。
② 李长之:《孔子与屈原》,见《苦雾集》,《李长之文集》(第3卷),河北教育出版社,2006年,第189页。
③ 李长之:《孔子与屈原》,见《苦雾集》,《李长之文集》(第3卷),河北教育出版社,2006年,第190页。

长之深深受限于自己所设置的"推崇儒家、贬低道家"的理论框架之中,导致他总是急匆匆地想否定像屈原、司马迁、李白等深受道家思想影响的伟大人物与道家文化之间的关系,然而又苦于不能直接为他们搭建一座通往儒家文化的桥梁。其实,只要李长之稍微调整一下对道家文化的批判态度,肯正视和接受道家文化存在诸多不良影响的同时也具有着某些积极的贡献,上述所谓的"矛盾"也就自然不复存在了。

三、"孔子不是纯粹的文学家"

尤其当李长之在"文学领域"展开相关论述时,屈原及道家文化的积极影响就更加明显地呈现出来,甚至在某些地方还远远地超越了孔子及儒家文化。耐人寻味的是,李长之在《迎中国的文艺复兴》一书中更多地只是涉及思想、文化与艺术领域,而对文学领域的关注微弱得多;然而恰恰在此书未曾过多关注的"文学领域",李长之对于"中国文艺复兴"的文化批评实践却强有力地证明,它们自身有着不同于"中国文艺复兴"理论主张的另一套逻辑。

李长之明确指出,孔子与屈原在各自的文学趣味、所信仰的文学律则,以及最终取得的文学成就等方面,都体现出完全不同,甚至是"针锋相对"的特点。他直言道:

> 孔子是古典的,所以不赞成怪力乱神,但这却正是屈原所取材最多的创作源头。孔子是古典的,所以主张"乐而不淫,哀而不伤",主张"思无邪",主张"雅言",羡慕"郁郁乎文哉"的周,赞美"文质彬彬"的君子,自己的人生造诣是"从心所欲,不逾矩"。可是屈原呢,他不能有这么些节制,他也不能维持这样和谐的状态。代表孔子精神的,是那样整整齐齐的《诗经》,代表屈原精神的,是那样参参差差的《楚辞》。——这两者是奠定了中国文学史的两大基石。[①]

---

① 李长之:《孔子与屈原》,见《苦雾集》,《李长之文集》(第3卷),河北教育出版社,2006年,第191页。

可以看到，就文学创作来讲，无论在取材与艺术风格上，还是在表现形式上，孔子与屈原都有着重要的区别，他们显然"并非"属于"同一阵营"，而是各自代表了"整整齐齐"与"参参差差"这两种完全不同的文学精神。也就是说，不管李长之此前多么努力地证明了孔子与屈原的相似与相通之处，他们在文学上的差异终究还是那样醒目与鲜明。

与此同时，作为有着专业文学批评素养的李长之，也首次承认并论述了孔子及儒家文化对中国传统文学发展的限制与不良影响，这一点是他在《迎中国的文艺复兴》一书中几乎从未谈及的。李长之指出："孔子不是纯粹的文学家（虽然他有带着丰美的词藻的格言），但他影响到中国文学领域上的却很大，虽然这影响未必好；载道的古文，动辄以'乐而不淫，哀而不伤'的教条来束缚人的批评，都不能不说受影响于孔子，子不语怪力乱神，因此中国的小说戏曲都迟发达了好几百年。但这是影响，与孔子本身的价值无关。"①

尽管孔子对中国传统文学发展所产生的影响并不会干扰到"孔子本身的价值"，但是这同样无法改变孔子在中国传统文学领域产生了诸多消极影响这一事实。这意味着，在《迎中国的文艺复兴》一书中被视为"完美无缺的雕像"的孔子，被绝对地赞誉与无上地肯定的孔子，却意外地在"文学领域"中出现了"一丝瑕疵"！这一瑕疵富有象征意味，它是孔子及儒家文化唯一"黯然失色"的环节，却也恰恰是屈原及道家文化可以"大放华彩"的地方。

李长之富有意味地谈及屈原对于中国传统文学的影响，与上面的论述形成鲜明的对比。李长之指出："屈原是一个纯粹的诗人，可是在中国文学史上的影响并没有发挥到应有的地步。"②也就是说，屈原在文学上有能力产生更加重要而长远的积极影响。不仅屈原如此，在李长之随后谈论同样受到道家文化影响的司马迁、李白等人光耀千秋的文学成就时，道家文化在"文学领域"的杰出贡献会更加突出地呈现出来。然而，李长之在《迎中国的文艺复兴》一书中很

---

① 李长之：《孔子与屈原》，见《苦雾集》，《李长之文集》（第3卷），河北教育出版社，2006年，第192页。
② 李长之：《孔子与屈原》，见《苦雾集》，《李长之文集》（第3卷），河北教育出版社，2006年，第192页。

少谈论这一点，这可能是他所不愿意面对的。由此可见，正是在对待道家文化的态度与评价方面，李长之的理论主张与文化实践出现了冲突与错位，从而显示出李长之"中国文艺复兴"思想的矛盾性与复杂性。

其实，目前学界对于屈原的文化归属问题仍然存在分歧，只是越来越多的学者倾向于认为，屈原身上可能同时体现着儒家、道家，甚至法家等多种文化特征，而不是某一种文化的单纯体现。比如殷光熹在《屈原思想流派辨》一文中指出，屈原思想中含有儒家、道家成分，但就整个思想体系而言却不属于儒家或道家一派[1]；聂石樵在《屈原论稿》中则认为屈原思想中反映了儒、法两家思想的同一与分化状况[2]；龙文玲在《屈原与儒家礼乐文化关系研究》一文中也指出，楚辞既蕴含了丰富的南楚文化，也蕴含着丰富的儒家礼乐文化[3]；方铭在《屈原学与道家隐逸文化关系研究》一文明确指出，屈原与庄子虽然被人们看作"楚文化"的代表，但二者在本质特征上有着很大不同[4]；田耕滋在《屈原与儒道文化论辩》一书中更是认为，屈原体现着可与儒家、道家文化形成"鼎足而三"的某种生命精神[5]。这些研究都清楚地表明，屈原身上可能确实体现着儒家、道家等文化的深刻影响。在这个意义上，李长之在上述分析中所表达出的，对于屈原与道家文化之间重要区别的清醒认识，对屈原与儒家文化密切联系的敏锐察觉，也就并非只是维护"中国文艺复兴"相关理论主张的叙述策略，而是充分体现了某种深刻而睿智的学术洞察力。

第三节　司马迁：道家文化与儒家文化的成功融合

除了屈原，在李长之关于司马迁的评价中，同样可以看到他的"中国文艺

---

[1] 殷光熹：《屈原思想流派辨》，见储斌杰编：《屈原研究》，湖北教育出版社，2003年，第153页。
[2] 聂石樵：《屈原论稿》，中华书局，2010年，第52页。
[3] 龙文玲：《屈原与儒家礼乐文化关系研究》，见戴锡琦、钟兴永主编：《屈原学集成》，中央编译出版社，2007年，第246页。
[4] 方铭：《屈原学与道家隐逸文化关系研究》，见戴锡琦、钟兴永主编：《屈原学集成》，中央编译出版社，2007年，第252页。
[5] 田耕滋：《屈原与儒、道文化论辩》，中国社会科学出版社，2011年，第47页。

复兴"思想在批评实践与理论主张上存在的错位与冲突。尽管他依然十分肯定儒家文化的重要贡献,但是对于道家文化已经表达出较为明显的接受与认可。

根据李长之在《司马迁之人格与风格》(1947)一书《自序》中的描述,他大约从1938年秋天就萌发了写作此书的念头,具体的写作断断续续历时近9年,直到1947年才最后校对完毕。由此可见,李长之对于此书的写作可谓是"极其用心",他在书中的诸多思考也更值得细心揣摩。在《司马迁之人格与风格》中,李长之热情地表达了对司马迁文学成就的高度肯定与赞赏,也充分地论述了司马迁与孔子及儒家文化思想之间的紧密关系,但与此同时,他敏锐地指出了司马迁在根性上还是深受道家文化的影响。

一、"孔子的第二个最忠诚的追随者"

在李长之的眼中,司马迁之所以取得"青史留名"的文学成就,固然有着儒家文化的积极贡献,还绝对少不了道家文化的重要功劳。可这样一来,问题就出现了,也就是说,道家文化在某些方面,尤其是"文学领域"还是有其不容小觑的重要贡献的,那么,李长之在《迎中国的文艺复兴》一书中对道家文化的激烈否定与批判,就显得有些不够全面、也不够客观了。与此相关,他热情推崇儒家文化这一理论主张,似乎也需要进一步的补充与丰富。

李长之首先给予高度肯定的是,孔子及儒家文化对于司马迁的文学成就与生平事业的重要影响。在李长之看来,作为父亲的司马谈给司马迁早期提供了儒学教育,并勉励他"做第二个孔子"[1],这一儒学教育最终"奏了效",司马迁在思想上受到了孔子的深刻影响。

根据李长之的深入解读,司马迁在《史记》中的许多言论都直接援引自《论语》及相关著作,还在很多地方是把《论语》的成句"熔铸成自己的文章",在具体论述时,更是"把孔子当作唯一可以印证的权威"[2]。除此之外,

---

[1] 李长之:《司马迁之人格与风格》,见《李长之文集》(第6卷),河北教育出版社,2006年,第218页。
[2] 李长之:《司马迁之人格与风格》,见《李长之文集》(第6卷),河北教育出版社,2006年,第220页。

司马迁的精神似乎也"仿佛结晶在孔子的字里行间了,仿佛可以随意携取孔子的用语以为武器而十分当行了"①。因此,司马迁与孔子在精神上有着深深的共鸣,比如有关"君子"的理解,司马迁同样高举"有德""宏览博物""笃行""深中隐厚""内廉行修"等意义,这些正是"孔子的理想人格",也同样作了"司马迁的理想人格"②。不仅如此,司马迁在《史记》里还特意把"孔子"安排在"世家"当中,对孔子颇多称赞之语,并明确表达了自己对孔子深厚的仰慕与崇拜之情。李长之从中看到,司马迁对于孔子是"纯挚的依恋""仰慕的情感",从而将司马迁看作继孟子之后"孔子的第二个最忠诚的追随者"③。此外,司马迁身上所体现的"反功利精神""反现实精神""不以成败论英雄的态度"等,也都有着"深深的孔子的影子"④。在此基础上,李长之甚至指出:"司马迁是第二个孔子,《史记》是第二部《春秋》!"⑤由此足以看出,孔子确实对司马迁产生了非常深刻的思想影响。

然而即便如此,李长之还是诚实地指出,司马迁在本质与性格上还受到了道家文化的重要影响,从而试图把孔子对他的影响限定在某种范围之内。在李长之看来,司马迁在本质上是"浪漫的",在思想上也还留有他父亲"黄老之学的遗泽",只是在精神上留有了孔子及儒家文化那"不可磨灭的烙印"⑥。

同时,李长之也同样诚实地指出,司马迁与孔子在气质上有着重要差别。孔子更像是一位"哲人",而司马迁则更倾向于是一位"诗人",因此司马迁在

---

① 李长之:《司马迁之人格与风格》,见《李长之文集》(第6卷),河北教育出版社,2006年,第221页。
② 李长之:《司马迁之人格与风格》,见《李长之文集》(第6卷),河北教育出版社,2006年,第222页。
③ 李长之:《司马迁之人格与风格》,见《李长之文集》(第6卷),河北教育出版社,2006年,第223页。
④ 李长之:《司马迁之人格与风格》,见《李长之文集》(第6卷),河北教育出版社,2006年,第225页。
⑤ 李长之:《司马迁之人格与风格》,见《李长之文集》(第6卷),河北教育出版社,2006年,第234页。
⑥ 李长之:《司马迁之人格与风格》,见《李长之文集》(第6卷),河北教育出版社,2006年,第218页。

性格上"没法做第二个孔子",而只能选择在"事业上"继承孔子①。在李长之看来,孔子对于司马迁的思想影响尽管绝不容低估,但终究还是有其特定的限制。在某种意义上,由于孔子的出现,所以司马迁"天才的翅膀被剪裁了",恰如"一个绝世美人"被"披上一层华丽精美而长短适度的外衣似的"②。换句话说,孔子的作用毕竟是外在的,他无从影响和改变司马迁内在的精神本质。虽然孔子作为一个本质"浪漫"而向往"古典"的人,最终成功地掩盖了自己"浪漫的本来面目",但是司马迁并未如此。这不仅是由于司马迁"不能",更是因为司马迁"不肯",他不愿"始终被屈于古典之下",所以他最终"像奔流中的浪花一样,虽有峻岸,却仍是永远汹涌着,飞溅着了"③。换句话说,孔子及儒家文化最终还是没能在思想上彻底地征服司马迁,在司马迁身上真正起着决定性作用的,只能是在他精神上熏染已久、浸染已深的道家文化。

其实,儒家文化与道家文化原本是可以完美地融合在一起的,像司马迁这样,不就是成功的例子吗?但这似乎是李长之在理论主张上的认识盲点。由于他"固执"地坚持原始的儒家文化,也同样固执地批判老庄的道家文化,因此在理论主张上无法想象和接受儒家文化与道家文化任何可以并存、融合的可能性。尽管他在关于司马迁的具体批评实践中已经明显地发现并接受了这一文化间的融合现象,但他却从未有过类似的理论主张,由此也导致了他有关"中国文艺复兴"思想在理论主张与文化实践上的冲突与错位。

二、"直然是第二个屈原"

在李长之看来,司马迁身上既体现着儒家文化的深刻影响,同时更留有道家文化的鲜明印记。尽管司马迁接受的是儒家文化的教育,但他所生活的时代

---

① 李长之:《司马迁之人格与风格》,见《李长之文集》(第6卷),河北教育出版社,2006年,第225页。
② 李长之:《司马迁之人格与风格》,见《李长之文集》(第6卷),河北教育出版社,2006年,第243页。
③ 李长之:《司马迁之人格与风格》,见《李长之文集》(第6卷),河北教育出版社,2006年,第244页。

有着浓厚的道家文化氛围，而且司马迁的父亲也十分崇尚道家文化，再加上司马迁本人的性格，这一切注定了司马迁与道家文化之间有着割舍不断、千丝万缕的联系。问题的关键是，对于司马迁的文学成就无限仰慕的李长之，究竟应该如何下笔论述道家文化呢？这显然与他对于道家文化的批判与偏见"水火不容"。真正有趣的地方也正在这里。其实因为司马迁的缘故，李长之已经开始"爱屋及乌"了，他在情不自禁中"暂时抛却"了在理论主张中对于道家文化的激烈批判，而开始逐渐转向了理解和接受，从而使儒家文化与道家文化在李长之的文化实践中达成某种程度上的"和平共处"。

　　李长之显然非常看重司马迁所生活的时代文化氛围对他的重要影响。在他看来，能够产生司马迁如此"伟大的诗人"的，也一定是"伟大的时代"[1]。可是，那究竟是一个什么样的时代呢？李长之首先提醒我们应注意的是，汉代所秉承的文化传统其实"并不接自周、秦"，而是"接自楚"。也就是说，司马迁的真正先驱"实在是屈原"，构成"汉人精神的骨子"的也是"楚人的文化"[2]。紧接着，李长之还详细分析了"周文化"与"楚文化"的重大区别，前者是"古典的"而后者是"浪漫的"，并认为正是"浪漫的""楚文化"征服了汉代、征服了司马迁。与此同时，李长之还进一步指出"儒家文化"在汉代"不被重视"的真实处境。可以说，"从汉高祖一直到汉武帝""儒家文化"就一直没有得到重视，西汉并没有真正的"儒家"出现，"滔滔天下者乃是黄、老"，也即"齐学"[3]，而"齐、楚文化是一系，都是浪漫精神的代表"[4]。在这种情况之下，"齐、楚的地方文化"也就自然"代周而起"。也正因如此，"齐人的倜傥风流"与"楚人的多情善感"，都"丛集于"司马迁一身[5]。

---

[1] 李长之：《司马迁之人格与风格》，见《李长之文集》（第6卷），河北教育出版社，2006年，第192页。
[2] 李长之：《司马迁之人格与风格》，见《李长之文集》（第6卷），河北教育出版社，2006年，第193页。
[3] 李长之：《司马迁之人格与风格》，见《李长之文集》（第6卷），河北教育出版社，2006年，第198页。
[4] 李长之：《司马迁之人格与风格》，见《李长之文集》（第6卷），河北教育出版社，2006年，第199页。
[5] 李长之：《司马迁之人格与风格》，见《李长之文集》（第6卷），河北教育出版社，2006年，第203页。

伴随着"齐楚文化"逐渐成为思想的主流,以及"儒学文化"的不受重视与日渐边缘化,文学趣味也悄悄地发生了相应的转移。李长之敏锐地指出:

> 周、鲁式的古典文化所追求于"乐而不淫,哀而不伤"者,到了司马迁手里,便都让他乐就乐、哀就哀了!所以我们在他的书里,可以听到人类心灵的真正呼声。以《诗经》为传统的"思无邪"的科条是不复存在了,这里乃是《楚辞》的宣言:"道思作颂,聊以自救兮!""发愤以抒情!"司马迁直然是第二个屈原![1]

从口吻上看,上面的叙述非常流畅痛快,带有李长之鲜明的个人风格,然而倘若从具体观点上看,却让人非常怀疑这是否真的出自李长之本人之手。因为这里洋洋得意地论述的是"乐而不淫、哀而不伤""思无邪"等这些周、鲁古典文化影响下的文学规范的"不复存在",而这一事实意味着,孔子及儒家文化所产生的文学影响正在逐渐地消失和远去。同时,这里又明确地宣称,司马迁所继承的正是与此完全不同的另一种文学趣味,也即"乐就乐、哀就哀""发愤以抒情",是与屈原"一脉相承"的文学趣味。这样就等于直接宣称,司马迁的文学趣味其实与孔子及儒家文化几乎没有联系,而是深深受到了那个时代道家文化语境的深刻影响。

李长之还进一步分析了作为父亲的司马谈对于司马迁所产生的深刻影响。在李长之看来,司马迁的伟大"至少也要有一半应该分给他父亲"[2],然而值得关注的是,司马谈所受的教育却是"道家色彩的自然主义",星历之学与《易》,尤其是"道家",构成了"司马谈的思想面目"[3]。因此,司马谈在《论

---

[1] 李长之:《司马迁之人格与风格》,见《李长之文集》(第6卷),河北教育出版社,2006年,第203页。
[2] 李长之:《司马迁之人格与风格》,见《李长之文集》(第6卷),河北教育出版社,2006年,第209页。
[3] 李长之:《司马迁之人格与风格》,见《李长之文集》(第6卷),河北教育出版社,2006年,第210页。

六家要旨》中，对于上古学术的各大派别，尽管都给予了"入木三分的得失俱论的真评价"，但由于他的真正立场在于"道家"，他对于"道家"则是"全然赞许"①。

由于司马谈深受道家思想的影响，所以他对道家文化作出上述赞许，这并没有什么奇怪之处，真正令人惊讶的是，李长之在论述司马谈对于道家文化的赞赏态度时，不仅没有流露出任何的批评，反倒觉得司马谈"了解得极为正确""他的眼光总较普通人透过一层"②。乍一读到此处，李长之的态度变化无法不令人"诧异"，难道"沧桑岁月"的力量真的在悄悄改变李长之对于道家文化的态度吗？还是因为此处谈论的是司马谈，李长之大大放松了对于道家文化的警惕呢？无论何种缘故，与此前激烈批判道家文化的态度相比，这简直不可"同日而语"。

更重要的是，李长之进而发现，司马谈对于上古六派，尤其是道家的态度直接影响了司马迁。他指出，"司马谈的精神面貌处处范铸了他的天才爱儿司马迁"，这不仅表现为司马迁对各派学问都能有所欣赏、也有所批评的态度，更表现在司马迁对于"黄老派"（也即道家文化）同样高度肯定的论述，都可谓"直然是司马谈的精神的副本"③。也就是说，司马迁正是受到父亲思想的充分影响，同样非常仰慕道家文化。不过，司马迁毕竟与父亲司马谈有所不同，因为他同时接受了儒家文化的熏陶，所以在思想上"多出"了"一种儒家成分"，从而使司马迁的精神内容"更丰富起来"④。然而尽管如此，道家文化对于司马迁所产生的影响，可能才是根本而内在的。

因此，李长之在《司马迁之人格与风格》一书中，曾专门论述了司马迁与

---

① 李长之：《司马迁之人格与风格》，见《李长之文集》（第6卷），河北教育出版社，2006年，第211－212页。
② 李长之：《司马迁之人格与风格》，见《李长之文集》（第6卷），河北教育出版社，2006年，第212页。
③ 李长之：《司马迁之人格与风格》，见《李长之文集》（第6卷），河北教育出版社，2006年，第213页。
④ 李长之：《司马迁之人格与风格》，见《李长之文集》（第6卷），河北教育出版社，2006年，第217页。

道家文化的密切关系。他明确地指出，尽管司马谈为司马迁提供了儒学教育，这种"教育"也许成功了，但是"就一个人之性格上的发展论"，司马迁最终所走的却是和父亲"同样的道路"，依然还是道家思想。同时，构成司马迁思想的"根底"的，也是道家的主要思想"自然主义"①。也就是说，作为备受李长之肯定与赞赏的文学大师司马迁，尽管接受了儒家文化的重要影响，但真正决定其思想倾向与性格底色的却是道家文化。这一评价应当引起足够的重视，因为它极大地改变了李长之在"中国文艺复兴"思想的相关理论主张中对于道家文化一味贬损的论述语调，而间接肯定了道家文化正面而积极的贡献。

三、对于道家文化的接受与认可

事实上，李长之确实调整了自己对于道家文化的某些看法，这是他继《迎中国的文艺复兴》一书之后认识的进一步深化。借助对"司马迁书中的道家成分"的考察，李长之细致梳理了"道家"在概念使用上的变化情况："就历史的意义说，应该称为'老学'；就时代的意义说，应该称为'黄老'；但就学术的体系意义说，应该称为'道家'。这种思想的中心是在《老子》一书。"②这里的论述有助于厘清有关"道家"多个概念之间的关系，同时也清楚地表明，这里所指的正是李长之先前批判的老子与道家文化。因为先前有过对老子其人的严苛批判，所以李长之的态度依然有所保留，他特意说明："至于老子这人如何，《老子》一书又如何，这不是我们现在的篇幅所能说的。"③尽管"含糊其辞"，但态度显然比以前有了很大的改观。

更值得关注的是，李长之还秉持着客观和公正的态度，首次对"道家"的一些基本概念进行了认真的剖析，这无疑为他深入了解道家文化奠定了重要的

---

① 李长之：《司马迁之人格与风格》，见《李长之文集》（第6卷），河北教育出版社，2006年，第328页。
② 李长之：《司马迁之人格与风格》，见《李长之文集》（第6卷），河北教育出版社，2006年，第328页。
③ 李长之：《司马迁之人格与风格》，见《李长之文集》（第6卷），河北教育出版社，2006年，第328页。

基础。他具体分析了道家文化的核心概念"自然无为",指出它其实就是"顺其自然",是"承认客观的力量";并进一步认为,尽管它并非"纯粹的西洋所谓的自然主义(naturalism)",却也是以"自然主义"作为重要出发点的,这其实也是司马迁思想的"哲学基础"①。李长之在此"一语道破"构成司马迁思想基础的正是道家"自然无为"的概念,他不仅没有流露出对于这一概念的任何批评与讥讽,还努力地发掘着它与西方文化中"自然主义"概念的息息相通。若考虑到民国时期"西方文化"在中国所享有的崇高地位,这无疑意味着对道家文化的极大肯定与赞赏,与此前激烈批判道家文化时的态度相比,堪称有"天壤之别"!

正是有了对道家文化"自然无为"概念的上述认可,李长之随之肯定了司马迁对于道家文化的接受。他不惜耗费笔墨,详细梳理了"初期的道家"与"后期的道家"的特点;并指出,司马迁正是"吸收"了两个时期的"道家思想",而且还"都能消化""都能运用"②。由此看来,司马迁并非粗浅地吸收了道家思想的皮毛,而是深入地接受了道家文化前后期的重要特点。对于这一点,李长之也是欣然承认,并充分认可的。

最后值得一提的是,李长之在第九章《文学史上之司马迁》中正式总结司马迁的文学地位与贡献时,尽管认为孔子与屈原对司马迁都有着重要的影响,却也明确地指出,司马迁与屈原之间似乎更为接近一些。李长之指出:"司马迁既深切的了解孔子而加以礼赞过,现在又深切的了解屈原而加以礼赞着,孔子和屈原乃是中国古典主义和浪漫主义的两个极峰,他们可以不朽,司马迁也可以不朽了。但司马迁的根性是浪漫的,所以他对孔子有欣羡而不可企及之感;对于屈原,他们的精神交流却更直接些。"③也就是说,司马迁虽然同时仰慕和

---

① 李长之:《司马迁之人格与风格》,见《李长之文集》(第6卷),河北教育出版社,2006年,第328页。
② 李长之:《司马迁之人格与风格》,见《李长之文集》(第6卷),河北教育出版社,2006年,第330页。
③ 李长之:《司马迁之人格与风格》,见《李长之文集》(第6卷),河北教育出版社,2006年,第433页。

崇拜孔子与屈原，但对于孔子只能"有欣羡而不可企及"，反而是与屈原有着更多精神上的契合与交流。其实，这一观点，李长之在第一章《司马迁及其时代精神》的结尾部分有过更为直接而清晰的表述。他甚至写道："司马迁是像屈原一样，可以和孔子（虽然在追慕着他）对立的！"①可以看到，事实已经非常明确了，只要涉及"文学领域"的相关问题，李长之总是会把"天平"微微倾向于司马迁、屈原这一端，即倾向于道家文化这一端。从某种角度上说，这正是李长之眼中儒家文化那"唯一黯然"的时刻，却也是他有关"中国文艺复兴"思想最为理性与成熟的那个瞬间。

其实，倘若单就对待中国传统文化的态度而言，《迎中国的文艺复兴》（1944）一书只是代表了李长之"中国文艺复兴"思想的早期看法，即对于"原始儒家文化"的热情提倡；而真正代表着他更为圆融、也更为成熟见解的，正是《司马迁之人格与风格》（1946）这本重要的学术著作，在司马迁的身上，他似乎已经清晰地窥见了儒家文化与道家文化成功融合的可能性。

事实上，目前学界也倾向于认为，司马迁受到了儒家文化与道家文化的双重影响，这与李长之的上述分析基本上是一致的。比如，游国恩在《中国文学史》中就曾明确指出，司马迁虽然接受了儒家思想，但并不承认儒家的独尊地位，他同时还接受了道家的思想②；聂石樵在《司马迁论稿》中也指出，司马迁既吸收了先秦道家思想的传统，也接受了儒家公羊学的学说③。由此可见，李长之关于司马迁的上述分析，确实具有独到而深邃的学术眼光。

第四节 李白：一个忠实的道教徒

在李长之关于中国传统文化的批评实践中，除了屈原和司马迁，还需要关注他对李白的剖析与评价。在他对李白身上的道家文化与儒家文化影响进行阐

---

① 李长之:《司马迁之人格与风格》，见《李长之文集》（第6卷），河北教育出版社，2006年，第204页。
② 游国恩:《中国文学史》（一），人民文学出版社，2002年，第149页。
③ 聂石樵:《司马迁论稿》，中华书局，2010年，第79页。

释时，同样能够较为清晰地体现出"中国文艺复兴"思想在理论主张与批评实践中所呈现的冲突与矛盾。

这里将《道教徒的诗人李白及其痛苦》（1940）放在最后谈论，主要是考虑到李白与上述诸位学者的历史顺序，其实此书的写作早于《孔子与屈原》（1941）与《司马迁之人格与风格》（1947），甚至可能比李长之系统地提出"中国文艺复兴"理论主张还要稍早一些。根据于天池、李书的相关研究可知，此书虽然出版于1940年，但具体写作时间则可以追溯至1936年底或1937年初，书中部分内容曾在《北平晨报》（1937年4月、5月、6月）与《再生》（1939年2月）上面发表过。[①] 也就是说，李长之当时还没有明确提出"中国文艺复兴"思想的理论主张，也没有鲜明指出"原始儒家文化"代表着"中国传统文化的精神核心"，同时也尚未对道家文化展开激烈的批判，所以他在思想上并没有什么特别的顾忌和束缚，反而能够更加直接而畅快地表达自己的想法与见解。正因为如此，关注他这一时期对于儒家文化与道家文化的基本态度，可能会有一些新的发现。

一、儒家色彩"把李白几乎整个漏掉了"

首先值得关注的是，在《道教徒的诗人李白及其痛苦》一书中，李长之对于李白的思想定位依然延续了传统的看法"道教徒"，强调指出李白在思想上与道家文化的紧密联系。为了更好地证明这一点，此时尚"无所顾忌"的李长之甚至"勇敢地"剖析了李白与儒家文化的"特殊"关系：

> 倘若中国的儒教是相当于西洋的基督教（Christin）的话，则可以一般地说，中国诗人的思想乃多半是异教徒（Pagan）的。这异教徒的色彩顶显眼的就是李白了。在别人，无论骨子里是多么反抗儒家的，但很容易披上一层儒教的外衣，我不敢说李白绝对没有，然而即便有，

[①] 于天池、李书：《李白研究中的常青树——谈李长之的〈道教徒的诗人李白及其痛苦〉》，《中国图书评论》，2006年第4期。

这外衣也是再稀薄再透明也没有了。儒家色彩曾经笼罩了陶潜,曾经掩盖了杜甫,但是却把李白几乎整个漏掉了。①

李长之在这里直接道破了李白与儒家文化的微妙关系,他认为二者几乎没有任何直接的关联,李白几乎彻底被儒家文化所"漏掉了",他是没有被儒家文化影响和征服的一个"例外"。不仅如此,在李长之看来,李白对儒家文化还持有十分明显的"反抗",甚至是"讥讽"的态度;而且不仅是对儒家,对于儒家所"维系"和"操持"的传统,李长之也是"总时时想冲决而出"②。同时,李长之还提醒读者,李白的精神正被"一种异国的情调主宰着",这使他对于中国正统的儒家文化反而"小看着"③。若依此来看,儒家文化不仅没有影响和征服李白,反而成为李白所抗拒、排斥的文化,甚至是李白所小看、轻视的文化。这一切充分表明,李白与儒家文化的关系在某种程度上是非常"糟糕的"。

从李白自身的思想系统来看,他没有接受儒家文化的影响也好,他抗拒讥讽儒家文化也罢,这都是没有问题的,丝毫都不会影响到他在诗歌创作上的骄人成就。然而,李白与儒家文化的关系问题,却会动摇李长之"中国文艺复兴"相关理论主张的根基。因为李长之在"中国文艺复兴"思想的阐释中,明确地表示出对儒家文化的热情推崇,还深入阐释了儒家文化所具有的"人生的""审美的"特点,以及这两方面特点对中国传统文化与艺术的重要影响,可是备受李长之仰慕的儒家文化,却在李白"光耀千秋"的文学事业中是"默默无闻"的,甚至是"毫不相干"的、"备受抗拒与讥讽"的,这中间是否出现了较为明显的冲突和矛盾呢?这无疑是李长之"中国文艺复兴"思想的理论

---

① 李长之:《道教徒的诗人李白及其痛苦》,见《李长之文集》(第6卷),河北教育出版社,2006年,第10-11页。
② 李长之:《道教徒的诗人李白及其痛苦》,见《李长之文集》(第6卷),河北教育出版社,2006年,第11页。
③ 李长之:《道教徒的诗人李白及其痛苦》,见《李长之文集》(第6卷),河北教育出版社,2006年,第11页。

主张与文化实践中的一处明显错位,它在屈原那里、在司马迁那里都有过颇为明显的体现,但在李白这里以一种更加决然、更加突兀的方式出现了。

在某种程度上,这意味着李长之有关"中国文艺复兴"思想的理论主张的确需要进行某种调整和补充,他有必要把对儒家文化的倾情赞美限定在思想、文化乃至艺术的范围内,而在文学领域则需要"另觅良师",比如道家文化等。然而,李长之很难真正做到这一点,在某些情况下,他宁愿选择调整李白与道家文化关系的相关论述,也不愿对"中国文艺复兴"的理论主张进行修改。关于这一点,只要对比李长之在不同时期对李白与道家文化关系的论述,就会看得非常清楚。

二、"没有被道家的谦卑思想所完全牢笼着"

李长之在《道教徒的诗人李白及其痛苦》一书中认为,李白与道家文化有着一种密不可分的关系。因此,他在书中不仅专门考察了"李白求仙学道的生活之轮廓",还特意分析了"道教思想之体系与李白"等相关内容,这充分显示出,他对于李白与道家文化关系的看重。由于此时他已经开始热情地提倡"中国文艺复兴",并且把热切的希望寄托在儒家文化上,所以他转而反复申明,李白与"普普通通的道家"有着许多重要的差别。可以看到,李长之在李白与"道家文化"的关系问题上,在前后期经历了颇为明显的转变。

在《道教徒的诗人李白及其痛苦》一文中,李长之首先分析了李白所生活的时代,认为当时正处于道教的"完成期"与"隆盛期",并认为李白所接受的是"道教所兼容并包很多的阶段"的影响。也可以说,对于道家文化的"上中下三品",李白几乎是"全都沾染",这使李白既有着"老庄的自然无为的宇宙观",也有着"神仙派的炼养服食的实践",还"服从天师道的符箓"[①]。同时,李白更是具有"道教的色彩之杂",他不仅"假托太公的阴谋派",还往往

---

① 李长之:《道教徒的诗人李白及其痛苦》,见《李长之文集》(第6卷),河北教育出版社,2006年,第35页。

"以苏张自况",更经常"谈禅"①。除此之外,李长之还进一步指出,"道教"的五大根本概念,即"道、运、自然、贵生爱身和神仙",也都"处处支配着李白",并明确强调"李白是一个忠实的道教徒"这一看法是"没有错的了"②。正因为如此,有学者敏锐地指出,(李长之)"对于李白道教徒的文化身份采取同情乃至赞美的立场"③。这一切都充分表明,李白的生活与思想已经完全被道家文化所笼罩和覆盖,他对于道家文化的接受是非常彻底的。

更加耐人寻味的是,李长之在此书中还充分肯定道教思想有着关怀人生的一面,而且丝毫没有流露出任何抨击道家文化的语调和口吻,表达了颇多欣赏与赞美。他看到了道教"处处和佛对抗"的努力,认为这体现着"本位文化"的意味,并由此称赞道教"非常现世,非常功利,有浓厚的人间味,有浓厚的原始味"④。有必要指出的是,李长之在此使用的概念是"道教",而在《孔子与屈原》一文中广泛使用的则是"道家"。一般而言,李长之激烈攻击的对象,主要是以老庄为代表的道家文化,这与道教有一定的区别,因此李长之在此对道教的明确肯定,并不意味着与他对道家文化的激烈批判有矛盾。然而,即使抛开"与佛对抗"这点不谈,李长之在前后文的叙述中仍然存在明显的冲突,从而意味着他在叙述立场上的微妙转变。

比如,同样是"非常现世""非常功利",李长之在《道教徒的诗人李白及其痛苦》中就认为,这表明了道教是"肯定生活"的,从而是完全可以接受的;而在《孔子与屈原》一文中,它们就变成了李长之猛烈攻击道家文化具有"功利主义"色彩的口实。与此相关,由于李长之在此书中充分接受了道教思想"肯定生活""有浓厚的人间味"的特点,所以他明确地宣称:"李白的本质是生命和生活,所以他之接受道教思想是当然的了"。然而,在《孔子与屈原》

---

① 李长之:《道教徒的诗人李白及其痛苦》,见《李长之文集》(第6卷),河北教育出版社,2006年,第35页。
② 李长之:《道教徒的诗人李白及其痛苦》,见《李长之文集》(第6卷),河北教育出版社,2006年,第46页。
③ 梁刚:《理想人格的追寻:论批评家李长之》,北京大学出版社,2009年,第56页。
④ 李长之:《道教徒的诗人李白及其痛苦》,见《李长之文集》(第6卷),河北教育出版社,2006年,第46页。

一文中，李长之却否认这一点，并努力强调李白与普通"道家"的本质区别，指出李白有着"深厚的元气淋漓的生命力"，会"忽然回顾这沉浊的尘世"，还有着"'为苍生而一起'的幻想和热肠"等①，并顺势声明："李白也没被道家的谦卑思想所完全牢笼着"②。显然，在对李白与道家文化关系的论述中，李长之前后的态度与观点都发生了重要的变化。

李长之对于道家文化的态度之所以会出现如此大幅度的转变，可能与他在抗日战争时期的《迎中国的文艺复兴》一书中明确提出的"中国文艺复兴"主张有着重要的关联。因为这一主张所大力张扬的，正是儒家文化那种刚性硬朗、积极热烈的生命态度，以及不计成败、反功利的审美精神，这也正是当时抗战的特殊时代语境所决定的。由此一来，势必与道家文化讲求自然无为、功利主义、贵生爱身等思想相冲突和矛盾。这样就可以解释，为什么偏偏是在写于抗日战争期间的《孔子与屈原》(1941) 与《迎中国的文艺复兴》(1944) 中，李长之对于道家文化予以激烈的批判，其态度几近"深恶痛绝"！然而，在早些时候的《道教徒的诗人李白及其痛苦》（此书具体内容完成于1939年之前）与随后的《司马迁之人格与风格》（此书涉及道家部分的内容完成于1946年四五月间）中，他对于道家文化的态度便相对缓和，甚至是表示出"欣然接受"，偶尔也会流露出适度的赞赏。

三、对于道家文化的复杂态度

有必要补充的是，尽管目前学界关于李白与儒家文化、道家文化关系的说法并不完全一致，但一般认为，李白思想中包含着多种文化。比如：郭沫若在《李白与杜甫》一书中认为，李白的思想是儒、释、道三家的混合物③；游国恩在《中国文学史》中认为，李白同时受到了儒家"兼善天下"的思想、道家特

---

① 李长之：《孔子与屈原》，见《苦雾集》，《李长之文集》（第3卷），河北教育出版社，2006年，第188－189页。
② 李长之：《孔子与屈原》，见《苦雾集》，《李长之文集》（第3卷），河北教育出版社，2006年，第189页。
③ 郭沫若：《李白与杜甫》，中国长安出版社，2010年，第94页。

别是庄子那种遗世独立的思想,以及游侠思想的影响①;康怀远在《李白批评论》一书中认为,李白有着"内儒外道"的思想②;周勋初在《李白评传》一书中认为,李白与道家思想关系深切,但与纵横家、儒家思想等关系也非常复杂③。由此观之,李长之在《道教徒的诗人李白及其痛苦》一书中,可能低估了李白与儒家文化的关系,而过高评价了他与道家文化的联系。反倒是他在《孔子与屈原》一文中,对于李白与道家文化关系的适当质疑,以及对于李白偶尔体现出的儒家文化特点的阐释,似乎更加接近李白思想的复杂真相。

其实,李长之对于屈原、司马迁、李白等人身上所流露出的道家文化特征的欣赏和接受,还与李长之深受德国浪漫主义的影响有着重要的关系。根据学者的相关研究,李长之是一位"鼓吹浪漫主义的作家和批评家",在自己的书评文章中充分"贯彻着这种精神"④。还有学者进一步认为,李长之正是"以'浪漫精神'突入中国古典文化",并由此"企图重塑中国文化精神"⑤。也就是说,李长之对于屈原、司马迁、李白的理解和欣赏,在很大程度上,是对于他们身上所体现出的"浪漫主义精神"的认可与接受。

尤其需要注意的是,虽然浪漫主义与道家文化有着很大的不同,但在某些方面有相似性。已有研究者明确地指出,"道家文化与浪漫主义文学观最有契合性"⑥;还有研究者认为,中国现代浪漫主义文学观"骨子里同样渗透着老庄'返朴归真'思想和庄子的宇宙自然观"⑦。正是由于浪漫主义与道家文化之间的这种契合与相似,对浪漫主义怀着热情向往的李长之,也就自然对于中国传统人物身上所流露出的道家文化予以"欣然接受"。但因为李长之在"中国文艺复兴"的相关理论主张中,对道家文化总是存在情绪上的抵触,所以他在一些文化实践中(比如"文学领域")对于道家文化的接受,可能夹杂着对浪漫

---

① 游国恩:《中国文学史》(二),人民文学出版社,2002年,第74页。
② 康怀远:《李白批评论》,巴蜀书社,2004年,第87页。
③ 周勋初:《李白评传》,南京大学出版社,2004年,第163页。
④ 于天池、李书:《李长之的书评及其理论和风格》,《北京师范大学学报》,2001年第3期。
⑤ 陈太胜:《从李长之到梁宗岱——兼论中国新文化运动第二期》,《文艺争鸣》,2004年第1期。
⑥ 刘保昌:《道家文化与中国现代浪漫主义文学观》,《社会科学研究》,2004年第3期。
⑦ 聂姗:《中国现代浪漫主义与道家思想及日本文化之比较初探》,《南方论刊》,2008年第5期。

主义的欣赏成分，甚至有时是在浪漫主义的名义掩护下得以进行的。这样更使他在理论主张与文化实践中对道家文化的态度变得复杂起来。

从某种意义上说，正是因为李长之对于屈原、司马迁、李白等进行的文化批评实践的出现，才导致其"中国文艺复兴"思想在理论主张与文化实践上出现了错位与冲突，从而使他的这一思想显得不那么完美。然而换个角度看，也正是因为有了这些文化实践的存在，才及时地纠正和调整了李长之"中国文艺复兴"思想所可能存在的不足与偏颇，促使他的这一思想焕发出更加理性与成熟的魅力。因此，必须充分注意到儒家文化在思想、文化、艺术与民族生活中的重要作用，同时也应看到道家文化在文学领域内的积极贡献，只有这样才能真正理解，李长之"中国文艺复兴"思想中对于中国传统文化的全面看法。

本章小结

本章重点考察了李长之"中国文艺复兴"思想中对于中国传统文化的剖析，具体从其理论主张与批评实践这两个维度展开论述。根据初步的考察显示，李长之在相关的文化批评实践中，既体现出了与其理论主张相一致的一面，比如积极提倡中国传统儒家文化"人生的"与"审美的"特点，但也在某种程度上体现了与其理论主张有所冲突和错位的另一面，比如在对待道家文化方面，理论上持有批评否定的态度，但在具体批评实践中则流露出某种接受和肯定的矛盾态度等。这使李长之的"中国文艺复兴"思想呈现了"双重面孔"。从某种角度上看，这显示出李长之"中国文艺复兴"思想在相关理论主张表述上的不够成熟；但从另一个角度讲，由于大量具体文化实践的及时调整与重要补充，李长之"中国文艺复兴"思想的复杂内涵也得到了更进一步的丰富与拓展。

第四章

中西教育的碰撞与新生

——探索教育的复兴与新生

第四章　中西教育的碰撞与新生

李长之在对"中国文艺复兴"展开"思想建设"方面的规划时，对"教育"寄予了很高的期望，甚至把"教育"看作"中国文艺复兴"赖以实现的重要基础。然而遗憾的是，学界一直对此缺乏相应的研究。粗略地讲，李长之有关教育问题的思考主要集中于以下方面："审美教育""大学教育""专才教育""通才教育"等。值得关注的是，李长之关于教育的思考，涉及中、西方不同的教育理念与资源问题，是他在现代语境下对于中国传统人文教育价值的深刻反思，也是他试图深深扎根于中国传统教育的土壤，积极吸收西方近现代以来的教育优点，并由此探索中国未来理想教育模式的重要尝试。可以说，这鲜明地体现了李长之"中国文艺复兴"理想在实践路径方面的思考与探索，从而成为他这一思想重要的组成部分。

第一节　"审美教育"：铸造新个人、新社会的重要途径

在李长之关于教育话题的诸多思考中，"审美教育"可能是他最具专业优势、也最为擅长的领域。早在 20 世纪 30 年代初清华大学读书期间，李长之就在杨丙辰先生的影响下阅读康德、席勒等人的著作[①]，并由此接受了影响他一生的德国古典哲学与美学思想。与此同时，在恩师邓以蛰先生的精心教育下，他对于中国传统美学也产生了浓厚的兴趣。抗日战争时期到重庆中央大学以后，李长之又有幸与宗白华先生相识，并成为知己，宗白华对于德国古典美学与中国传统美学都颇为精通，所以他们关于中西美学的聊天、谈话与切磋都使李长之获益良多。同时，由于宗白华的缘故，李长之有机会重新认识蔡元培先生在审美教育方面的杰出贡献，从而直接影响了他对于这一话题的思考。

---

① 李长之：《杨丙辰先生论》，见《批评精神》，《李长之文集》（第 3 卷），河北教育出版社，2006 年，第 127 页。

在杨丙辰、邓以蛰、宗白华与蔡元培等众多学者的影响与熏陶下，李长之对"审美教育"展开了积极而深入的思考。他关于这一话题的谈论文章主要包括：《迎中国的文艺复兴》所收录的《中国文化传统之认识（中）：古代的审美教育》①（1940年3月28日）一文，以及《苦雾集》收录的《释美育并论及中国美育之今昔及其未来》（1940年3月28日）等。在某种意义上，李长之关于"审美教育"话题的思考，正是对中国传统美学精神的发掘与肯定，也是对德国古典美学精神的借鉴与吸收，同样还是对蔡元培先生"以美育代宗教说"的直接响应与进一步发展。

一、"中国传统美学"的面孔

在《古代的审美教育》一文中，李长之充分阐述了自己对于"审美教育"的基本看法。单从此篇文章的题目就可以看出，李长之关于这一话题的谈论是在"古代的审美教育"这一背景下展开的。换句话说，李长之有关"审美教育"的思考有着一副"中国传统美学"的面孔。如果进一步考虑到，李长之一直把"审美性"作为中国传统文化的重要特点而大加提倡，那么这一"中国传统美学"面孔的轮廓就显得更加清晰与鲜明。事实上，李长之有关"审美教育"的思考，正是他"中国文艺复兴"思想的重要组成部分，其中的中国传统文化色彩难免会格外浓厚一些。也就是在这样的背景下，李长之具体谈论了自己对于"审美教育"相关问题的认识与理解。

在李长之看来，"审美教育"的建设与"审美观念"或"美学"密切相关，同时也与"教育"紧密相连。他明确地指出："不懂美学，不懂教育，没法谈审美的教育""要建设美育，只有先建设美学"②。他认为，中国传统文化有着十分发达的审美教育，这与古代健康完备的审美概念有着重要的关系，"那时有

---

① 为了叙述的方便，此文以下简称为《古代的审美教育》，脚注也如此。
② 李长之：《古代的审美教育》，见《迎中国的文艺复兴》，《李长之文集》（第1卷），河北教育出版社，2006年，第65页。

极健康，极正确，极博大精深的美底概念"，同时"教育的建设又那么完备"①。然而近代以来，中国传统的审美观念已经遭到破坏，"新的却没有建设起来"，所以中国现代的"审美教育"正处于"似存实亡之间"，面临着充满危机的尴尬局面。

随后，李长之对"美学"的研究对象、特点、重要性等展开了具体论述。他首先阐释了"美学"所要研究的主要内容，既包括"自然底美"与"艺术底美"，还包括"人类在主观上构成美感时（无论创作或鉴赏）的心理状态"与"那成了抽象原理的美底概念"②。他尤其强调，"美学"有贯穿始终的"伟大系统"，有着"创造性的深厚的根源"③。与此同时，他也专门指出，"美学"与人们的日常生活有着十分密切的关联，不管是"整个民族的世界观人生观"，或是"各个国民的起居饮食"，都与"美学上的原理"紧密相关④。可以看到，李长之不仅指出了"美学"研究范围的广阔性，还说明了"美学"内在精神的系统性，更揭示了"美学"对于国家民族与个体生活的重要性。这样一来，李长之充分表达了他对于"美学"的推崇与注重，把"美学"放到了非常关键的位置。这也正是他提倡"审美教育"的内在原因，显然与"美学"的上述特点密切相关。

在上述基础上，李长之专门分析了"古代人美底概念与其形而上学"，指出古代人对于"美"的概念有着最好的定义，即孟子的"充实之谓美"（《尽心下》）。中国古代之所以能产生如此健康的美学观念，主要是由于古代的人们具有"一种深厚雄健的形上学"作为基础⑤。在他们的眼中，"宇宙是一个伦理的

---

① 李长之：《古代的审美教育》，见《迎中国的文艺复兴》，《李长之文集》（第1卷），河北教育出版社，2006年，第65页。
② 李长之：《古代的审美教育》，见《迎中国的文艺复兴》，《李长之文集》（第1卷），河北教育出版社，2006年，第65页。
③ 李长之：《古代的审美教育》，见《迎中国的文艺复兴》，《李长之文集》（第1卷），河北教育出版社，2006年，第66页。
④ 李长之：《古代的审美教育》，见《迎中国的文艺复兴》，《李长之文集》（第1卷），河北教育出版社，2006年，第66页。
⑤ 李长之：《古代的审美教育》，见《迎中国的文艺复兴》，《李长之文集》（第1卷），河北教育出版社，2006年，第67页。

间架，所有仁义礼智，都秩然地安排在那里"①，他们能够与宇宙万物息息相通，从而建立起自己独特的"美学"概念及"美育"思想。在这方面，中国传统儒家文化中孔子、孟子的美学思想与实践，是最为杰出的代表，而凝结着中国传统美学理论的结晶"玉的文化"同样如此。

李长之又追溯了中国传统"审美教育"的漫长历史，它始自《尚书·尧典》这一古老的文化典籍，在后世文化中源远流长、经久不息。同时，在这种健康发达的"审美教育"的影响与熏陶之下，中国传统艺术充满了独特的魅力，中国传统人物也形成特有的精神风骨，这不禁引发了李长之由衷的赞叹与无限仰慕。他饱含深情地写道：

> 希腊是值得向往的，周秦何尝不值得向往？周秦的流风余韵，从玉到铜器，到书法，到绘画，到瓷器，又那样不值得我们赞叹和欣赏！在这种文化中所陶铸的人物，若孔子，若孟子，若阮籍，若王羲之，若陶潜，若苏轼，若倪云林，又那一个不值得我们拜倒和神往！②

这段摘引的文字出现在《古代的审美教育》一文的结尾，是此篇内容"戛然而止"的地方。在某种程度上，它也是《迎中国的文艺复兴》一书关于"审美教育"谈论与思考的结束。单从这段文字来看，李长之认为中国传统的"审美教育"是非常成功的，也由此奏响了对中国传统文化的赞美之歌，在无形之中，这歌还会唤起人们对于传统"审美教育""中国传统文化"的热切向往。就此而言，李长之可能已经为心目中所期待的"审美教育"，描绘出一副"中国传统美学"的清晰面孔。

然而有必要补充的是，上述那段文字其实"并非"此篇文章的"正式结尾"，而是经过李长之"特别处理"之后的"结尾"。关于《古代的审美教育》

---

① 李长之：《古代的审美教育》，见《迎中国的文艺复兴》，《李长之文集》（第1卷），河北教育出版社，2006年，第67页。
② 李长之：《古代的审美教育》，见《迎中国的文艺复兴》，《李长之文集》（第1卷），河北教育出版社，2006年，第73页。

一文的原始版本是《释美育并论及中国美育之今昔及其未来》一文，被收录进《迎中国的文艺复兴》时，李长之特意删除掉了此文的最后一部分"对于新美学之期待"。为什么李长之要进行这样的删除处理呢？那些被删除的部分究竟是什么内容？这些问题耐人寻味。

从篇幅上来看，被李长之删除的内容并不算长，只有三四段。从内容上来看，有些内容似乎的确有删除的必要。比如最后一段文字，涉及对蔡元培先生的怀念，还有对于蔡先生"美育"事业的继承等内容，李长之将它们删除是非常合理的，也很好理解。但问题的关键是，另外还有一些内容，它们直接关系到整篇文章的思考结论与最终走向，依照常理它们应当保留，但是李长之偏偏也将它们一并删除掉了，这不禁让人"怀疑"李长之此举的真正动机。其中有部分内容是这样的：

> 旧的文化，在现在看，的确已经告一个段落了。我们现在只可以欣赏，只可借镜，只可以采取了而作为创造新文化的材料的一部分，但不能重演。旧的文化，自成一个体系，这个体系是已经完成，已经过去了。因此，我们没法希望再有古人的形上学，再有古人的世界观，再有古人的美感，再有古人的美感教育。但，继续发展可以的。继续发展并不是依样重抄。继续发展与新成分相交融。①

仔细阅读这段文字不难发现，尽管李长之在最后的几句中，依然强调了中国传统审美文化是可以"继续发展"的，依旧对它充满了热切的期望，但这并不能掩盖前面的几句文字所流露出的情绪，那种关于中国传统审美文化"已经告一段落""不能重演"的莫名忧伤。也就是说，无论中国传统审美文化曾经多么光彩华丽，毕竟那一切都已成为逝去的过往，这支曲子任凭李长之怎么样去弹唱，都注定只能是一支温婉的哀歌或叹歌，而不会像《古代的审美教育》

---

① 李长之：《释美育并论及中国美育之今昔及其未来》，见《苦雾集》，《李长之文集》（第3卷），河北教育出版社，2006年，第171页。

一文结尾那样，变成一曲充满向往与仰慕的赞美之歌。这之间便悄悄隐藏着李长之在《迎中国的文艺复兴》一书中将之删除的秘密。

其实，李长之上述关于中国传统审美文化未来走向的谈论，正代表了他对待中国传统审美文化的理性态度。关于这一态度，他在《中国画论体系及其批评》一书中也有所表述，他虽然承认"中国画是有绝大价值，有永久价值"的，但同时认为"它没有前途，而且已经过去了"[①]。这体现了李长之对于中国传统文化的认识与理解。因为他深深明白，中国传统文化"已经完成""已经过去"，因此它的前途并不在于"依样重抄"，而是在于"继续发展与新成分相交融"。

尽管如此，但这样略显哀伤和忧郁的叙述语调，并不适合出现在《迎中国的文艺复兴》一书中，因为它与此书对于中国传统文化所表现出的热情提倡的高昂曲调有着"冲突"。因此，应是为了更好地配合或突出"中国文艺复兴"这一主题，李长之毅然选择了将它们"删除"。当然，更准确的说法应该是，李长之更愿意将这部分内容以更加朴素的方式，在文章其他部分的叙述中自然流露出来，而尽量避免让他们在文章结尾这一格外引人注意的"曲终"部分出现。这样难免会影响人们对于李长之有关中国审美文化看法的理解，但对于李长之来讲，这样做可以帮助他完美地勾勒出心目中"中国传统美学"面孔的轮廓，他觉得是值得的。

二、"德国古典美学"的异质血液

尽管《古代的审美教育》一文主要谈论的是中国传统审美文化，也从未出现过任何有关"德国古典美学"的直接论述，但是透过层层"表象"，依然可以清晰地发现，在李长之思想的深处依旧留有"德国古典美学"的鲜明烙印。

紧接上述对中国传统审美文化的分析，李长之谈论了他对于中国未来新文化的看法，"西方文化"在其中扮演了非常重要的角色。当然，这段文字也被

---

① 李长之：《中国画论体系及其批评》，见《李长之文集》（第3卷），河北教育出版社，2006年，第302页。

"顺理成章"地删掉了,在《古代的审美教育》一文中并没有出现。李长之明确地指出,"新文化的姿态是西洋的""虽然地方在中国,但性质上却是欧洲的"①。这些论述清楚地表明,在关于中国未来"审美教育"建设的规划中,李长之对于"西方文化",尤其是他所仰慕的"德国古典美学",怀有很大的热情与期望。

李长之在《古代的审美教育》一文中反复强调,"美学"的本质精神在于"反功利",在"忘却自己"和"理想之追求"②,同时还重点论述了"美学"与人生的紧密联系。这段论述应当引起高度的重视,因为李长之在此充分表达的是他自己对于"美学"本质及其与人生关系富有创造性的深刻理解。并且,这里还体现出"德国古典美学"精神对他的重要影响。李长之洋洋洒洒地写道:

> 在美学里,让你知道内容与形式之一致,抽象与具体之相符,肉体与灵魂之不可分,有限与无限之综合为一;在美学里,让你知道理智与情感之如何调和,神性与兽性之如何各得其所,社会与个人的冲突之如何得到公平的解决;在美学里,让你知道应如何赋予生命力以优美之形式,人在生活中当如何入乎其中而又出乎其外,当如何积极而不执著,失败而不颓丧,并如何无时无地而不游刃有余;在美学里,更让你知道如何就人类的伟大成就——艺术——中而得到互相认识,互相信赖,由心灵深处的互相交流而人类之真正福利与真正和平乃自天国而降在地上。③

---

① 李长之:《释美育并论及中国美育之今昔及其未来》,见《苦雾集》,《李长之文集》(第3卷),河北教育出版社,2006年,第171页。
② 李长之:《古代的审美教育》,见《迎中国的文艺复兴》,《李长之文集》(第1卷),河北教育出版社,2006年,第66页。
③ 李长之:《古代的审美教育》,见《迎中国的文艺复兴》,《李长之文集》(第1卷),河北教育出版社,2006年,第66页。

单纯从表面上看，这里并没有提及康德或"德国古典美学"的名字，也没有出现对康德美学观点的直接引用。然而，倘若仔细考察这里有关"美学"精神论述的话语方式，不难发现，其灵感来源正是康德对于"美学"本质的经典理解。具体来讲，这里对"美学"多种功能的呈现，主要借助了"两项并列对举"的方式，比如"内容与形式""抽象与具体""有限与无限""肉体与灵魂""理智与情感""神性与兽性""社会与个人"等，并认为上述原本存在鸿沟或冲突的双方，只有在"美学"中才能获得"一致""相符""不可分""综合为一""调和""各得其所"或"公平的解决"，由此人们才能最终在生活中"入乎其中"又"出乎其外"，"无时无地而不游刃有余"。这段论述话语的产生，自然是基于"美学"具有调和某些对立或冲突事物的特殊能力。碰巧的是，这正是康德对于"美学"本质的认识与理解。

众所周知，康德在《判断力批判》（1790）一书中详细分析了"审美判断力"，此书写作于《纯粹理性批判》（1781）与《实践理性批判》（1788）两书之后，他对于"审美判断力"的发现与思考，正是为了有效弥补"纯粹理性"与"实践理性"之间的巨大鸿沟。在《判断力批判》一书中，康德曾经明确地指出："作为感官之物的自然概念领地和作为超感官之物的自由概念领地之间固定下来了一道不可估量的鸿沟"①，但同时他发现，"判断力"是"一个处于知性和理性之间的中介环节"②，"判断力同样也将造成一个从纯粹认识能力即从自然概念的领地向自由概念的领地的过渡，正如它在逻辑的运用中使知性向理性的过渡成为可能一样"③。无独有偶，《判断力批判》的中文译者邓晓芒也指出："前面两个批判在现象和物自体之间，在认识和道德之间，挖下了一道深不可测的鸿沟"④"所以审美作为第三批判《判断力批判》的核心部分，它具有把两大批判连接在一起的功能，通过审美人们可以把科学的能力和道德素质联系起

---

① ［德］康德著，邓晓芒译：《判断力批判》，人民出版社，2002年，第10页。
② ［德］康德著，邓晓芒译：《判断力批判》，人民出版社，2002年，第11页。
③ ［德］康德著，邓晓芒译：《判断力批判》，人民出版社，2002年，第13页。
④ 邓晓芒：《康德〈判断力批判〉释义》，生活·读书·新知三联书店，2008年，第34页。

来"①；由此，"第三批判在前两个批判之间构成过渡，构成一个桥梁"②。

可以看到，无论是康德在《判断力批判》一书中的直接论述，还是邓晓芒对于《判断力批判》进行的深入解读，都充分表明，在康德的理解中，"审美判断力"具有调和"纯粹理性"与"实践理性"之间巨大矛盾或鸿沟的特殊功能。需要指出的是，李长之在20世纪30年代就专门研读过康德的《判断力批判》，40年代还亲自动手翻译过此书。由此基本可以判断，李长之对"美学"的诸种阐释，正是从康德美学中获得了论述灵感。尽管李长之对"美学"功能的分析，有着很多创造性的理解和发挥，但在思维模式与论述方式上，依然深深受惠于康德美学或"德国古典美学"。

前面曾经提到，李长之关于"审美教育"的思考有着鲜明的"中国传统美学"面孔，然而此处的论述却表明，李长之对于"美学"的诸种阐释，其实受到了"德国古典美学"精神的洗礼。进一步讲，李长之寄予无限厚望的"美学"精神，正是对于"德国古典美学"，尤其是康德所赋予"美学"的独特意义的深刻阐发，而并非此前他十分倚重的"中国传统美学"本身所固有或凸显的精神。在这个意义上，李长之有关"审美教育"的论述有着一副"中国传统美学"的面孔，却周身上下流淌着"德国古典美学"精神的异质血液。或者也可以说，李长之正试图借助"德国古典美学"的新鲜火种，来重新点燃"中国传统美学"这一古老火把的旺盛生命！如此一来，李长之关于"审美教育"的思考，交织着中、西美学思想"斑驳而绚烂"的色彩。

三、"以美育代宗教说"的深化

李长之的《释美育并论及中国美育之今昔及其未来》一文，其实是因为1940年蔡元培先生在香港逝世而写的，此文发表在宗白华主编的《时事新报·学灯》上。这恰好暗示着李长之与蔡元培在思想上发生真正的共鸣深深得益于宗白华。在某种意义上，此篇"美育"文章的出现，凝结了蔡元培、宗白华与

---

① 邓晓芒：《康德〈判断力批判〉释义》，生活·读书·新知三联书店，2008年，第35页。
② 邓晓芒：《康德〈判断力批判〉释义》，生活·读书·新知三联书店，2008年，第36页。

李长之这三位学者，即关心和致力于中国现代"美育"建设的老、中、青三代学者共同的心血。可说，李长之对于"美育"问题的相关思考，正是对蔡元培多年来热情提倡的"以美育代宗教说"的深化与进一步发展。

蔡元培先生有关"以美育代宗教说"的提出，最早始于新文化运动时期，直到20世纪30年代他依然致力于大力提倡这一主张。1917年，蔡元培在《以美育代宗教说》一文中正式提出"以美育代宗教说"[1]，1930年，蔡元培又在《以美育代宗教》一文中，再次重申了自己对这一主张的坚持[2]；1932年，蔡元培还在《美育代宗教》一文中，继续表达了自己对这一主张的肯定[3]。在这些文章中，蔡元培对于"美育"与"宗教"的不同特点展开了深入分析，他格外看重"美育"与人生的密切关联，反复强调"美育"具有重要意义，其中明显可见他受到了康德美学观点的影响。从蔡元培接受"德国古典美学"深刻影响这一点来看，李长之有关"美育"的思考与蔡元培"以美育代宗教说"，似乎有着天然的亲缘关系。事实上，李长之与蔡元培都同样高度重视"美育"在人生中的重要地位，差别仅在于，蔡元培把精力更多地花在对"美育"与"宗教"功能的考察中，李长之则把心血放在"古代的审美教育"的重新发现与挖掘中。虽然他们的关注点和侧重点有所不同，但最终都把目标指向了"美育"与人生的紧密联系，这一点正是他们重要的相通之处。

在《释美育并论及中国美育之今昔及其未来》一文中，李长之还高度评价了蔡元培在"美育"事业上的杰出贡献，并明确表示自己愿意投身于蔡元培所倡导的中国现代"美育"建设这一领域。在李长之看来，蔡元培在中国"美育"建设中的重要贡献，可以与德国的宏保耳特的地位相提并论。他指出："中国很幸运，在新国家的建立时的第一任教育部长，是提倡美育的蔡元培先

---

[1] 蔡元培：《以美育代宗教说》，见中国蔡元培研究会编：《蔡元培全集》（第3卷），浙江教育出版社，1991年，第60页。
[2] 蔡元培：《以美育代宗教》，见中国蔡元培研究会编：《蔡元培全集》（第6卷），浙江教育出版社，1991年，第585页。
[3] 蔡元培：《美育代宗教》，见中国蔡元培研究会编：《蔡元培全集》（第7卷），浙江教育出版社，1991年，第374页。

生。他的事业，颇像德国的宏保耳特（W. von Humboldt），宏保耳特也研究美学，也主持过当时的大学——柏林大学，并任过当时的教育部长。"① 宏保耳特是李长之内心非常仰慕的一位德国思想家、美学家与教育家，李长之曾在《德国古典精神》一书中对他予以专章的分析介绍，并在自己的多篇文章中提及他。由此观之，李长之肯把"蔡元培"比作"宏保耳特"，正表达了他对蔡元培"美育"贡献的充分接受与认可。在此基础上，李长之明确地表示，自己愿意继续致力于蔡元培所提倡的"美育"事业，他写道："不要辜负蔡先生在新国家初立时为教育打下的广大而健全的基础。建立新的美育，建立新的美学，建立新的世界观和形上学！"②

另外，根据单世联在《中国现代性与德意志文化》（2011）一书的分析，"以美育代宗教说"的真正含义，其实在于试图"以礼乐教化传统取代频频东来的西方宗教"③。问题的复杂性还在于：一方面，必须借助西方哲学，尤其是康德美学的力量，"中国文化的审美性才能确立"；另一方面，"由西学构建起来的中国美育论又转为发挥中国文化的自主性以对抗西方文化、宗教的努力"④。也就是说，在中、西美学充满"悖论"的逻辑关系中，蔡元培的"以美育代宗教说"蕴含着十分强烈的以"中国文化的自主性"对抗"西方文化"的努力。换句话说，蔡元培"以美育代宗教说"的真正目的，是意图彰显和发扬中国传统的审美文化。从这一意义上看，李长之在"中国文艺复兴"思想中对于"美育"尤其是"中国传统审美文化"的积极提倡，可能正是对蔡元培"以美育代宗教说"的直接继承与深化发展，二者在根本精神上"息息相通""一脉相承"，其中的差别或许仅在于，李长之把蔡元培"以美育代宗教说"的那一层悄然隐藏的"幕后"用意，更加勇敢地直接置于"舞台中央"，从而将其

---

① 李长之：《释美育并论及中国美育之今昔及其未来》，见《苦雾集》，《李长之文集》（第3卷），河北教育出版社，2006年，第171页。
② 李长之：《释美育并论及中国美育之今昔及其未来》，见《苦雾集》，《李长之文集》（第3卷），河北教育出版社，2006年，第172页。
③ 单世联：《中国现代性与德意志文化》（下），上海人民出版社，2011年，第814页。
④ 单世联：《中国现代性与德意志文化》（下），上海人民出版社，2011年，第815页。

以更加鲜明的方式呈现出来。

四、"美育"最符合"教育"之本义

另外值得注意的是，在《古代的审美教育》一文中，李长之还对"美育"与"教育"之关系展开了深入的分析。他认为，"教育"的本质在于"使人类全体或分子在精神上扩大而充实，其效力系永久而非一时者"①。正是在这个意义上，他看到了"教育"与"美学"之间的相通性，从而进一步指出，"教育"在本质精神上是"期待着美学"的。不仅如此，在李长之看来，"美育"在整个"教育"系统中有着非同寻常的地位，他写道："美育不止是多种教育中之一种，而且是最重要之一种，甚而可说是最符合教育本义之唯一的一种。"②这一论述是李长之对"美育"与"教育"之关系的最好概括，他还进一步将"美育"与其他教育方式进行了比较，从而对上述论断作出了详细的解释。他这样写道：

> 知识的教育是偏枯的，道德的教育是空洞而薄弱的，技能的教育更根本与精神的扩大和充实不相干的，却只有审美的教育可以以全代偏，以深代浅，以内代外，可以铸造新个人，可以铸造新人类，教育所涉及的是整个生活，而不是生活的一部分，是打入生活之中，而不是附加于生活之外，这也是只有美育可以负荷了这种任务的。③

在李长之看来，一般的"知识教育"、"道德教育"与"技能教育"都有一些缺陷与弊端，相比之下，只有"美育"具有无法替代的重要优势，它所产生

---

① 李长之：《古代的审美教育》，见《迎中国的文艺复兴》，《李长之文集》（第1卷），河北教育出版社，2006年，第66页。
② 李长之：《古代的审美教育》，见《迎中国的文艺复兴》，《李长之文集》（第1卷），河北教育出版社，2006年，第66页。
③ 李长之：《古代的审美教育》，见《迎中国的文艺复兴》，《李长之文集》（第1卷），河北教育出版社，2006年，第66-67页。

的教育影响是全面、深刻而内在的，从而可以成为"铸造新个人""铸造新人类"的重要途径，这无疑与"教育"的本质精神最为契合。有必要补充的是，李长之早在20世纪30年代中期就曾抱怨过，现代的知识与技能教育并"不曾给人健全的情感上的教养"[①]，当时他心中就已经充满对"美育"的期待。所以，当他充分阐明"美育"与"教育"本质上的一致性之后，自然要更积极地在"教育"中赋予"美育"无比崇高的地位。值得一提的是，顾毓琇日后在《中国的文艺复兴》（1948）一书中也高度重视"美育"，他还提出了"以'群育'与'美育'代替'德育'"的"新建议"[②]。顾毓琇的这一认识可能曾受李长之相关论述的影响。

其实，蔡元培也关注过"美育"与"教育"的关系问题，只不过他关于这一问题的认识，与李长之的上述看法有差异。蔡元培在《美育》（1930）一文中曾指出，"美育"主要是"应用美学之理论于教育，以陶养感情为目的"，但"教育"的目标则在于"使人人有适当之行为"，它是"以德育为中心"的。在蔡元培看来，人生既需要"计较利害"的"智育"，也需要"不计生死"的"美育"。因此，"美育"的主要作用在于"与智育相辅而行，以图德育之完成"[③]。可以看到，蔡元培对于"美育"本质及其在"教育"中位置的理解，非常的冷静和客观。他虽然承认"美育"对人生有着非常重要的作用，但同时也认为，"美育"并不能够代表"教育"的全部含义，"美育"必须与"智育"相互携手，才能最终实现"德育"的目标。如此看来，在蔡元培的心目中，真正足以代表"教育"本质精神的是"德育"，而非"美育"。在这一点上，蔡元培表现出与李长之观点的微妙差别。

显然，"美育"本质及其在"教育"中的地位等问题上，李长之比蔡元培的看法更加积极和热烈。换句话说，李长之在"美育"身上所寄寓的深厚期望，比蔡元培更为远大一些。然而尽管如此，他们之间所具有的实质性差别，

[①] 李长之：《张资平恋爱小说的考察》，见《李长之文集》（第2卷），河北教育出版社，2006年，第278页。
[②] 顾毓琇：《中国的文艺复兴》，见《顾毓琇全集》（第8卷），辽宁教育出版社，2000年，第171页。
[③] 蔡元培：《美育》，见《蔡元培全集》（第6卷），浙江教育出版社，1991年，第599页。

并非如表面上所看到的那样明显。究其根源，李长之与蔡元培之间的主要分别在于，李长之把"美育"看作"教育"的本质，而蔡元培把"德育"作为"教育"的核心。可是如果意识到李长之认为"美育"本就天然地包含着"德育"目标的话，就会发现，李长之与蔡元培的观点之间并没有"本质认识"的差异，而只是"程度轻重"的区别而已。

李长之在《古代的审美教育》一文中明确表达了"美育"与"德育"在最终目标上彼此相通的认识，他的这一看法同样来源于康德美学的影响。李长之在文中写道："艺术的原理也就是人生的原理，美的极致也就是善的极致。"[①]可以看到，在李长之的理解中，"艺术的原理"与"人生的原理"是紧密相通的，"美的极致"与"善的极致"也是互相统一的。这就意味着，"美育"与"德育"在最终目标上是相同的。其实，这一认识正源于康德在《判断力批判》中对"美"的内涵所作出的又一重阐释。在此书的第二部分"目的论判断力批判"中，康德明确地指出："美是德行-善的象征。"[②]也就是说，康德已经充分意识到并详细论证了"美"在本质上必然包含着"德行""善"的因素，这一论述正是李长之上述分析的灵感来源。由此观之，李长之从一开始对"美育"的认识，就潜在地包含着"德育"的因素，所以尽管他指出"美育"是"最符合教育本义之唯一的一种"，他也从来没有真正要排斥"德育"的想法。正是在这个意义上，蔡元培把"德育"（而并非"美育"）看作"教育"核心的这一看法，与李长之的相关认识相比，二者只是有些细微的差异，而并不存在本质的不同。

当然，李长之会如此看重和推崇"美育"在"教育"中所发挥的关键作用，甚至认为它足以担负"铸造新个人""铸造新人类"的重要使命，有更为根本的内在原因。在很大程度上，这是由于李长之把"美育"看作中国传统文化所具有的重要优势，因此对"审美教育"的看重与提倡，也就意味着对中国

---

① 李长之：《古代的审美教育》，见《迎中国的文艺复兴》，《李长之文集》（第1卷），河北教育出版社，2006年，第66页。
② [德]康德著，邓晓芒译：《判断力批判》，人民出版社，2002年，第200页。

传统文化价值的肯定与发扬，这正是李长之"中国文艺复兴"思想的重要目标之一。换句话说，李长之对"美育"的格外重视，主要从属于"中国文艺复兴"这一更为宏伟而远大的文化理想，这才是他与蔡元培重要的区别。在某种意义上，这也正是他在中国现代"美育"建设过程中，最带有鲜明个人色彩的独特贡献。

第二节 "大学教育"："中国文艺复兴"的具体实践途径*

在李长之"中国文艺复兴"思想的构思和规划中，"大学教育"同样占据着非常重要的位置，甚至关系到"中国文艺复兴"在"思想建设"方面的成败。然而学界关于这方面的研究一直非常薄弱。李长之关于"大学教育"的论述主要集中于以下两篇文章：一篇为《迎中国的文艺复兴》一书所收录的文章，即《思想建设（下）：论大学教育之精神》[①]（1943年5月）；另一篇为《梦雨集》一书所收录的文章，即《五四——蔡孑民——大学教育》（1944年5月3日）。这两篇文章的写作仅仅相隔一年，而且都在五月，堪称李长之关于"大学教育"话题思考的"双璧"。

正是在上述文章对于"大学教育"的思考中，李长之发现了从"五四"新文化运动深化为"中国文艺复兴"的契机，也关注到有关"中国文艺复兴"的具体实践问题，并对"大学教育的精神"本身进行了认真的思考，提出了多方面的要求。可以说，李长之的上述思考鲜明地体现出他基于"中国文艺复兴"的视角对"大学教育"的独特理解，这对于当下社会的"大学教育"及"中国文艺复兴"建设，都具有重要的启示意义和参考价值。

一、李长之为何会关注"大学教育"

李长之为何会对"大学教育"如此关注呢？这与他个人的特殊经历有关。

---

* 此节内容见于阿丽：《"中国文艺复兴"从"大学教育"开始——论李长之在抗日战争时期的大学教育思想》，《山西师范大学学报》，2017年第1期。
[①] 为了叙述的方便，《思想建设（下）：论大学教育之精神》以下简称为《论大学教育之精神》。

根据于天池、李书近年来的相关研究可知①，1929—1936 年，李长之先后在北京大学、清华大学求学；1936—1938 年，李长之工作于清华大学、京华美术学院、云南大学；1938—1945 年，李长之任教于重庆沙坪坝的中央大学，先是担任罗家伦"党义公民"课的助教，几年后转为中国文学系讲师。

从上述经历可以看到，在 1929—1945 年大约 16 年的光阴中，不管学习还是工作，李长之几乎都在大学校园里度过，因此他对于大学生活与大学教育非常熟悉。在这样的背景下，李长之对"大学教育"有所感、有所言是很自然的，而且他对于这一话题有着充分的发言权。尤其需要注意的是，李长之写作上述两篇文章，正值他在重庆中央大学工作期间，与他当时的身份也非常相宜。

从 1938 年 10 月至 1940 年夏天的这段时间，李长之在重庆中央大学担任的具体工作，是罗家伦先生的"党义公民"课的助教。"所谓'党义公民'课，类似于今天高校里的政治理论课。不过现在讲的是马克思主义、毛泽东思想、社会主义理论，那时讲的内容则是三民主义、蒋介石思想罢了。"②这意味着，在几乎两年的时间里，李长之生活与工作中最重要的事情，是每周认真聆听"党义公民"课上罗家伦对大学生进行的政治思想教育，并做好详细的笔录，每节课后再将讲义内容整理成正式的文章。如此长时间地聆听、记录与整理"党义公民"课的内容，势必会对李长之的思想和意识产生深刻的影响。

这种"深刻的影响"并不是说自由主义的李长之由此转而信仰了"三民主义"，这主要是指，它最大限度地开启了李长之对"大学生政治思想教育"的关注。长时间地熏染在"党义公民"课的氛围之下，李长之不知不觉地陷入对大学生思想教育、国家意识等方面问题的思考与关注，并对此产生了浓厚的兴趣。作为这一积极思考结果的最好证明，收录在《迎中国的文艺复兴》中的下列一组文章：《精神建设：论国家民族意识之再强化及其方案》《舆论建设：论思想自由及其条件》《思想建设（上）：论思想上的错误》《思想建设（中）：

---

① 主要参考于天池、李书的文章：《文学批评家李长之》，《励耘学刊》（文学卷），2010 年第 1 辑；《李长之与罗家伦》（上），《文史知识》，2013 年第 6 期；《李长之与罗家伦》（下），《文史知识》，2013 年第 7 期。
② 于天池、李书：《李长之与罗家伦》（上），《文史知识》，2013 年第 6 期。

大时代中学者应有之反应》与《思想建设（下）：论大学教育之精神》。也就是说，作为罗家伦先生"党义公民"课程助教的两年经历，潜在地影响了李长之抗战时期思考问题的兴趣与范围，从而影响了他写作于这一时期的《迎中国的文艺复兴》一书中的部分章节内容（自然包括那篇《论大学教育之精神》），也影响到了随后《五四——蔡孑民——大学教育》一文的写作。

综上所述，李长之在抗战之前与抗战期间的生活经历，使他对于大学生活与大学教育非常熟悉，又加上他本人有过两年担任罗家伦先生"党义公民"课助教的经历，开启了他对于大学生思想教育、国家意识等问题的关注兴趣，因此李长之在这一时期构想"中国文艺复兴"这一宏伟文化蓝图时，自然而然地把"大学教育"纳入了自己"中国文艺复兴"的思想之中。有学者在相关的研究文章中曾指出，李长之20世纪30年代的传记体文学批评，可能源于他对当时偏重智识、忽略性情的"大学教育"有所不满[①]，这也从侧面反映出"大学教育"确实是李长之关怀的重要话题。

二、如何理解"大学教育"的重要意义

大体而言，在《论大学教育之精神》与《五四——蔡孑民——大学教育》这两篇文章之中，李长之表达了对蔡元培先生相关教育观念的充分认可，并明确地指出，"中国文艺复兴"应当从"大学教育"开始，这不仅涉及从"五四"新文化运动到"中国文艺复兴"的深化问题，也涉及"中国文艺复兴"在整个社会的具体实践问题。

李长之在《五四运动之文化的意义及其评价》（1942）一文中曾经指出，"五四"新文化运动是"启蒙运动"，并非"文艺复兴"，并因此对"五四"有诸多的批评。他这样评价"五四"新文化运动："有破坏而无建设，有现实而无理想，有清浅的理智而无深厚的情感，唯物，功利，甚而势力，是这一时代的精神。这那里是文艺复兴？尽量放大了尺寸说，也不过是启蒙。"[②]他还进一

---

① 季剑青：《以批评为教育：1930年代李长之文学批评的学院背景》，《励耘学刊》，2007年第1期。
② 李长之：《五四运动之文化的意义及其评价》，见《迎中国的文艺复兴》，《李长之文集》（第1卷），河北教育出版社，2006年，第23页。

步指出:"'五四'精神的缺点就是没有发挥深厚的情感,少光,少热,少深度和远景,浅!在精神上太贫瘠,还没有做到民族的自觉和自信。对于西洋文化还吸收得不够彻底,对于中国文化还把握得不够核心。"①正是基于这样的评价与认识,李长之才提出并呼吁建设真正的"中国文艺复兴"。

李长之在民国时期对于"五四"新文化运动的评价中,上述评价可谓颇为激烈与苛刻的。然而,在《五四——蔡孑民——大学教育》一文中,李长之却调整了自己对于"五四"的观点,转而认为"五四"虽然是"启蒙运动",但其中蕴藏着"文艺复兴"的萌芽。他指出:"这种启蒙式的五四也未尝不孕育着一种文艺复兴!"②"这超出五四精神的地方,却也就是应该养育于五四之中,而作为进一步发展的。——五四虽不是文艺复兴,但却含了萌芽。这萌芽即寄托在蔡先生身上。"③因此,李长之开始着力寻求最为适当的途径,从而使"五四"新文化运动进一步深化为"中国文艺复兴"。

可以肯定,促使李长之认识发生转变的重要原因之一,便是蔡元培先生。在蔡元培先生身上,李长之看到了"五四"新文化运动隐含着"文艺复兴"的萌芽。他指出:"然而蔡先生呢,就是有哲学头脑,更进而提倡世界观和美学的教育(他自己并且亲自在北大讲了不少次的美学),他有他的建设,他能把西方文化看出和中国传统哲学的沟通处(如以义说自由,以恕说平等,以仁说博爱,非常精!)这都是多么可贵的!"④

李长之由此相信,要想真正实现"中国文艺复兴",要想彻底完成从"五四"新文化运动向"中国文艺复兴"的转变,正需要从蔡元培先生那儿获取重要的启示与领悟。他写道:"如何才能完成文艺复兴的大业?这就不能不求之于

---

① 李长之:《五四运动之文化的意义及其评价》,见《迎中国的文艺复兴》,《李长之文集》(第1卷),河北教育出版社,2006年,第25-26页。
② 李长之:《五四——蔡孑民——大学教育》,见《梦雨集》,《李长之文集》(第3卷),河北教育出版社,2006年,第346页。
③ 李长之:《五四——蔡孑民——大学教育》,见《梦雨集》,《李长之文集》(第3卷),河北教育出版社,2006年,第348页。
④ 李长之:《五四——蔡孑民——大学教育》,见《梦雨集》,《李长之文集》(第3卷),河北教育出版社,2006年,第348页。

与蔡先生一生为因缘的大学教育。"①在这一思想的启发之下，李长之把此文第三部分的小标题直接定为："大学教育之质的提高为由五四而至文艺复兴的大路"，并对此展开了充分的论述。这可以看作李长之首次对"大学教育"与"中国文艺复兴"二者关系的明确论述，他表达了"中国文艺复兴"必须从"大学教育"开始的想法。

李长之从"五四"新文化运动发展的历史角度，赋予"大学教育"以重要的责任："五四的毛病在浅，次一步的文化运动就该深。深不能不从思想学术中求，那么，除了大学负这个使命以外，又能把责任落在哪里？"②也即"大学教育"涉及"五四"新文化运动如何深化与发展的问题，也即如何从"五四"转化为"中国文艺复兴"的重要问题，应当受到格外重视。如此，李长之就从"五四"新文化运动的批判发展为"中国文艺复兴"的学理思考上，赋予"大学教育"以不容取代的关键位置，肯定了"大学教育"在"中国文艺复兴"中的重要作用。

不仅如此，李长之还认为，于推进"中国文艺复兴"在整个社会范围内实施的具体实践上，"大学教育"同样有着不容忽视的巨大优势。李长之的相关论述，主要集中在《五四——蔡孑民——大学教育》一文中。他先从蔡元培与范静生的两种教育论谈起，明确表达了自己对于蔡元培先生看法的认同："蔡孑民在《我的教育界的经验》一文里，说他和范静生互持一种相对的循环论。范静生说没有好小学，就没有好中学，没有好中学，就没有好大学，因此第一步应该先办好小学。蔡孑民则说没有好大学，就没有好中学师资，没有好中学，就没好的小学先生，所以第一步是先要把大学整顿好。蔡先生虽然谦恭地说，二人的意见是应该合起来的，但我的私意则觉得还是偏重大学才对。"③可以说，

---

① 李长之：《五四——蔡孑民——大学教育》，见《梦雨集》，《李长之文集》（第3卷），河北教育出版社，2006年，第348页。
② 李长之：《五四——蔡孑民——大学教育》，见《梦雨集》，《李长之文集》（第3卷），河北教育出版社，2006年，第349页。
③ 李长之：《五四——蔡孑民——大学教育》，见《梦雨集》，《李长之文集》（第3卷），河北教育出版社，2006年，第349页。

蔡元培先生"先办好大学"的想法使李长之深受启发,他从这儿看到了如何从"大学教育"入手,影响中学、小学,进而从根本上影响整个社会的实践途径。换句话说,从"大学教育"入手,可谓推动"中国文艺复兴"在整个社会层面早日实现的最有效的手段之一。

正是在上述意义上,李长之进一步对"大学教育"寄以厚望,予以新的诠释:"小学不过是一种普通教育,让一般国民都健全而已。大学教育则负一种建国,建文化,发扬民族的优长的责任。就文化的意义说,大学的重要性,却在小学之上。"[1]显而易见,在李长之的理解里,"大学教育"不单是培养与教育大学生的事情,它还担负着建设国家文化、发挥民族优长的重要责任,也即担负着建设"中国文艺复兴"的重要使命。

无独有偶,顾毓琇先生《中国的文艺复兴》(1948)[2] 一书,上卷为《中国的文艺复兴》,下卷为《世界教育的改造》。尽管顾毓琇先生对教育的谈论角度与李长之先生并不完全相同,但是两位提倡者都在自己"中国文艺复兴"的文化构想中,把"教育"放在了重要的位置。这一切并非偶然,他们都深刻地意识到了"教育"在"中国文艺复兴"中的强大推动作用。换言之,"中国文艺复兴"事业必须有待"教育"尤其是"大学教育"的密切参与,才有望真正早日实现。

三、应有怎样的"大学教育"

然而值得注意的是,并非所有的"大学教育"都能够肩负起上述使命。李长之认为,"大学教育"要想真正担负起"中国文艺复兴"所赋予的重要任务,必须对大学生的素质修养与学识态度,还有大学的相关政策与学术氛围等方面,提出较高的要求。

在《论大学教育之精神》一文的开头部分,李长之直截了当地指出,"大

---

[1] 李长之:《五四——蔡孑民——大学教育》,见《梦雨集》,《李长之文集》(第3卷),河北教育出版社,2006年,第349页。
[2] 顾毓琇:《中国的文艺复兴》,见《顾毓琇全集》(第8卷),辽宁教育出版社,2000年。

学教育"的精神其实有两个字：一是"大",二是"学",并分别对此进行了阐释。

对于"大学教育"的"大",李长之作出了如下的解释："大是指眼光大,胸襟大,目标大,风度大,体魄和智慧大。"①他在这里一连列出了眼光、胸襟、目标、风度、体魄和智慧等六个方面,这一阐释乍看上去有点繁复,虽然李长之对这六个方面的解释各有侧重,但有些内容在性质上仍旧有交叉和重叠。仔细辨识之后,本书拟将其进一步划分为两大范畴予以具体论述：

一方面,李长之所谓的"眼光大""目标大""智慧大"指的是大学生不应陷入个人出路、人情利害等个体狭小的范围,而应当勇于承担国家与民族的重大责任。李长之对于"眼光大"的具体解释是："眼光大就是看得远,所以像那些仅仅看到个人的出路,以为进了银行就高于一切的人,不配做大学生!"②他对于"目标大"的理解是："目标大就是担得住大责任。我常觉得中国大学生的数目既是这样少,非'得天独厚'的人决进不了大学,国家为大学生耗费那么多钱,代价应该多么昂贵才值得？具体地说,大学生的成就应该是国家栋梁之材,更说具体一点,就是要像从前所谓宰相之才样的人；只要有机会,就可以担当国家大事,这才不愧是大学生。"③他对于"智慧大"的看法是："智慧大是指把聪明用在大问题上,不怕走得深,不怕走得细,不怕走得奇,世界上小聪明的人太多了,但是那些计计较较的人情利害,不是我们希望于大学生的。一个人的精力有限,凡是在人情利害上精通的人,难望有大智慧。大学生应该有所取舍,有所培养。"④

可以看出,李长之对于"大学教育"应当培养的大学生能力,有较高的要

---

① 李长之：《论大学教育之精神》,见《迎中国的文艺复兴》,《李长之文集》(第1卷),河北教育出版社,2006年,第123页。
② 李长之：《论大学教育之精神》,见《迎中国的文艺复兴》,《李长之文集》(第1卷),河北教育出版社,2006年,第123页。
③ 李长之：《论大学教育之精神》,见《迎中国的文艺复兴》,《李长之文集》(第1卷),河北教育出版社,2006年,第123页。
④ 李长之：《论大学教育之精神》,见《迎中国的文艺复兴》,《李长之文集》(第1卷),河北教育出版社,2006年,第123页。

求,他先后使用了如下肯定性的语词:"看得远""担得住大责任""国家栋梁之材""宰相之才""担当国家大事""把聪明用在大问题上";作为其对立面应当否定的是:不要"仅仅看到个人的出路"不要"小聪明"不要"计计较较的人情利害"。从这里可以清晰地看到,李长之对大学生提出了志存高远、心系国家、勇担重任的期待与要求,并警醒大学生万不可陷入终日思虑个人出路、人情利害的泥沼之中。毫无疑问,对于热情呼吁"中国文艺复兴"的李长之而言,"大学教育"必须培养出关注国家命运的大学生,这才是他心目中所期待的理想教育。

另一方面,李长之所谓的"胸襟大""风度大""体魄大"则指的是大学生应当拥有健朗的体魄,从而拥有雍容通达的心胸与气度,不局限于狭隘的派系,能与不同思想进行交流。李长之对于"胸襟大"的解释是:"胸襟大就是能容得下,所以像那些斤斤于一派一系的堡垒,对于不同的思想也不能虚心研讨的人,不配作大学生!"①他对于"风度大"的理解是:"风度则是一个人的威仪,雍容通达是大学生的风度,局促偏执便是愧对大学教育了。整饬当然要紧,但不要好莱坞明星化!风度之大,其来源是体魄与智慧。所以,体魄和智慧要大。"②他对于"体魄大"的看法是:"体魄是健朗的精神之'物质基础',如果弱不禁风,势必要颓靡不振的。"③

李长之在这里对"胸襟大""风度大""体魄大"予以不同的阐释,虽然侧重面有所差异,使用的语词也并不相同,但在内涵上有惊人的相似。试看一下,无论是"容得下"不要"斤斤于一派一系的堡垒",还是"雍容通达"不要"局促偏执",或者是"健朗的精神"不要"颓靡不振",它们的意义都指向大学生应当具有宽容的、开阔的、豁达的、健康的精神与心态。在李长之的心中,

---

① 李长之:《论大学教育之精神》,见《迎中国的文艺复兴》,《李长之文集》(第1卷),河北教育出版社,2006年,第123页。
② 李长之:《论大学教育之精神》,见《迎中国的文艺复兴》,《李长之文集》(第1卷),河北教育出版社,2006年,第123页。
③ 李长之:《论大学教育之精神》,见《迎中国的文艺复兴》,《李长之文集》(第1卷),河北教育出版社,2006年,第123页。

"大学教育"必须培养出具有如此心态的大学生,才能肩负起实现"中国文艺复兴"的重要使命。

由此观之,李长之所提倡的"以大为主"的"大学教育",既要求大学生拥有关心国家命运、担当国家大事的责任与意识,又需要大学生拥有健康的体魄与开阔、豁达的心态。这一要求的内在核心或最终指向,就是把大学生教育成为"国家的栋梁之材""宰相之材",从而成为推动"中国文艺复兴"早日实现的强大助力。

对于"大学教育"的"学",李长之一再强调和反复重申的基本主张是:大学生必须把学习放在首位。他反复写道:"大学生应当以学为第一位""大学必须恢复其以学为第一位的机构""学!学是第一。"①从表面上看,李长之倡导的似乎只是普遍的共识,即所谓的学生应当"以学为主"的观念,但李长之的提倡是处于战争的语境,因此学习的困难性、重要性显得尤为紧迫与急切。

李长之接下来对此进行了更具体的解释,这才让人恍然大悟,原来李长之的"以学为主",并非我们寻常所理解的那层意思,而是有自己的所指。李长之指出:"我们所谓学,就是科学。科学当然不只指自然科学。科学之首要,不在对象而在精神。科学的精神是:客观,体系,思辨,精确。"②原来李长之真正想表达的意思并非只是"以学为主",更准确的说法应当是"以科学为主"或"以科学的精神为主"。李长之想要真正强调的是"大学教育"中应当贯穿和体现出一种"科学的精神",从而培养大学生形成注重"客观、体系、思辨、精确"的良好思维习惯。

李长之之所以如此强调"大学教育"中应注重"以科学为主"的思维习惯,是因为科学的精神与"中国文艺复兴"的文化主张有着直接而密切的关系。李长之的"中国文艺复兴"有一项很重要的内容,就是复兴中国传统文化。李长之也明确表达了这方面的要求,他在《迎中国的文艺复兴》一书中曾

---

① 李长之:《论大学教育之精神》,见《迎中国的文艺复兴》,《李长之文集》(第1卷),河北教育出版社,2006年,第123页。
② 李长之:《论大学教育之精神》,见《迎中国的文艺复兴》,《李长之文集》(第1卷),河北教育出版社,2006年,第124页。

多次提及。在《国防文化与文化国防》一文，李长之写道："我们正是希望根深蒂固，源远流长的一种文化运动，正希望那是在培植已久的土壤中冒出来的，正希望那是在根深叶茂的大树上开放出来的。这才是真正的文艺复兴，我们以最大的热情期待着！"①而在《中国文化运动的现阶段》一文中，李长之更明确地写道："就其接受传统而言，就其需要原来的土壤而言，则中国现阶段的文化运动乃是一个'文艺复兴'！"②

然而问题是：如何吸收中国的传统文化？在李长之看来，中国传统文化的复兴，绝不同于"国粹派""复古派"等对中国传统文化只是一味地推崇，并因此而蔑视世界其他文化的那种复兴，而是必须使用一种科学的方法作为指导，去复兴和发扬中国传统文化中真正富有生命力的部分。他写道："先民之伟大的思想创造，当然值得发扬，但我们不是盲目崇拜，而且发扬需要有发扬的方法，这方法是唯有科学的方法（就是需客观，需体系，需思辨，需精确！）可以当之。否则牵入死人的坟墓，这不是发扬古人，却是葬送今人了！"③李长之在此明确指出，对于中国传统文化应当经过客观的分析，采用体系与思辨的方法，从而精确地把握其真正的精神并加以发扬，绝不能盲目崇拜。

对中国的传统文化是如此，那么在李长之"中国文艺复兴"的构想之中，吸取世界优秀文化、吸收各种学说同样是关键的内容。李长之也提倡运用科学的方法与态度。他明确地提出："在科学里，我们一切将得其平，无所谓古今，无所谓中外，无所谓人我，无所谓心物，无所谓左右。我们争得只是"是非"！是非也不是笼统的，乃是一事之中有是有非，我们却应一律采长舍短！"④在李长之的论述中，所谓的古今、中外、人我、心物、左右之间外在的自然限定都

---

① 李长之：《国防文化与文化国防》，见《迎中国的文艺复兴》，《李长之文集》（第1卷），河北教育出版社，2006年，第16页。
② 李长之：《中国文化运动的现阶段》，见《迎中国的文艺复兴》，《李长之文集》（第1卷），河北教育出版社，2006年，第57页。
③ 李长之：《论大学教育之精神》，见《迎中国的文艺复兴》，《李长之文集》（第1卷），河北教育出版社，2006年，第124页。
④ 李长之：《论大学教育之精神》，见《迎中国的文艺复兴》，《李长之文集》（第1卷），河北教育出版社，2006年，第124页。

应当消失，而必须采用科学的态度与方法重新打量与评价，最终获取真正与"中国的文艺复兴"相宜的经验与精华。这一想法，正与前面论述的"胸襟大""智慧大"的内容不谋而合。

也就是说，李长之对"大学教育"的热情期待之一，即"以科学为主"的思维习惯与态度的形成。这一要求不仅着眼于大学生知识上的积累，更注重其是否形成了一种"科学"的思维习惯。在李长之看来，这种"科学"的思维与态度正是"中国文艺复兴"面对中国传统文化、世界优秀文化等问题时所急需的正确态度，甚至关系到"中国文艺复兴"是否能顺利实现。

除了对"大学教育"精神中"以大为主""以科学为主"等方面内容进行了具体阐释，李长之还进一步指出，"大学教育"要想完成"中国文艺复兴"的重任，必须具有"自由的学术空气"，这是形成大学生上述素质修养与学识态度的必要环境，也是他针对大学教育的政策或学校氛围提出的要求。在这一方面，李长之显然受到了蔡元培先生自由教育观的影响。

在《五四——蔡孑民——大学教育》一文中，李长之强调了"大学教育"中"自由的学术空气"的重要性，这一点是对蔡元培先生提倡的"自由学术的风气"的向往，也可以看作"五四"精神的继承。他写道："无论是栋梁之材的那样才具也好，专家的独当一面的专长也好，非用自由的学术空气是培养不出来的。大政治家要有权衡，要可以应变，要设计久远，如果没有一种自由活动其脑筋的习惯，如何能应付大局面？专家要能设计，要能创造，要能发明，要能博中取约，那么，也岂能株守于一定的科条？……蔡先生在大学教育上，力主自由学术的风气。不能不算是远大。"[1]可以说，这是对于大学教育的决策者、领导者及管理者提出的要求，希望他们能努力倡导并维持一个自由的学术氛围，从而保障大学生们顺利成为能够"自由活动其脑筋""自由创造""自由发明"的"栋梁之材"与"专家"，最终为"中国文艺复兴"贡献他们最大的才干与能量。

---

[1] 李长之：《五四——蔡孑民——大学教育》，见《梦雨集》，《李长之文集》（第3卷），河北教育出版社，2006年，第349页。

李长之对于"自由的学术空气"的强调,既受到蔡元培先生教育观的影响,也受到了德国教育思想,尤其是洪堡(又称宏保耳特)教育思想的影响。他早在1935年就专门写过《宏保耳特(一七六七——一八三五)之人本主义》[①]的重要文章,还在《释美育并论及中国美育之今昔及其未来》中,明确将蔡元培与宏保耳特"相提并论"。至于蔡元培与洪堡更是有着密切的思想联系,根据叶隽在《现代学术视野中的留德学人》一书的研究:"蔡元培先后三次留学德国,长达六年余,深受以德国为代表的西方文化熏陶,其中洪堡教育思想对他颇有影响,是其改革北京大学的重要思想来源。"[②]陈洪捷专门分析了洪堡所代表的德国古典大学观念,其中明确提到了"大学的基本组织原则",即"寂寞与自由""强调大学相对于政府的自主和独立"等[③]。很显然,蔡元培与李长之所提倡的这种"自由的学术空气",在很大程度上正是对德国教育思想尤其是洪堡所代表的德国古典大学的教育观念的继承,其中既包括大学本身的"寂寞与自由",也包含着大学相对于政府的"自主与独立"。在这个意义上,蔡元培与李长之都较为充分地接受了德国古典时期教育思想的影响。

最后,李长之发出了中国人才之少的感慨,并再次重申"自由研究"与"文艺复兴"的密切关系。他写道:"所以大学教育之质的提高,大学教育之必须有自由研究的培植,便又不止关系次一步的文艺复兴的文化运动而已了。"[④]也就是说,"大学教育"不仅是"中国文艺复兴"这一运动的要求,更是国家建设最基本的人才保障。

如此,李长之就从大学生的素质修养、学识态度与氛围环境等方面入手,对"大学教育"提出了多方面的要求。在他看来,只有符合这些要求的"大学教育"才能真正肩负起建设"中国文艺复兴"的重要使命。

关于"中国文艺复兴"的话题,在21世纪以来被学界同人再次热情地提

---

① 需要说明的是,李长之更习惯于将"洪堡"称为"宏保耳特"。
② 叶隽:《现代学术视野中的留德学人》,同济大学出版社,2004年,第30页。
③ 陈洪捷:《德国古典大学观及其对中国的影响》,北京大学出版社,2002年,第25-29页。
④ 李长之:《五四——蔡孑民——大学教育》,见《梦雨集》,《李长之文集》(第3卷),河北教育出版社,2006年,第350页。

起，他们从各个角度展开了详细论述，但很少有人专门提及"大学教育"与"中国文艺复兴"的密切关系。然而，在李长之抗战时期所构想的"中国文艺复兴"的宏伟蓝图中，"大学教育"是其中最为关键的一环。李长之认为，"中国文艺复兴"应当从"大学教育"开始，"大学教育"不仅涉及从"五四"新文化运动向"中国的文艺复兴"的深化，也涉及"中国文艺复兴"在整个社会的具体实践问题，并因此对"大学教育"提出了"以大为主""以科学为主""自由的学术空气"等专门要求。李长之的这些思考可能仍要进一步完善，但对于当今的"大学教育"及"中国文艺复兴"建设，无疑具有启示性，值得充分关注。

第三节 "寓通于专"：中国传统教育与西方近代教育的结合[*]

李长之对于"通才教育"与"专才教育"问题曾进行了很多积极的思考，但这一点尚未引起学界的关注。大概而言，"通才教育"主要指中国传统的人文教育，主张培养和造就学生多方面的才能，又可称为"全才教育"；"专才教育"主要指西方近现代以来的教育方式，主张重点培养学生在某一专业领域的特殊才能。由此来看，李长之有关"通才教育"与"专才教育"的思考，依然从属于他"中国文艺复兴"思想中关于中、西方文化问题的思考范畴。

仅就目前所发现的文章而言，李长之关于"通才教育"与"专才教育"问题的关注与谈论，从1942年一直持续到1948年，前后涉及五篇相关文章。尽管其中只有一篇文章直接以此为题，但依然可以较为充分地表明，在较长的时间内，李长之都对这一话题抱有浓厚的兴趣。最早涉及这一话题的，是收录于《迎中国的文艺复兴》一书中的《思想建设（中）：大时代中学者应有之反应》[①]（1942年4月25日）一文，李长之在此首次简单谈论了有关"通才"与

---

[*] 本节内容见于阿丽：《李长之"寓通于专"思想与当今高校教育改革》，《教育与教学研究》，2021年第4期。
[①] 为了叙述的方便，《思想建设（中）：大时代中学者应有之反应》以下简称为《大时代中学者应有之反应》。

"专才"的问题。紧接着,是收录于《梦雨集》一书中的两篇文章:《论德国学者治学之得失与德国命运》(1943年12月14日夜)与《论中国过去学者治学之失》(1943年12月15日),两篇文章的写作时间仅隔一天,这暗示出它们之间有着内在的连续性。正是在探讨德国学者与中国学者的治学得失过程中,李长之深刻反思了"通才教育"与"专才教育"的问题。随后出现的,是首篇专门以此为题的文章《谈通才教育》(1947),此文为《李长之文集》(十卷本)未曾收录的佚文[①];还有一篇书评文章《徘徊在十字路口的大学教育》(1948),正是在这两篇文章中,李长之正式提出和重申了自己对于中、西不同教育方式的看法与主张。

一、传统"通才教育"的得失

对于"通才教育"与"专才教育"问题,李长之为什么会抱有如此持久而浓烈的兴趣呢?尽管其中有多种原因,但首先与当时特殊的文化语境有密不可分的关系,同时也与他从事的教师职业与心中的文化梦想有关。

根据杨东平在《通才教育论》一书的研究可知,抗日战争时期的大后方,曾经展开过"大学教育"是培养"通才"还是"专才"的热烈讨论。当时为了反对国民党政府片面注重"实用科学"的做法,朱自清、梅贻琦、朱光潜等人都著文论述"通才"与"专才"的关系问题,西南联大还曾以校委会名义直接上书教育部表示异议[②]。与此同时,在抗日战争时期的根据地,"通才教育"与"专才教育"也一度成为热点话题。延安自然科学院的第一任院长李富春就把"业务的专家"与"革命的通才"作为学院的培养目标;第二任院长徐特立也同样明确表示出对于"专才"与"通才"的高度重视[③]。由此观之,有关"通才教育"与"专才教育"的问题,在抗日战争时期就已受到学界广泛而热切的关注。在这样的文化语境与氛围中,加上李长之本人所从事的职业正是"大学

---

① 详见于阿丽:《李长之佚文〈谈通才教育〉》,《新文学史料》,2017年第3期。
② 杨东平:《通才教育论》,辽宁教育出版社,1989年,第201-202页。
③ 杨东平:《通才教育论》,辽宁教育出版社,1989年,第205-206页。

教育"，难怪他会对这一话题格外留心和关注。事实上，对于李长之而言，"通才教育"与"专才教育"问题不仅关系着"大学教育"的建设问题，更是与"中国文艺复兴"的"思想建设"紧密相连。

李长之关于传统"通才教育"这一话题的早期论述，主要集中于《大时代中学者应有之反应》与《论中国过去学者治学之失》两篇文章。尽管这两篇文章的写作时间仅仅相隔一年半左右，但李长之对于传统"通才教育"的看法，发生了非常重要的转变，几乎从"热情赞赏"猛然转向了"激烈批评"。当然，这只意味着他对于传统"通才教育"思考的持续和深化，至于更为成熟与理性的态度，之后才真正出现。

在《大时代中学者应有之反应》一文中，李长之对于中国传统人文教育方式的论述，是从"大时代中学者的反应"这一话题自然引出的。李长之认为，学者身处大时代中应该具有三种反应：第一，学者应当具有自己独立的理性与判断，不必盲目地迷信外国权威，也不要妄自菲薄中国传统文化；第二，学者要与这个大时代中积极抗战的民族精神与风气相适应，在学术上具有一些气魄；第三，学者应当重视中国传统人文教育的特点，即"造就全才"（"通才"）。正是在第三点中，李长之展开了对于传统"通才教育"的具体分析，他充分肯定了中国传统的"全才教育"（"通才教育"）所具有的重要优势，对于西方近现代以来的"专才教育"，则只是作为反面的例子简单提及，并未展开深入剖析。

李长之指出，中国过去的学者都有一个长处，即"在专之外，并且通"，并列举了王安石、玄奘、韩愈、朱熹、李白、徐文长等众多人物来进一步证明。他写道："不唯王安石有治世之才，就是玄奘，韩愈，朱熹也都是满腹经纶的。唐太宗曾经坚欲玄奘还俗，请他作宰相：他原来不只是一个勤快而忠实的翻译家！李白也常有'为苍生而一起'的宏愿，他原来不肯屈作一个诗人！就是才子派的徐文长，也仍然知兵，曾规划了许多战功。"[1]从这几个例子来看，中国的传统文人不仅具有出众文采，同时还通晓政治，也懂得用兵，他们身上完美

---

[1] 李长之：《大时代中学者应有之反应》，见《迎中国的文艺复兴》，《李长之文集》（第1卷），河北教育出版社，2006年，第122页。

地体现出了既"专"且"通"的特点,难怪李长之会流露出由衷的赞叹与欣赏,这的确让中国现代学者羡慕不已、望尘莫及。

在李长之看来,中国古代之所以会出现那么优秀的人才,其原因自然与中国传统的人文教育方式分不开。因此,他对于"中国过去的人文教育"表示出明确的肯定,认为它"的确有可称道处"①。同时,他还进一步分析了这种教育方式的重要特点,即在于"造就全才",这种教育所培养出来的人才"不偏枯""不呆滞""更不只见树不见林",这无疑是中国传统人文教育的"优长",当然应当"善为保持"②。可以看到,李长之此时非常赞赏中国传统的"全才教育"(或"通才教育"),他甚至专门提醒当时的学者应当对这一教育方式加以重视。显然,这是有感于传统"通才教育"在现代教育体系中的某种"缺失"而发,同时也在一定程度上体现出他的"中国文艺复兴"思想对于这种"通才教育"的热情呼唤与期待。

不仅如此,李长之还专门举出德国现代"专才教育"的缺陷作为反例,以此进一步证明中国传统的"通才教育"确实具有重要的优势。不过,李长之此时还未对德国的现代教育展开深入思考,他只是间接地转引了李四光先生关于德国学者的评价。李长之指出,依照李四光的看法,"德国社会党之所以横行,就是因为他们学者太专了,缺少过问政治的能力"③。李四光关于德国学者的这一看法,此时为李长之充分接受和认可。很明显,德国学者"太专""缺乏过问政治的能力",正是上述既"专"且"通"的中国传统学者的反面形象。更何况,由于德国学者的"太专",才导致德国被一群政客操纵,并最终在第二次世界大战中加入了罪恶的"法西斯"行列,这一现实教训无疑是残酷的。这样也更加充分地证明,中国传统人文教育的"全才教育"或"通才教育"方

---

① 李长之:《大时代中学者应有之反应》,见《迎中国的文艺复兴》,《李长之文集》(第1卷),河北教育出版社,2006年,第122页。
② 李长之:《大时代中学者应有之反应》,见《迎中国的文艺复兴》,《李长之文集》(第1卷),河北教育出版社,2006年,第122页。
③ 李长之:《大时代中学者应有之反应》,见《迎中国的文艺复兴》,《李长之文集》(第1卷),河北教育出版社,2006年,第122页。

式，的确具有不容忽视的重要价值和优势。

其实，作为关于"通才教育"与"专才教育"话题的首次谈论，李长之的相关思考还不够成熟和深入，上面的论述也难免有些模糊和片面。比如，李长之对中国传统人文教育特点的概括，其实是"模棱两可"或"思虑不周"的：一方面，他说中国过去学者的长处是"在专之外，并且通"，这意味着中国传统的人文教育具有造就"专才"与"通才"的双重特色；另一方面，他又说中国传统的人文教育"最大的特色是造就全才"，这其中对于"专才"又只字不提了，这显然多少有些矛盾的。又比如，李长之引用了李四光先生批评德国学者"太专了""缺少过问政治的能力"，只是简单作为中国传统人文教育的反例，所以他仅看到了西方近现代以来"专才教育"的严重缺陷，但未发现西方这种"专才教育"具有的优势，同样，他对于中国传统的"通才教育"所隐含的缺点和不足，也缺少必要的反省。幸运的是，随着李长之对这一话题思考的不断深入，上述问题在他后来的论述中都得到了相应的解决。

写完《大时代中学者应有之反应》大约过了一年半之后，李长之在《论中国过去学者治学之失》一文中，借助对中国过去学者治学特点的论述，再次谈论了他对中国传统"通才教育"的评价。然而，由于一些特殊的"契机"，李长之此时对传统"通才教育"的看法，与此前《大时代中学者应有之反应》一文中的论述几乎"完全不同"。

所谓的"契机"主要是指，李长之在前一天晚上写好《论德国学者治学之得失与德国命运》这篇文章，紧跟着第二天便开始写作《论中国过去学者治学之失》一文。这意味着，李长之是在深刻反思了德国学者治学特点之后，才开始重新思考中国传统学者的治学特点的。换句话说，李长之此刻对于中国传统学者与传统人文教育的谈论，有更为清晰的德国教育或德国学者的视野作为参照。也正是因为如此，他才会作出与此前迥然不同的评价。

在《论中国过去学者治学之失》一文中，李长之一反此前对中国传统学者的赞赏与肯定的态度，转而对其进行了激烈而痛切的批评，在这堪称"一百八十度"的态度大转变中,固然有李长之以往"憋在心里的一些观感"[①],但德国学者的治学态度显然起到了微妙而重要的催化作用。李长之具体罗列了中国学者在治学方面的八大缺失,主要包括:对于任何不同的学说缺少"异"的观点的分析;治学还没有到专家化;缺少继续干的精神;不注重表现;学问与人事问题不分;重历史而轻个人创造;缺少纯粹治学问的真兴趣;治学大多偏于享受等。可以说,在德国学者"严谨而专业"的治学态度的映衬之下,中国传统学者的治学方式在李长之眼中几乎已经"一无是处"了。当然,这也是李长之对于中国传统文化因"爱之深"而"恨之切"的自然结果。

在谈论第二点"治学还没有到专家化"时,李长之论及"通才教育"与"专才教育"的问题,他严厉地批评了这种"通才教育"的弊端。在李长之看来,中国过去存在这样的现象:"往往一人兼诗人,兼历史家,兼古董家,兼书画家,兼治国平天下"[②]。从表面上看,这人好像是所谓的"通才",但事实上乃"庸人之才",因为"治一样还怕没成就,能通什么"。李长之进一步指出,这种"通"其实"不过是混淆"[③]。由此,他转而正视并肯定了"专才"教育的重要优势:"不专家化,就不能细,不细就不能深。"[④]与此前相比,李长之的态度发生了根本的变化,他不仅充分意识到中国传统"通才教育"的弊端,也首次高度肯定了西方"专才教育"所具有的细密、深刻的独特优点。

由于有西方"专才教育"作为参照和对比,中国传统"通才教育"的弊病就充分暴露出来了,其缺点主要在于不如"专才教育"的"精"与"深"。至此,李长之已经充分认识到"专才教育"在现代社会中的重要性。正是站在"专才教育"这一角度,他才反思和发现中国传统"通才教育"的弊端,并看

---

① 李长之:《梦雨集·自序》,见《梦雨集》,《李长之文集》(第3卷),河北教育出版社,2006年,第308页。
② 李长之:《论中国过去学者治学之失》,见《梦雨集》,《李长之文集》(第3卷),河北教育出版社,2006年,第333页。
③ 李长之:《论中国过去学者治学之失》,见《梦雨集》,《李长之文集》(第3卷),河北教育出版社,2006年,第333页。
④ 李长之:《论中国过去学者治学之失》,见《梦雨集》,《李长之文集》(第3卷),河北教育出版社,2006年,第333页。

到了现代中国在"专才教育"方面的严重欠缺。

从表面上看,李长之在此对于中国传统"通才教育"的相关论述,似乎与《大时代中学者应有之反应》一文中的看法矛盾,然而事实未必如此。若仔细推敲不难发现,李长之在此前文章中对中国传统人文教育的赞赏是有一个前提的,即"在专之外,并且通"。这意味着,李长心中所真正赞赏的,并非单纯意义上中国传统的"通才教育",而是以"专才教育"为前提的"通才教育"。由此推断,李长之真正反对和批评的,并非"专才教育",而是那种彻底忽略"通才教育"的"专才教育",只是在此前的文章中,李长之对于"通才教育""专才教育"等具体概念的界定及相关表述,都还不够清晰和明确而已。同时,中国传统人文教育的确造就了很多既"专"且"通"的杰出人才,这一点李长之并没有说错。所以,有关中国传统人文教育中的"通才教育"方式本身的优势,也不容轻易被否定。然而,如果考虑到中国更为庞大的知识群体基数,最终成为"真正通才"的人物毕竟只是少数,另外的很大部分仍是倾向于"庸人之才"的,因此,李长之对传统"通才教育"的严厉批评和反思也有其一定的道理。

可以说,正是借助《大时代中学者应有之反应》与《论中国过去学者治学之失》这两篇文章的思考,李长之对于中国传统的"通才教育"有了较为全面的认识,他既看到了这一教育方式所具有的优势,也发现了它在现代社会境遇中所存在的明显不足,从而为他日后正式论述"专才教育"与"通才教育"的话题,做好了充分的思想准备。

二、西方"专才教育"的优劣

李长之关于西方近现代以来"专才教育"话题的早期论述,主要集中于《大时代中学者应有之反应》与《论德国学者治学之得失与德国命运》两篇文章。更准确地说,在《大时代中学者应有之反应》一文中,李长之只是简单转引了李四光对于德国学者的相关评价,一直等到《论德国学者治学之得失与德国命运》一文的出现,李长之才对德国学者的治学特点及教育方式等问题展开了较为全面而深入的思考。

前面刚刚谈论过,李长之在《大时代中学者应有之反应》一文中,转引了李四光批评德国学者治学"太专"的评价。此处想进一步补充的是,李长之究竟是通过何种方式,得知了地质学家李四光对于德国学者的这一评价呢?

根据《李四光传》一书的叙述,李四光先生在20世纪三四十年代已经具有较高的国内与国际声望,他于1936年完成《中国地质学》一书的写作,1939年该书正式出版时,曾得到了英国著名科学史专家李约瑟教授的高度评价。尽管抗日战争期间,李四光先生主要在广西桂林从事地质学研究,但是他"每年都要去重庆参加中央研究院院务会议"[1]。如此一来,在重庆中央大学的李长之,就有可能经常听到李四光的相关消息。

而根据另一本《李四光传》可进一步得知,中国地质学会曾于1942年3月20日召开了"第十八次年会暨二十周年纪念会",会议地点就设定在"重庆沙坪坝中央大学大礼堂"[2]。作为纪念会主席的李四光虽然未能亲自出席这次会议,但是他寄来了题为《二十年经验之回顾》的演说稿,并请人在会议上宣读。就在这篇"以地质内容为主的报告中""李四光用了约占十分之一的篇幅,谈了近代科学在中国的发展和它与中国历史文化传统的联系,以及组织国际科学界反法西斯统一战线等若干重要问题。"[3]

值得注意的是,中国地质学会这次会议的地点,就设在李长之任教的重庆中央大学,具体时间为1942年3月20日。碰巧的是,李长之《大时代中学者应有之反应》一文的落款时间为"1942年4月25日",距离这次会议的召开仅仅过去了一个月。李长之极有可能聆听了此次会议,而大会上所宣读的李四光的《二十年经验之回顾》一文中"组织国际科学界反法西斯统一战线等若干重要问题"的内容,很有可能就涉及了德国学者治学"太专"、导致德国社会党"横行"等话题。由于李长之素来关注德国文化,所以对此番言论的印象格外

---

[1] 树人,姜葳:《李四光传》,时代文艺出版社,2012年,第73页。
[2] 陈群等:《李四光传》,北京人民出版社,2009年,第142页。
[3] 陈群等:《李四光传》,北京人民出版社,2009年,第143页。

深刻，一个月后他在《大时代中学者应有之反应》一文中谈论相关话题时，便能很自然地转引李四光的这一评价。

李四光关于德国学者治学"太专"的批评，给向来仰慕德国文化的李长之产生了颇为深刻的影响。大约一年半后，李长之又写作了一篇谈论德国学者治学得失的文章，即《论德国学者治学之得失与德国命运》。他声称是对于德国文化"不期然而然的一点反省"①，其中也谈到了德国学者在治学上"太专"的这一特点。在这篇文章中，李长之冷静地思考德国的"专才教育"问题，尽管他依然同意李四光的批评意见，但同时也发现了它所具有的独特优势，并深入地论述了它与德国文化之间的密切联系。也正是这篇文章，深深地影响了他在《论中国过去学者治学之失》一文中对于中国传统"通才教育"的批评，以及对于西方"专才教育"的肯定。

在《论德国学者治学之得失与德国命运》中，李长之直接点出了德国命运与德国学者治学精神之间的紧密联系，他具体分析了德国文化"思辨""形而上"的特点，其优势在于容易"深入"、形成"大系统"等，但缺陷在于"一错全错"，以及政治上的"征服一切"等方面②。李长之由此进一步指出，德国学者往往"不问政治""不懂政治"，因此"很容易被流氓式的政客所操持并利用（采用李四光先生的说法）"。在他看来，这是"因为他们太注意于一方面了，就太忽略另些方面，具体地说，是偏，是缺少通才。一个民族，如果人人以通才自命，固然危险，但是通才太少了，也决非国家之福"③。可以看到，李长之几乎直接沿袭了李四光对于德国学者的批评性评价，并指出德国"缺少通才""通才太少"这并非"国家之福"。然而值得注意的是，作为德国这种教育方式的反例，却是"一个民族，人人以通才自命"，这里所指的大约是中国传

---

① 李长之：《梦雨集·自序》，见《梦雨集》，《李长之文集》（第3卷），河北教育出版社，2006年，第308页。
② 李长之：《论德国学者治学之得失与德国命运》，见《梦雨集》，《李长之文集》（第3卷），河北教育出版社，2006年，第334-335页。
③ 李长之：《论德国学者治学之得失与德国命运》，见《梦雨集》，《李长之文集》（第3卷），河北教育出版社，2006年，第335-336页。

统的人文教育，李长之也清醒地意识到它是"危险的"。就此而言，李长之似乎已经初步形成对于片面注重"通才教育"或"专才教育"有所不满的看法，这正是他日后提出"寓通于专"这一主张的重要前提。

同时李长之还指出，德国人有着"非常情感"、十分"彻底"的精神，这使他们在学问上追求"精确"，有着高度发达的工业文明，这正体现出德国"专才教育"的重要优势。然而，因为德国学者"不能注意世界政治"的缘故，"于是实验科学和高度工业都成就了他们统治者所'为所欲为'的'国防'"[1]。直到最后，李长之还再次提出，"德国学者在战后应该有所觉悟，再不要被统治者牵了鼻子走"，并认为这同样是值得中国学者"借鉴"的[2]。从这些论述看，李长之虽然对于德国"专才教育"的优势有所发现和肯定，但对于这种教育方式具有的弊端仍时刻充满警醒。正是这种"专才教育"造成德国学者的"不问政治"，甚至"也不在意"那些发达的科学与工业文明的最终用途。在某种意义上，德国在第二次世界大战中最终选择了法西斯的立场，那些"不懂政治""不问政治"的德国学者也并非完全没有责任。

其实换一个角度看，即使没有听到过李四光有关德国学者"太专"的批评，李长之迟早也会对德国学者、德国文化与德国命运展开深入的反思，写出类似《论德国学者治学之得失与德国命运》这样的文章。因为这一切正是李长之心头的重要困惑：一方面德国古典文化令人无比仰慕，她孕育了康德、歌德等令人钦佩的伟大人物，另一方面德国在第二次世界大战中成为法西斯国家，即德国文化同样产生了希特勒这样的可耻罪人。那么到底应该如何理解"德国文化"呢？当然，这一困惑绝不仅仅单纯属于李长之个人，而属于抗日战争期间所有仰慕德国文化的中国学者，比如宗白华、贺麟、冯至等，这正是那个时代所有德国文化爱慕者们必须面对的问题。从这个角度言，李长之有关德国学者与德国命运的思考，注定是必然的。

---

[1] 李长之：《论德国学者治学之得失与德国命运》，见《梦雨集》，《李长之文集》（第3卷），河北教育出版社，2006年，第336页。
[2] 李长之：《论德国学者治学之得失与德国命运》，见《梦雨集》，《李长之文集》（第3卷），河北教育出版社，2006年，第336–337页。

单世联在《辽远的迷魅：关于中德文化交流的读书笔记》一书中，曾专门论述过德国文化的复杂性，以及中国学者对此的解释与接受。他指出，"更多的中国学者都倾向于把德国文化与其军国主义、民族主义区分开来""此后对德国了解更深的冯至、贺麟等人，都注重分析德国民族内在精神与外表形式的分裂性，意在从纳粹浩劫中拯救优秀的德国文化"[1]。在某种程度上，李长之将德国学者归为"专才"时，他既看到了这种"专才"所具有的优势，也批评了其所具有的弊端，尽管站在了一个颇为新颖的角度，他也是在有意无意地尝试德国文化的"拯救"工作。

在随后的《中国现代性与德意志文化》（下）一书中，单世联再次论及德国文化的这种复杂性，并将其称为现代德国的重要特点，即"文化与强权携手合作"，还进一步分析："从消极的方面看，德意志的文化渴望妨碍了他们的政治关怀。德国人习惯于视文化为政治的代替物，他们逃向内省的心理世界，加剧了对现实政治的弃绝。……这种政治冷漠的结果是极大消弱了集体道德、政治理念和公共权力，使暴政得以畅通。"[2]显然，单世联也关注到了，德国人的"政治冷漠"与德国"暴政得以畅通"有着某种必然性的联系，他的这一看法与李四光、李长之在民国时期所强调指出的由于德国学者治学"太专"而导致了"暴政"横行的分析，几乎完全一致，这也从另一个角度印证了李四光、李长之上述分析的合理性。

如若比较来看，单世联更多地将这一切看作德国文化本身的特点，看作由德国学者对待"文化"与"政治"的不同态度决定的。这大约也是学界较为普遍的一种看法。李长之、李四光却将根源进一步挖掘到德国学者所受的"专才教育"上，认为这是德国教育体系中缺乏"通才教育"，缺乏对政治关心的教育方式导致的，这为人们理解"德国文化"的复杂性提供了一个崭新的视角。当然，这其中涉及中、西不同的文化与教育方式等复杂原因，值得展开进一步深入思考，然而有必要提及的是，单世联在多部谈论中国学者与德国文化关系

---

[1] 单世联：《辽远的迷魅：关于中德文化交流的读书笔记》，上海外语教育出版社，2008年，第199页。
[2] 单世联：《中国现代性与德意志文化》（下），上海人民出版社，2011年，第773页。

的研究著作中，从未提及李长之《论德国学者治学之得失与德国命运》这篇重要文章，也从侧面反映出学界对于李四光、李长之关于德国文化的上述分析还是较为"陌生"的。

大体上说，正是在《论德国学者治学之得失与德国命运》一文中，李长之既看到了德国"专才教育"具有的深入、精确与彻底等强大优势，也反思了由于他们"太专""不懂政治"所导致的德国特殊的政治命运，从而进一步加深了他对西方近现代以来"专才教育"全面特点的清醒认识，为他日后更深入地论述"专才教育"与"通才教育"的关系，做好了必要的思想准备。

三、"寓通于专"的教育理想

李长之关于"通才教育"与"专才教育"的深入思考与全面论述，还要等到《谈通才教育》这篇佚文的出现。在这篇文章中，李长之系统地梳理了中、西两种不同教育方式的优势与缺陷，并在此基础上正式提出"寓通于专"的教育主张。对于这一教育理想，李长之在随后《徘徊在十字路口的大学教育》这篇书评中，也专门予以再次重申和强调。

在《谈通才教育》一文中，李长之先是简单追溯了"通才教育"在中、西教育历史上的普遍存在，然后指出"专才教育"在近现代以来的出现，以及由此带来的中、西教育方式的差异。随后，他又进一步展开了对于"通才教育"与"专才教育"各自优势与缺陷的详细分析，并由此正式提出"寓通于专"的教育主张。

首先他分析了西洋教育史上"Liberal Education"的译法，认为将其翻译为"自由教育"或"人文教育"都不适宜，这一语词的最好译法只有两种："自由民教育"（侧重字面）或者"通才教育"（侧重内涵）[①]。可以说，这正是李长之对于"通才教育"基本意义的理解。此词意味着在西方早期的教育历史上，也曾出现过"通才教育"，其重要的教育目的是要培养"自由民"，即属于强调人的全面、健康和自由发展的教育。

---

① 李长之：《谈通才教育》，《教育短波》，1947 年（复刊）第 1 卷第 2 期。

在李长之看来，中国早期的教育历史中同样存在这种"通才教育"。他指出，中国古代有所谓的君子、小人之分，"小人"就是奴隶，他们接受的教育主要是某种技艺；"君子"就是自由民，他们接受的教育主要是政治的原理或从政的方法，而不限于特殊的技术。李长之认为，中国古代"君子"所接受的这种教育，即所谓的"通才教育"。而且在中国古代，有着较为明显的崇尚"通才教育"的倾向，当年"樊须要学圃，要学稼"，还"遭到孔子的申斥"，就是一个很好的例子。

然而，尽管中、西方在早期的教育历史上，都曾出现注重"通才教育"，到了近现代以后，这种情况很快就发生了重要的转变。李长之认为，"近代自文艺复兴之后"，西方就开始发生重要的转向，"可说一直走着一个专家教育的路子"，这方面最为极端的例子就是德国[1]。与此同时，中国的情况却完全不同，由于"孔子所倡导的君子教育支配了两千多年"，所以迄今为止，"中国则一直是走着通才教育的路子"[2]。也就是说，自近现代以来，西方传统的"通才教育"方式已经被彻底打破，代之而起的是"专才教育"的盛行，而中国却从古至今一直奉行"通才教育"，从未发生过任何根本性的改变。这就带来了中西方在教育模式上的重要差异，各自分别成为"通才教育"与"专才教育"的倡导者和施行者。

然而，"通才教育"与"专才教育"到底哪个更好一些呢？对此，李长之作出了耐人寻味的回答。他写道："我认为这是个不必争执的问题。理由很简单，因为二者都重要。而且专重其中之一，一定就有流弊。"[3]正因为如此，在李长之看来，中、西以往的教育可能都算不上真正成功，由于它们各有侧重，也就各有流弊。比如德国学者治学"太专"，导致国家被"一群流氓政客"随意操纵，这与李长之此前的评价基本一致。他尤其重点分析了中国的"通才教育"，认为在技术并不发达的古代也许还看不出它有什么流弊，传统的士大夫

---

[1] 李长之：《谈通才教育》，《教育短波》，1947年（复刊）第1卷第2期。
[2] 李长之：《谈通才教育》，《教育短波》，1947年（复刊）第1卷第2期。
[3] 李长之：《谈通才教育》，《教育短波》，1947年（复刊）第1卷第2期。

"多半可以坐而论道,起而治国平天下,行有余力,还可以饮酒赋诗,琴棋书画",但随着近代以来对于技术需求的不断增加,"从前的'君子'便只好成了游手好闲的浪费者,无以存身,便只好去兴风作浪,进行所谓'政治活动'。中国在近代的不安定,十之八九要溯因于此"①,与此同时,中国社会上却欠缺各类急需的技术人才。显然,中国传统的"通才教育"同样具有严重的弊端,必须正视,并尽快改变。

可以看到,无论是西方近现代以来的"专才教育",还是中国传统的"通才教育",它们都有一些缺陷和弊端,都不是李长之心目中最为理想的教育方式。不过让李长之欣慰的是,中、西方都已意识到上述问题,从而都在积极地进行着调整。比如,西方在战后已经开始提出"一般教育"(General Education,或译"通识教育")的主张,中国的高等教育方针也逐渐注重培养"专门人才"。然而,李长之心中却仍有挥之不去的忧虑,用他自己的话说,即所谓生怕"如扶醉人,扶得东来西又歪"②。具体地讲,他担忧中国因为急于补救自己所缺失的"专才教育",而一时疏忽或干脆放弃传统的"通才教育",由此从一个极端走向另一个极端。正是出于这样的担心与顾虑,他提出了"寓通于专"的教育主张,希望能够借此有效地做到"通才教育"与"专家教育"二者兼顾,并对中国的教育改革贡献了自己的几点意见。

其次,李长之没有轻易地否定"通才教育"或"专才教育"各自的优势,他明确指出,"通才教育的长处,我们不该抹杀"。不仅如此,他还进一步指出了这两种教育方式在运用时的复杂性,"我们不可认为就这两种教育的本身上定取舍,取舍的标准,应一看环境的缓急,二看受教育者的个性"。在李长之心目中,"寓通于专"才是他真正期待的教育理想。他这样写道:

> 最理想的教育,应该是寓通于专。小而言之,让每个人有一技之长,不致作社会的纯粹消费者,不致让他想由不正当的方法以求生存,

---

① 李长之:《谈通才教育》,《教育短波》,1947年(复刊)第1卷第2期。
② 李长之:《谈通才教育》,《教育短波》,1947年(复刊)第1卷第2期。

大而言之，则让每个专家有一点澄清天下的胸襟，就大处着眼的气度，以及应付整个局面的能力，可以备而不用，不可用时抓瞎！①

为了更好地说明"寓通于专"这一教育理想，李长之举了斯宾诺莎的例子，他既可以"探索宇宙人生的真谛"，又会"磨镜片"；还有翁咏霓先生的例子，他既是"埋头地质"的"专家"，同时也是"担负全国的资源处理"的"通才"。所谓"寓通于专"，在李长之的理解中，首先必须肯定"专才教育"存在的必要性，每个人在现代社会中要想生存，就必须具有"一技之长"，这样才能不给社会增添负担，这无疑是他对西方近现代以来"专才教育"的接受和认可；与此同时，他也高度重视中国传统的"通才教育"，认为每个专家都应该有关心国家和社会的博大胸襟与气度，这一点来自他对德国"专才教育"的深刻反省，也与他在"大学教育"中有关"大"的方面的规定颇为重合，这正是李长之对于中国传统人文教育特色的吸收与坚持。可说，"寓通于专"的教育理想，正是李长之对中、西教育主张进行深刻反思基础上的继承与发扬，是充分融汇了中、西教育的优势凝练而成的理论结晶。

最后，李长之还指出"寓通于专"在具体实施时应该考虑的问题，如"大学里的教授也先要有一点专而兼通的素养"等②。总而言之，在李长之的眼里，"寓通于专"的教育理想可谓中国教育改革的"上上策"，应当大力提倡，并尽快付诸实施。

毫无疑问，"寓通于专"是李长之最为看重的教育理想，他在一年后的同原著名的书评文章《徘徊在十字路口的大学教育》中，再次提及并重申了这一教育主张。《徘徊在十字路口的大学教育》（*The University at the Crossroads*）一书的著者为"Herry E. Sigerist"，李长之在文中将其称为"西格利斯特教授"，此书于1946年在纽约正式出版，可谓美国当时最新的教育论著。李长之对于此书的浓厚兴趣，主要来自老朋友蒋豫图。蒋豫图在翻译此书的过程中，曾与李

---

① 李长之：《谈通才教育》，《教育短波》，1947年（复刊）第1卷第2期。
② 李长之：《谈通才教育》，《教育短波》，1947年（复刊）第1卷第2期。

长之进行过多次讨论，还在译完之后请李长之负责校对全书。李长之则在"一个标点也不放过地校完了"译文之后，"受着同样的感动了"①。出于对书中诸多观点的理解与赞赏，他热情地写下了这篇书评文章。

《徘徊在十字路口的大学教育》一文具体评论西格利斯特教授的观点时，李长之谈到了自己刚写作的文章《谈通才教育》，重申了他的"寓通于专"的教育主张，并声称这与此书著者西格利斯特教授的看法非常一致。他写道：

> 在前年，我曾在《教育短波》副刊第二期上，发表了一篇《论通才教育》的文章，我提出"寓通于专"的口号，可说与著者西格利斯特教授的意见不谋而合。现在恐怕只有顺了这个路径走！专家而只是专家，将是社会的废物，甚而是阻碍社会进步的绊脚石（因为他会为腐烂的反动势力帮凶），反之，仅仅是通才，也将不能适应现代复杂的文化，所以只有"寓通于专"最合理！②

可以看到，李长之依然坚持他此前提出的"寓通于专"的教育主张，更重要的是，通过对西格利斯特教授《徘徊在十字路口的大学教育》一书的阅读，李长之惊喜地发现，此书也十分支持"寓通于专"的教育理想，这无疑证明了李长之这一主张的合理性。这也表明，西方教育界同样开始反省"专才教育"模式的弊端，并逐渐从中国传统的"通才教育"中汲取有益经验。

事实也表明，李长之的这一感觉是敏锐而准确的。已有学者在相关研究中指出，"通才教育作为一种教育哲学、教育思潮，同时也作为一种改革教育的实践，战后首先是在美国应运而生的"③。当时哈佛大学的校长詹姆斯·布·柯南

---

① 李长之：《徘徊在十字路口的大学教育》，见《李长之文集》（第4卷），河北教育出版社，2006年，第267－268页。
② 李长之：《徘徊在十字路口的大学教育》，见《李长之文集》（第4卷），河北教育出版社，2006年，第266页。根据笔者的查证，此处的信息存在一些误差需要说明：一此文的题目应为《谈通才教育》，并非李长之所自述的《论通才教育》；二此文发表在《教育短波》1947年第2期，并非李长之所说的"前年"（1946）第2期。
③ 杨东平：《通才教育论》，辽宁教育出版社，1989年，第106页。

特面对教育危机与挑战,曾于1945年负责专门委员会,出版了轰动一时的《自由世界的通才教育》,他并在哈佛大学经过五年实验之后,于1951年正式施行了著名的"普通教育制度"。哈佛大学在20世纪40年代末的这次教育改革,掀起了世界范围内"通才教育"的热潮,对西方教育思潮与现代教育的发展产生了深刻的影响。由此观之,西格利斯特教授的《徘徊在十字路口的大学教育》一书,正是产生于美国这场"通才教育"改革热潮之中,自然会对"通才教育"问题多有肯定,这正是此书深深吸引蒋豫图、李长之的重要原因。

有必要补充的是,冯友兰先生在"贞元六书"的《新事论》一书中也谈论过"专才教育"与"通才教育"的问题,不过他的看法与李长之并不完全相同。在《新事论》中,冯友兰谈及未来的教育趋势时认为,"专才教育"将是未来教育的主导趋势,传统的"通才教育"将很难继续存在。他明确地指出:"自今以往,社会上所需要底人才,并不是'无所不知,无所不晓'底'百事通',而是专通一门专精一技底专家。"[①]由此观之,在"通才教育"与"专才教育"的问题上,李长之与冯友兰都充分意识到"专才教育"在现代社会的重要性与迫切性,从而热切地提倡"专才教育",但两者也存在微妙的差异。具体来讲,冯友兰站在未来教育的现实发展这一角度,基本上否定和排斥了"通才教育"存在的可能性,而李长之却基于对未来社会教育模式的理想类型的考虑,在提倡"专才教育"的前提之下,依然肯定"通才教育"所具有的重要意义。李长之在提倡"寓通于专"这一教育主张之前,对冯友兰《新事论》一书中的上述看法,应该是十分熟悉的,然而,他却没有直接承袭恩师的相关看法,而是根据自己的思考,积极提供了一种新的见解。这一点着实可贵。

另外前面提到,朱光潜在这一时期也对"通才教育"与"专才教育"问题有过非常系统的思考,他的看法与李长之存在很多的相似之处。杨东平在《通才教育论》一书中曾指出,朱光潜认为大学教育与专门学校教育有着重要的不同,后者是要培养专门的技术人才,而前者担负着"从事理论研究""发展各科学术与推进全文化的责任"。因此,朱光潜明确指出:"理想的大学生应退可

[①] 冯友兰:《新事论》,邵汉明编选:《冯友兰文集》(第4卷),长春出版社,2008年,第200页。

为专才，进可为通才，以其所学施之于特殊职业，固可措置与裕如；施之于领导社会，主持政教，亦可以迎刃而解。"①按照朱光潜的理解，大学生首先应当具备的是"专才"的能力，同时更应该具有"领导社会""主持政教"的"通才"素养，也就是说，不仅可以做好本职工作，而且有能力承担社会和国家的重要职责。前面李长之强调，大学生必须有"一技之长"，同时也应有"澄清天下的胸襟""就大处着眼的气度"与"应付整个局面的能力"。可以看到，他们二人的看法表现出惊人的相似。微妙的差异在于，朱光潜尚没有把这一想法直接概括为教育主张，而李长之则鲜明地提出了"寓通于专"的倡导。同时，朱光潜对这一问题的思考，可能更多是基于"大学教育"与"专门技术学校"之间的区别，而李长之对这一话题的论述，则立足于对中、西不同教育方式的深刻反思，并且从属于他"中国文艺复兴"在"思想建设"方面的规划，因此有着更为厚重的文化渊源，也承担着更为艰巨而重大的时代使命。

时至今日，"专才教育"在现代中国社会已经蓬勃兴起，这充分印证着冯友兰先生在20世纪三四十年代所作出的分析和判断。但与此同时，随着当下专业化、分工化趋势的日益细密，"专才教育"的弊端也逐渐凸显出来。李长之曾经担忧的，所谓"扶得东来西又歪"的情况，正是当今中国教育所面临的重要问题。鉴于此，教育界的很多有识之士纷纷提出教育改革的建议，表达出对于"通才教育"的热切呼吁。在这样的背景下，重新思考李长之在"中国文艺复兴"思想中所提出的"寓通于专"这一教育理想，仍具有重要的参考意义和启发价值。

本章小结

本章重点考察了李长之"中国文艺复兴"思想的教育基础，主要从三个方面展开论述：一是"审美教育"，李长之的相关思考既有复兴中国传统审美文

---

① 朱光潜：《文学院》，见《全国专科以上学校最近实况》附录《升学指导》专号；转引自杨东平：《通才教育论》，辽宁教育出版社，1989年，第202－203页。

化的努力，也有对德国古典美学精神的积极吸收，还有对蔡元培先生"以美育代宗教说"的深化与发展；二是"大学教育"，李长之认为这涉及"五四"新文化运动如何进一步深化为"中国文艺复兴"运动的问题，也涉及"中国文艺复兴"在整个社会的具体实施路径问题；三是中国传统"通才教育"与西方"专才教育"，李长之在反思它们优点与缺陷的基础上，提出了"寓通于专"的教育理想。总而言之，有关"教育"问题的思考，是李长之在"中国文艺复兴"规划中"思想建设"方面的重要内容，它们对于中国当下的教育改革及"中国文艺复兴"建设，都具有着重要的参考意义和启示价值。

第五章

中西文化的交锋与开创

——重评"科学与人生观"论战

第五章　中西文化的交锋与开创

在近现代中国特有的文化语境中，尤其是"五四"新文化运动时期，"科学"一直占据着"至高无上"的位置[①]。然而在20世纪20年代爆发的那场激烈的"科学与人生观"论战中[②]，学界对于"科学"的功能展开了针锋相对的争论与思考。尽管这没动摇"科学"在中国的权威地位，却在一定程度上使"科学"在中国语境中的复杂意味得以进一步彰显。学界一般倾向于认为，"科学与人生观"论战在本质上其实是一场中西文化的论争，是西方近代文化（科学）与中国传统文化（人生观或玄学）的交锋[③]。因此，这场论战自然成为李长之"中国文艺复兴"思想非常关心的话题，构成了他这一思想重要的学术基础。

李长之关于"科学与人生观"论战的论述，主要涉及两篇文章：一篇为书评《民族复兴之学术基础》（1936），这是他关于这一论战最早的评价文字，影响了他"中国文艺复兴"思想的酝酿准备；另一篇为《科学对人生的启示》（1942年4月25日），他不仅重新评价了这一论战，还提出了新的见解，该文与他此时积极倡导的"中国文艺复兴"有着密切的思想关联。遗憾的是，目前学界几乎没有关注过李长之的上述思考，从而造成学界无论是在"科学与人生观"论战的研究中，还是在李长之"中国文艺复兴"思想的研究中，都出现了一些认识上的盲点。有鉴于此，本章将尝试对这一话题展开探讨。

[①] 参见胡适：《科学与人生观·序》，《科学与人生观》，岳麓书社，2011年，第9页。
[②] 张君劢于1923年初在清华大学作了"人生观"演讲，由此引发了历时一年有余、几乎当时所有学界名流都卷入其中的"科学与人生观"论战，成为中国现代学术史上非常重要的一次学术论争。此次论战又被称为"科学与玄学论战"或"科玄论战"。
[③] 参见朱耀垠《科学与人生观论战及其回声》（上海科学技术出版社，1999年）、汪晖《现代中国思想的兴起》（上海三联书店，2008年）、单世联《中国现代性与德意志文化》（上海人民出版社，2011年）等。

第一节　"玄学派"的评价与"儒学"倾向

在20世纪20年代的"科学与人生观"论战中,"玄学派"一方被普遍认为"失败"了,作为"玄学派"主要代表的张君劢,一度也被称为"玄学鬼"[①]。10年之后,尽管这场论战逐渐淡出了学界的视野,但张君劢显然没有忘记。在《民族复兴之学术基础》一书中,张君劢重新回顾了那场论战,并认真反思了自己当年在论战中的基本看法,尽管有所解释和说明,但他依然坚持"不改初衷"。在某种意义上,张君劢是幸运的,因为他由此遇到了像李长之这样的"知音"。在《民族复兴之学术基础》这篇书评中,李长之勇敢站出来重新评价了那场论战,作为一个冷静的旁观者,他根据自己的认识与理解,努力为"玄学派"进行"翻案"。当然,这并不只是单纯的"翻案",在对这场论战的重新审视与评价中,李长之悄悄地准备和酝酿着"中国文艺复兴"思想的最初萌芽,尤其是他对儒家文化的态度。

一、站在"玄学派"的一方

李长之对"科学与人生观"论战的最初兴趣,主要来自张君劢在《民族复兴之学术基础》一书中的相关论述。张君劢在此书的《人生观论战之回顾》(1934)[②]一文中,深刻反思了自己当年在这场论战中的基本观点,并重新阐述了对于这一问题的理解与看法。除此之外,在该书所收录的《学术界之方向与学者之责任》《科学与哲学之携手》《〈五十年来的德国学术〉序》等多篇文章里,张君劢也都直接或间接地谈论了"科学与人生观"的话题。

张君劢突然写作《人生观论战之回顾》一文,并非出于偶然,而是因为距离当年的"科学与人生观"论战,正好有"十年"了,他希望能够给这场论战"做个纪念"[③]。由此来看,作为当年"科学与人生观"论战的发起者,尽管相

[①] 参见郑大华:《张君劢》,群言出版社,2013年,第61—79页。
[②] 此文为张君劢1934年在广州岭南大学的演讲。
[③] 张君劢:《人生观论战之回顾》,见《民族复兴之学术基础》,中国人民大学出版社,2006年,第79页。

隔了10年的沧桑岁月，张君劢依然无法忘却那场论战。在这份念念不忘的情感背后，固然有他对自己过去人生经历的回味，更有他"壮志未酬"的感慨，以及"继续前行"的勇气与决心。所以，他在文中不仅回顾了当年论战的情形，反思了自己的某些观点，还明确表达了对当年基本立场的"坚持"。

张君劢在《人生观论战之回顾》一文中，首先解释了自己当年使用"科学"一词的含义，强调只是用来指称"自然科学"的，而并非"全部科学"[①]；同时，他也质疑了当年将"科学"与"人生观"完全对立起来的看法，认为那样截然对立的表达与论述，连他自己"也不一定认为满意"，然而尽管如此，他却依然清晰地阐述了自己对于当年基本观点的支持，认为"人事界与自然界两方之不同"，在这一"根本"的立场上，他"现在仍然丝毫没有变更"[②]。可以看到，时隔多年回望当时的那场论战，张君劢的态度显得更加冷静与平和，然而他并没有表现出对当年基本观点的否定，而是予以适当的解释、说明或修正，使之更加趋于成熟。

与此同时，张君劢还重申了自己对"科学"的一贯态度，他认为自己是"受过康德的洗礼的人"，因此"不会看轻科学或反对科学的"[③]。这无疑与"科学与人生观"论战中人们对他的误解有关，是对他当年就表达过的自我辩解的再次重复。当然，后来的研究也一再表明，张君劢的确从来没有鄙薄过"科学"，真是当年的学界有些"误解"了他。不过富有悖论意味的是，人们的"误解"可能恰恰源于张君劢对"科学"提出了更高一层的要求。张君劢指出："我们不单接受西洋科学中之现成结果，同时我们必须能够对于科学本身，或者对于科学的前提，加以思考，加以批评。"[④]也就是说，在张君劢看来，单单强

[①] 张君劢：《人生观论战之回顾》，见《民族复兴之学术基础》，中国人民大学出版社，2006年，第80页。
[②] 张君劢：《人生观论战之回顾》，见《民族复兴之学术基础》，中国人民大学出版社，2006年，第80页。
[③] 张君劢：《人生观论战之回顾》，见《民族复兴之学术基础》，中国人民大学出版社，2006年，第83页。
[④] 张君劢：《人生观论战之回顾》，见《民族复兴之学术基础》，中国人民大学出版社，2006年，第82页。

调"科学"是远远不够的,必须在强调"科学"的同时,也注重"哲学",即所谓"科学与哲学之携手"①。可以说,正是因为强调了"科学"背后的"哲学"因素,从而对"科学"提出了比一般的理解要高的要求,张君劢反被人们误解为是只知注重"哲学"的"玄学鬼",并因此有偏差地认定他是轻视和否定"科学"的。在某种意义上,张君劢所坚持的仍然是当年论战中的基本主张,只是随着思考的不断深入,他予以这一主张的内涵更加清晰的界定与说明。

张君劢在《民族复兴之学术基础》一书中,对"科学与人生观"论战的重新回顾与深入论述,激发了李长之关于这场论战的浓厚兴趣。于是,李长之在书评《民族复兴之学术基础》中重新谈论了这场论战,并且勇敢地表达了与此前学界看法不同的另一种评价。

在《民族复兴之学术基础》一文中,李长之首先指出那场论战中"玄学派"的失败,以及这一结果对于张君劢所产生的重要影响。他写道:"自那次后,一般人都以为是自然科学的胜利,和玄学的失败,而失败的代表人物,就派定了张君劢。因此使张君劢先生不能不对自然科学更加注意了,更加了解了,在《五十年德国学术序》中,我们就见到,以长治文哲的张君劢先生,所侧重的乃在自然科学,精神科学竟略而不论,这是一个好证据。"②由此可见,李长之充分注意到,当年论战中"玄学派"一方"失败"的境遇;同时也敏锐地意识到,这一"失败"的结果对于张君劢所产生的重要影响。在他看来,张君劢在20世纪30年代以后,逐渐转向了对"自然科学"更加深入的了解和重视,这正是受到论战"失败"的影响。然而,从李长之个人的角度来看,"玄学派"是否真的"失败"了呢?关于张君劢对"科学"的理解和态度,李长之又会给予怎样的评价呢?

在这些问题上,李长之显示出与学界一般看法的重要差异。一反此前学界对张君劢与"科学"关系的误解与偏见,李长之高度肯定了张君劢在"科学"

---

① 张君劢:《科学与哲学之携手》,见《民族复兴之学术基础》,中国人民大学出版社,2006年,第78页。
② 李长之:《民族复兴之学术基础》,见《李长之文集》(第4卷),河北教育出版社,2006年,第132页。

问题上的认识与看法。在李长之看来，张君劢对于"科学"的认识，其实要"较一般人为深刻"，尤其是张君劢谈论"科学"发展的问题时，对于"思想问题"与"哲学"的重视，"到现在这恐怕也还不能为一般人所理解"①。不难看出，李长之认为，张君劢对于"科学"的理解十分深刻、睿智，非常富有远见，并由此表达了对张君劢"科学"观的充分接受与认可。

值得一提的是，遥隔了七十多年的岁月，当学界重新评价张君劢在"科学与人生观"论战中关于"科学"的观点时，竟然与李长之的上述看法"不谋而合"，这不禁让人佩服李长之当年敏锐的学术洞察力与可贵的学术勇气。比如，单世联在《中国现代性与德意志文化》（下）（2011）一书中，经过详细的考察和分析之后，明确指出："纵观'论战'前后张君劢的全部言论，从来没有反对科学的观点，更没有反对中国引进西方科学的主张。"②并由此指出丁文江等人将张君劢称为"玄学鬼"，其实是"没有根据的"③。值得注意的是，这不仅是单世联个人的看法，已逐渐成为学界的共识。可以说，作为在"科学与人生观"论战中"失败"一方的代表，张君劢一直处于学界的深深"误解"之中。张君劢用"十年"的时间，幸运地等来了李长之这位"知音"的出现，而用"七十年"左右的时间，才终于迎来学界对于他的真正理解与全面认可。

不仅如此，李长之还认为，张君劢在"科学与人生观"论战中的很多观点都是很有道理的，甚至于"实在是平平常常的话"，在外国学界几乎都是"常识"，但中国读者却认为非常"离奇"④。他还具体指出，张君劢对于"哲学的存在与玄学的意义"的论述，其实完全都是"实情"，"并不是杜撰"。为了进一步证明这一观点，他充分利用自己的专业知识，直接列举出冯德（M. Wundt）的著作《逻辑》（Logik）第三卷（《精神科学的逻辑》）一书，认为此书开头的

---

① 李长之：《民族复兴之学术基础》，见《李长之文集》（第4卷），河北教育出版社，2006年，第132页。
② 单世联：《中国现代性与德意志文化》，上海人民出版社，2011年，第867-868页。
③ 单世联：《中国现代性与德意志文化》，上海人民出版社，2011年，第868页。
④ 李长之：《民族复兴之学术基础》，见《李长之文集》（第4卷），河北教育出版社，2006年，第133页。

很多观点与张君劢非常相似。不仅如此，他还指出，最早提出并论述这一问题的"乃是康德"，因此张君劢才会说自己讲的都是一些"老话"①。在诸多材料的有力证明下，李长之明确地表达了自己对于张君劢观点的理解与支持，并由此认为，中国学者正是由于长期受到"专制政治下'定于一'的思想的流毒"，所以才会对张君劢充满偏见与误解。

这样一来，李长之在重新评判"科学与人生观"论战时，完全站在了"玄学派"一方。在某种意义上，他上面的诸多论述，都是试图为曾经"失败"的"玄学派"正式"翻案"。当然，这种"翻案"也只是一种表面现象，在其背后还隐藏着更加耐人寻味的意图。

二、"玄学派"与"现代新儒学"的兴起

从表面上看，李长之似乎只是在为"玄学派"翻案，但如果继续深入探讨李长之与"玄学派"观点一致的内在原因，就会发现，这种"翻案"与他此时正酝酿着的"中国文艺复兴"思想有着非常内在的关联，甚至可以说，正是因为有了对"科学与人生观"论战的关注，尤其是有了对"玄学派"张君劢相关看法的理解与接受，才促使李长之更加坚信在未来的"中国文艺复兴"事业中，儒家文化将扮演着重要的角色。

目前学界的相关研究已经表明，"科学与人生观"论战中"玄学派"一方张君劢的观点，对现代新儒学的发展有着非常重要的作用，可以说"形塑了现代新儒学的致思方向"，张君劢也因此被称为现代新儒学的"开启者"之一。②日后李长之在"中国文艺复兴"思想中热情提倡和"复兴"的文化，正是中国传统的儒家文化，这正好体现出与现代新儒学基本一致的文化倾向。所以说，李长之在《民族复兴之学术基础》一文中，对于"科学与人生观"论战的重新评价，尤其是对"玄学派"一方的支持，正与他这一时期酝酿的"中国文艺复

---

① 李长之：《民族复兴之学术基础》，见《李长之文集》（第4卷），河北教育出版社，2006年，第133页。
② 郑大华：《张君劢》，群言出版社，2013年，第81页。

兴"思想有着重要的联系。

汪晖在《现代中国思想的兴起》（下卷）的第二部《科学话语共同体》（2008）一书中，也专门谈论了"科学与人生观"论战尤其是"玄学派"代表张君劢在中国现代思想史上的重要地位。汪晖认为，这场论战是"五四"新文化运动以来有关"东西文化论战的一个自然的发展"[1]，而"玄学派"的主要代表张君劢的《人生观》演讲，可以追溯到梁启超的《欧游心影录》，而梁漱溟的《东西文化及其哲学》正是联系他们的"中间环节"[2]。在汪晖看来，从梁漱溟的文化理论到张君劢的人生观问题，"中国现代思想中开始了漫长的、从未真正完成的'主体性转向'"[3]，他们的文化理论或主张都充分地表现出"中国知识分子试图恢复自己的传统而进入新的全球化过程的努力"[4]，他们在日后都被看作"中国现代新儒家的开创性人物"，这表明了他们"为新儒家的发展提供了理论的前提、知识的准备和基本的视野"。正是在这个意义上，汪晖把"新儒家的兴起"视作"中国现代知识体系形构过程中的'主体性转向'的一部分"[5]。

在汪晖看来，"科学与人生观"论战在其骨子里是一场"中西文化"的论争，只是它"在知识的表象中遮盖了文化的冲突"[6]，这其中隐藏着的重要逻辑在于"用普遍问题（人生观）来对抗普遍的知识（科学），而不是用特定的文化（中国）去对抗优势的文化（西方），这表明在中国知识分子的心目中，所

---

[1] 汪晖：《科学话语共同体》，见《现代中国思想的兴起》（下卷）（第二部），生活·读书·新知三联书店，2008年，第1280页。
[2] 汪晖：《科学话语共同体》，见《现代中国思想的兴起》（下卷）（第二部），生活·读书·新知三联书店，2008年，第1314页。
[3] 汪晖：《科学话语共同体》，见《现代中国思想的兴起》（下卷）（第二部），生活·读书·新知三联书店，2008年，第1327页。
[4] 汪晖：《科学话语共同体》，见《现代中国思想的兴起》（下卷）（第二部），生活·读书·新知三联书店，2008年，第1329页。
[5] 汪晖：《科学话语共同体》，见《现代中国思想的兴起》（下卷）（第二部），生活·读书·新知三联书店，2008年，第1329页。
[6] 汪晖：《科学话语共同体》，见《现代中国思想的兴起》（下卷）（第二部），生活·读书·新知三联书店，2008年，第1330页。

谓'文明危机'已经不是某个文明的危机，而是整个人类文明的危机"①。张君劢有关"人生观"问题的论述，可以看作"寻求差异与偶然性的努力"，而且"深刻地隐含了弱势的文化和民族对'普适性文化'的拒绝"。因此，在某种意义上，张君劢的"人生观问题"可以看作"民族主义的知识前提"②。这样一来就可以很好地理解，张君劢为何会继20世纪20年代提出"人生观"问题之后，又在30年代开始从事《民族复兴之学术基础》一书的写作。他显然把"人生观"问题中所隐藏的"民族主义"文化倾向，在《民族复兴之学术基础》一书中以更加鲜明突出的方式呈现了出来。不仅如此，李长之在20世纪三四十年代致力于倡导"中国文艺复兴"时，同样可以追溯到张君劢"人生观"问题中所蕴含的某种"民族主义"文化倾向。只不过，他们试图充分挖掘中国传统儒家文化的价值，以"对抗"整个人类文明的危机，而不仅是去"对抗"西方。

可以看出，李长之在《民族复兴之学术基础》一文中对"玄学派"观点的接受和欣赏，并不仅仅是为"玄学派""翻案"，而是其中蕴含着更为深远而复杂的意义。可以说，李长之"中国文艺复兴"思想正是对"玄学派"张君劢相关文化主张的继承和发扬，尤其李长之"中国文艺复兴"思想中对儒家文化的热情提倡，更与张君劢"人生观"问题中所流露的"儒学"倾向有着极为密切的思想联系。这一切都充分表明，李长之"中国文艺复兴"思想恰恰与当年"失败"的"玄学派"一方有着更多"一脉相承"的关系。尽管在具体的观点上他们仍有很多分歧，但对于中国传统儒家文化在现代世界中重要价值的理解与重视，是"完全一致"的。在这一意义上，李长之的"中国文艺复兴"思想同样应该看作汪晖所谓的现代中国思想史"主体性转向"当中"不可或缺"的一环。

---

① 汪晖：《科学话语共同体》，见《现代中国思想的兴起》（下卷）（第二部），生活·读书·新知三联书店，2008年，第1332页。
② 汪晖：《科学话语共同体》，见《现代中国思想的兴起》（下卷）（第二部），生活·读书·新知三联书店，2008年，第1335页。

第二节 "科学派"的阐释与"五四"新文化运动评价

写完《民族复兴之学术基础》大约六年后,李长之在《科学对人生的启示》一文中再次表达了自己对"科学与人生观"论战的看法。有趣的是,李长之此前对于这一论战的关注,主要是为"失败"的"玄学派"张君劢进行"辩护",而在《科学对人生的启示》一文中,他则把关注的兴趣转移到当时"胜利"的"科学派"胡适与吴稚晖,在对他们的观点展开"批评"或"修正"的基础上,正式提出了关于"科学与人生"问题的新见解。

从另一个角度来看,李长之此前关于这一论战的谈论,应受到了张君劢《民族复兴之学术基础》的影响,因此属于"被动论述"。然而,他在《科学对人生的启示》一文中再次提及这一论战,则没有受到任何外在原因的直接诱发,完全是出于"主动论述"。这样一来,问题就变得复杂起来,为什么李长之会再次燃起对"人生与科学观"论战的关注热情?为什么他的论述兴趣会悄悄转移到"科学派"一方呢?也许,这一切都需要从李长之的"中国文艺复兴"思想尤其是从《迎中国的文艺复兴》一书中《五四运动之文化的意义及其评价》寻找答案。

一、对于"科学派"观点的修正

张君劢在1934年写作《人生观论战之回顾》一文时,明确声称是为了纪念"科学与人生观"论战"十周年"。时光飞逝,转眼就到了1942年,李长之又欣然动笔写作了《科学对人生的启示》一文,此时距离"科学与人生观"论战"二十周年"的日子已经不远了。因此,尽管没有任何直接的声明,李长之此文似乎具有某种象征意味,完全可以视为为纪念这一论战"二十周年"而作。可说,在20世纪三四十年代,张君劢与李长之可能正是对这一论战寄寓了最多深情的两位学者,这与他们对"科学"话题的关注有关,更与他们心中的"民族复兴"与"文化复兴"梦想有关。

当然,"纪念"的真正意义是为了更好地前行。因此张君劢尽管"不改初衷",但还是加强了对"科学"的论述,那么李长之关于"玄学派"的观点是否"一如当初"呢?对于"科学派"又有着怎样新的认识呢?这都是值得重点关注的问题。

在《科学对人生的启示》这篇长文中,李长之正式回顾了20世纪20年代的"科学与人生观"论战,并首次详细分析了当年"科学派"一方的主将吴稚晖、胡适等人的主要观点。显然,李长之这次已主动地查阅了当年论战的一些材料,完全是"有备而来"的,明显不同于此前文章仅围绕着张君劢观点而展开论述。

在《科学对人生的启示》的第一部分"历史的回顾"中,李长之首先大段地摘引了"科学派"主将吴稚晖关于"新信仰的宇宙观及人生观"的论述;然后还使用了近一整页的篇幅,详细征引了"科学派"又一主将胡适关于"知识与人生"关系的十大方面论述,这些论述出自《科学与人生观》结集出版时的序文;紧接着,还提及了张君劢在《民族复兴之学术基础》一书中的《科学人生观的论战之回顾》一文。根据李长之此处的叙述,在胡适题写了那篇序文之后,国内思想界"对此问题都竟寂然,不复过问了",张君劢的上述文章发表之后"也并没有搅起什么新波澜来"①。李长之的这一印象是准确的,因为"科学与人生观"论战的高潮时期正在1923—1924年,此后有关这一论战的讨论基本上就停止了。然而,就当这场论战在学界几乎已经"无人问津"时,李长之却带着几分孤独与倔强,重新谈论了自己对那场论战及"科学派"的一些看法。

李长之此前在《民族复兴之学术基础》一文中,明确表示对"失败"的"玄学派"主张的理解与赞同,由此推断,他对于"胜利"的"科学派"一方观点,应该是有所不满和质疑的。果不其然,李长之在《科学对人生的启示》中分析"科学派"的主张时,言语之间总是多少流露出某种"不满"的情绪。

---

① 李长之:《科学对人生的启示》,见《梦雨集》,《李长之文集》(第3卷),河北教育出版社,2006年,第338页。

然而耐人寻味的是，尽管李长之对于"科学派"吴稚晖与胡适诸种主张"有所不满"，但他采用了颇为"谨慎"的语言方式来表达，从而尽可能只将"不满"限定在某种程度与范围之内，并不涉及对其根本立场与方向的怀疑与反对。李长之这样写道："我并不完全同意吴先生和胡先生的话""科学所给人生的指示，真是像吴稚晖先生所说的……我看并不一定""科学所能给人生的导率，果然只像胡适之先生所说……我看也不尽然"[①]。从这里选择的语词来看，李长之先后使用了"并不完全同意""并不一定""也不尽然"等，这些语词含有的否定意味都十分微弱、并不强烈；或者说，他们表达出的只是"部分否定"，而不是"全部否定"或"彻底否定"。这充分暗示，对"科学派"的相关主张与看法，李长之只是"并不完全同意"而已，他在内心深处对他们并非"全盘反对"。

进一步言，李长之有所"不满"的，只是吴稚晖与胡适在关于"科学究竟能给予人生怎样的启示"这一问题上所作的"具体阐释"而已，并不涉及对他们"科学会对人生有所启示"这一"根本立场"的怀疑。事实上，如果抛开具体阐释方式与程度上的差异，李长之在根本立场上与"科学派"是完全一致的，即非常赞同"科学会带给人生重要的启示"，这应是李长之将此文的题目定为《科学对人生的启示》的重要原因。也正因如此，李长之随后就展开了对"科学会带给人生怎样的启示"的深入思考，并充分表达了自己对这一问题的崭新认识与独特理解，从而对当年"科学派"一方的主张予以了调整、修正或补充（详见后文分析）。

单纯就李长之关于"科学派"的论述与态度来看，是没有任何问题的，但若联系他此前对"玄学派"的看法加以思考，不难发现他前后的论述出现了冲突或矛盾。因为他此前既然同意"玄学派"有关"科学与人生"论述的相关看法，又为何在这里同意"科学派"有关"科学与人生"的根本认识呢？更值得注意的是，在这里，李长之还明确表示了自己对张君劢相关主张的支持。他写

[①] 李长之：《科学对人生的启示》，见《梦雨集》，《李长之文集》（第3卷），河北教育出版社，2006年，第339页。此处的"导率"疑似《李长之文集》中的一处笔误，笔者推测应为"道理"。

道:"什么是科学?我也毋宁觉得张君劢先生的认识更为深入些。……我自己的认识,也是宁近于张先生这一方面的。"①由此来看,李长之在前后的论述中,的确出现了冲突与矛盾。然而,这可能只是一种表面现象,随后的分析将会表明,在某种程度上,这正意味着李长之在认识上的深化,他跳出了仅仅为"玄学派"进行"翻案"的小圈子,开始敞开心扉地理解和接受"科学派"的某些主张,从而对当年论战双方的观点都实现了超越。

更具体一点讲,李长之并没有彻底改变对"玄学派"张君劢看法的支持,上面论述矛盾的关键在于"科学"这一概念的所指发生了某种微妙变化。张君劢在《人生观论战之回顾》一文中指出,自己当年在"科学与人生观"论战中对于"科学"一词的使用,主要指的是"自然科学"而并非"全部科学"。事实上,这也正是当年"科学派"一方对于"科学"的理解。然而值得关注的是,张君劢在《〈五十年来的德国学术〉序》一文中专门解释,"科学"一词在德国的含义与在英、法等国的含义有着明显的不同。在德国人心目中,"科学"一词包含的范围很广,"若哲学、文字学、美学、国家学""凡在大学科目中而为学者所研究者",几乎都可以称作"科学";但英法等国对于"科学"的认识,一般倾向于专指"自然科学"②。有趣的是,德国与英法等国对于"科学"的不同理解,正意味着李长之与当年"玄学派""科学派"对于"科学"的不同理解,从而也是问题的关键所在。李长之在前面明确声称,自己对于"科学"一词的理解,是"宁近于张先生这一方面的",也就是说,李长之有关"科学与人生"关系的思考和论述,正是基于"科学"在德国文化中"囊括一切学术"的广义,而并非英法等国文化中专指"自然科学"的狭义。正是因为如此,他与"玄学派"张君劢当年关于"科学与人生观"论述中的看法之间,并不存在"根本冲突";而对于"科学派"吴稚晖、胡适有关"科学与人生"的论述,他当然也"不完全同意",因为他们都是在将"科学"理解为"自然

---

① 李长之:《科学对人生的启示》,见《梦雨集》,《李长之文集》(第3卷),河北教育出版社,2006年,第339页。
② 张君劢:《〈五十年来德国的学术〉序》,见《民族复兴之学术基础》,中国人民大学出版社,2006年,第124页。

科学"的层面上进行论述的。

由于李长之接受了"科学"更为全面而广阔的含义,所以当年"玄学派"所强调的"科学"("自然科学")与"人生观"之间的界限或鸿沟便泯然"消失"了。同时"科学派"有关"科学"(同样是"自然科学")与"人生观"之间密切联系的解释,也就显得不够"深刻"、不够"全面"了。因此也可以说,李长之继此前对于"玄学派"的理解与认可之后,又进一步地尝试理解"科学派"的某些看法;他一方面肯定了"玄学派"关于"科学"的相关阐释,另一方面又接受了"科学派"对"科学与人生"关系的基本认识,并在此基础上尝试作出新的解释与理解。在这一意义上,李长之对于 20 世纪 20 年代的"科学与人生观"论战,作出了某种富有意义的继承、总结与发展。

二、"科学派"与"五四"新文化运动评价

李长之会写作《科学对人生的启示》一文,重燃对于"科学与人生观"论战的兴趣,又将关注的兴趣点,从"玄学派"转移到"科学派"身上,这一切都不是偶然的,正与他当时提倡的"中国文艺复兴"思想,尤其是对"五四"新文化运动的评价有着重要的内在关联。在某种意义上,此文与《迎中国的文艺复兴》一书中的《五四运动之文化的意义及其评价》,构成重要的"互文本"关系。

从时间上看,《科学对人生的启示》一文的落款时间为"1942 年 2 月 25 日",而《五四运动之文化的意义及其评价》一文的落款时间为"1942 年 4 月 28 日"。如果仅仅据此判断,那么李长之是在《科学对人生的启示》一文中首先完成对"科学与人生观"论战中"科学派"的相关评价,时隔两个月,才展开了对"五四"新文化运动(其主要领导者正是当年"科学派"的主将)全面而深入的评价。然而事实上,还需要考虑到另一篇文章,因为《迎中国的文艺复兴》一书中收录最早的文章是《国防文化与文化国防》(1938 年 6 月 12 日),此文比上面两篇文章的写作时间要早四年,李长之在此文中就已对"五四"新文化运动展开过相关的谈论,尽管论述还比较简单,但基本观点正是《五四运

动之文化的意义及其评价》一文的理论雏形。由此而言，李长之是在初步形成对于"五四"新文化运动的基本看法之后，才专门分析了"科学与人生观"中"科学派"一方的主要观点，随后展开了对"五四"新文化运动的全面评价。换句话说，李长之在《科学对人生的启示》一文中对于"科学派"一方观点的分析，既受到了他此前对于"五四"新文化运动评价的影响，又反过来进一步影响了他对"五四"新文化运动的深入评价，二者之间有着非常复杂的相互促成关系。

值得关注的是，李长之在《五四运动之文化的意义及其评价》一文中直接而明确地论到了"科学与人生观"论战。他认为，能够概括"五四"精神的最好名词是"启蒙运动"，而"五四"时期最重要的特点就在"明白与清楚"，因此当时的学界也就"不唯不谈"，甚而"反感"深奥的"玄学"①，由此他自然谈到了当年的"科学与人生观"论战。李长之这样写道："最具体的表现，'人生观与科学的论战'充分表现了对于形而上学格格不入深恶痛绝的态度。自然，当时也还有'玄学鬼'的一方面，但一般人总以为胜利在打倒玄学鬼的一方面。这是时代精神！"②显然，李长之此处提及"科学与人生观"论战，主要是为了进一步证明"五四"新文化运动具有鲜明的"启蒙运动"特点，从而对其进行了激烈的批判。

因此粗略地看，李长之基本上延续了他此前在《民族复兴之学术基础》一文中对于"科学与人生观"的评价，即并不满意"科学派"一方对"玄学派"的批判。但仔细观察不难发现，李长之此次的叙述重心，主要集中于"科学派"一方而并非"玄学派"，他关注的是"科学派"对"形而上学""玄学"的那种"格格不入深恶痛绝的态度"。如果没有猜错的话，这应该正是他写作《科学对人生的启示》时，深入阅读"科学派"相关材料之后的结果。真实的情形更可能是，为了更好地证明"五四"是"启蒙运动"的这一评价，李长之

---

① 李长之：《五四运动之文化的意义及其评价》，见《李长之文集》（第1卷），河北教育出版社，2006年，第19-20页。
② 李长之：《五四运动之文化的意义及其评价》，见《李长之文集》（第1卷），河北教育出版社，2006年，第20页。

想到了在当年"科学与人生观"论战中,"科学派"对于"玄学派"的排斥,遂产生了重新关注那场论战的浓厚兴趣,尤其是重点考察"科学派"一方的主要观点,这也可能是《科学对人生的启示》一文真正的写作缘起。因而,"科学与人生观"论战中"科学派"的态度与表现,自然也就成为他在《五四运动之文化的意义及其评价》一文中评价"五四"时的重要证明材料。

李长之在《五四运动之文化的意义及其评价》一文中,认为"五四"新文化运动是"启蒙运动"而"并非文艺复兴",因此对其进行了毫不留情的批判,这已经引起学界的热切关注。然而,当人们从这一角度来解读李长之对于"五四"新文化运动的理解时,在无意中忽略了他对"五四"时期"科学"的评价,从而使李长之对"五四"新文化运动的复杂态度在一定程度上受到了遮蔽。

在《五四运动之文化的意义及其评价》一文的最后部分,李长之对"五四"新文化运动作了六点"批评性"总结,李长之在几年后的文章中曾明确指出,这些评价是"偏于不满意的方面的"[①],然而事实并非完全如此,《五四运动之文化的意义及其评价》在涉及"科学"内容的第四点总结就完全是"肯定性的",只不过容易被人们忽略罢了。李长之曾明确指出:"'五四'这个时代在文化上最大的成就是自然科学。很有一般人误会,认为'新文化运动'中最大的成绩是思想和文艺,这是不对的,我们只消看中国的学术团体的成立,以属于自然科学者为最早,并最有成绩。"[②]如果说李长之此文从"文艺复兴"的角度出发,通篇都充满了对于"五四"新文化运动的指责和不满的话,那么这里对于"五四"新文化运动在"自然科学"方面的重要成绩却是带着完全肯定和赞赏的口吻,几乎是此文中论述语调上的唯一"例外"。这意味着,李长之有可能对"五四"时期的那种"科学"(或者说"启蒙运动""清楚与明白")凌驾于"哲学与文化"之上的作风并不满意,但是对于"五四"时期"科学"的发展及其重要成就这一事实本身,李长之是接受与非常认可的。换句话说,

---

① 李长之:《保卫"五四"、发扬"五四"与超越"五四"》,见《李长之文集》(第1卷),河北教育出版社,2006年,第396页。
② 李长之:《五四运动之文化的意义及其评价》,见《李长之文集》(第1卷),河北教育出版社,2006年,第24页。

在李长之对待"科学"的态度背后，正隐藏着李长之对"五四"新文化运动在"批判"之外的另一种态度。

李长之关于"科学"的评价之所以会被人们有意无意地忽略，在一定程度上是因为学界缺乏对《科学对人生的启示》这篇"互文本"的关注。如果一旦注意到李长之在两个月前写过《科学对人生的启示》，并且他在文中对"科学"持有肯定性态度，那么必然会留意到他在《五四运动之文化的意义及其评价》中关于"五四"新文化运动"科学"方面的肯定性评价，进而也会意识到他对于"五四"新文化运动的复杂态度。可以说，正是借助《科学对人生的启示》一文中关于"科学派"的深入关注与思考，李长之才在《五四运动之文化的意义及其评价》中特意谈论到"科学"，并且"灵光一现"对其予以充分肯定，从而流露出了他对于"五四"新文化运动的复杂理解。

第三节 "科学"的新理解及其对人生的启示

李长之在《科学对人生的启示》一文中，明确地提出了有关"科学"的新理解，并在此基础上，深入探讨了"科学"给人生的重要启示。可以说，这正是李长之对"科学与人生观"论战所引发话题的进一步思考，同时也是他在"中国文艺复兴"思想中关于"科学"方面的重要理想，从而成为他"中国文艺复兴"思想的有机组成部分。因此，李长之有关"科学"话题的论述，一方面可以与此前张君劢、胡适对"科学与人生观"方面的相关论述形成一种对话关系；另一方面，又可以与随后顾毓琇在"中国文艺复兴"思想中对于"科学"话题的关注，形成重要的相互参照。

一、"科学"的新见解："真、美、善之合一"

李长之对"科学"一直怀有极为深厚的感情，他原本就是抱着"科学"的梦想北上求学的，还如愿以偿地考入了清华大学生物系，如果不是偶然在杨丙辰先生引导下阅读了康德的著作，他是不会在大二的时候转到清华哲学系的。

在《科学对人生的启示》的结尾部分，李长之这样写道："我惭愧我是科学工作队里的一个逃兵，现在写出此文，作为一个诚实的忏悔！"①由此可见，李长之内心对"科学"始终怀抱着一种真挚而深厚的感情。

细细想来，他在《民族复兴之学术基础》中谈论"科学与人生观"论战时，之所以会为"玄学派"作"翻案"文章，也正是因为首先看到了"玄学派"张君劢对于"科学"的充分认可与尊重。他在《科学对人生的启示》一文中重新评价"科学与人生观论战"时，对于"科学派"吴稚晖、胡适等观点的批评，也是因为觉得他们并没有真正意识到"科学"对于"人生"的重要影响。因此，完全有理由认为，李长之从始至终都是一个热爱、仰慕与尊重"科学"的学者，他对于"科学"有着某种特别的认同感与亲近感。正是因为如此，他才会在《科学对人生的启示》中详细阐释"科学"与"人生"的深刻关系，并把"科学"理想看作"中国文艺复兴"思想的重要组成部分。

李长之在《科学对人生的启示》一文中，首次正式而全面地谈论了自己对"科学"的看法，他对"科学"的世界充满了欣赏与赞美，对"科学"本质也作出了比常人更深一层的理解和认识。在他看来，"科学"会带给人生无限的启示，"科学"的最高境界应当是"真、美、善之合一"②，这也正是他心中最为期待的"科学"理想。

作为有着初步科学研究经历或经验的人，李长之毫不吝惜对"科学"世界的赞美之词。在他的眼中，"科学的世界丰富极了，美丽极了，严肃极了，也幽深极了"，并由此认为"科学"所能够给予"人生"的启示"实在是太多了"③。李长之在这里高唱起对"科学"的赞美之歌，"科学"不仅那样的丰富和美丽，而且还不失严肃与幽深；"科学"虽然并不专门教育人类，但给予人

---

① 李长之：《科学对人生的启示》，见《梦雨集》，《李长之文集》（第3卷），河北教育出版社，2006年，第345页。
② 李长之：《科学对人生的启示》，见《梦雨集》，《李长之文集》（第3卷），河北教育出版社，2006年，第339页。
③ 李长之：《科学对人生的启示》，见《梦雨集》，《李长之文集》（第3卷），河北教育出版社，2006年，第339页。

生很多的启示。更为重要的是，在李长之看来，"科学"与伦理道德、艺术之间并不存在所谓的"冲突"，而是和谐统一、息息相通的。他清晰地指出，"科学并不有背于伦理和艺术""分而观之，科学在求真，伦理在求善，艺术在求美。但就最高的境界看，三者是沟通的。最高的真，最高的善，最高的美，应该是一个东西"①。由此，李长之认为："最伟大的艺术品是平等的，最伟大的思想是一致的，最伟大的人格的表现是没有两样的""人类文化的真正最高点，就是在对于真，善，美的企求"②。可以看到，李长之高度重视"真、善、美"在最高境界上相统一的观点，也即"科学、伦理与艺术"在最终目标上是完全相通的。一般而言，人们总习惯于将"科学"看作"真"的代表，而李长之则在此为"科学"增添了"善"与"美"两个新的特征，这与他具有"文学批评与文艺美学"的专业背景相关。毫无疑问，这是李长之对"科学"的新见解，他在承认"科学"与其他文化之间界限的同时，创造性地发现了"科学"与其他文化的一致与相通之处，从而拓展了民国时期关于"科学"认识的视野。

在《科学对人生的启示》的最后部分，李长之再次重申和强调了"科学"是"真、善、美之合一"，并对种种歪曲"科学"的说法予以了有力回击。李长之写道：

> 有人觉得科学是超乎道德的。我不信。科学的活动中，就含有最高的道德。
>
> 有人觉得科学是破坏美的。我不信。不唯天文学是一首宇宙的长的赞歌，地质学何尝不是写悠久的时光的美丽的大篇幅的诗篇？显微

---

① 李长之：《科学对人生的启示》，见《梦雨集》，《李长之文集》（第3卷），河北教育出版社，2006年，第339页。
② 李长之：《科学对人生的启示》，见《梦雨集》，《李长之文集》（第3卷），河北教育出版社，2006年，第339-340页。

镜下的世界，不唯不是美的世界之破坏，而且是美的世界之开辟。①

这里关于"科学"世界的深刻理解和精彩论述，必然是出自对"科学"充满无限喜爱的人之手，甚至必然是出自对"科学"有着某种亲身体验的人之手，这正是李长之谈论"科学"时与一般人文学者的差异所在。由于李长之恰好同时具有对"科学"、"哲学"与"美学"的多重热爱，从而他才是谈论"科学与人生观"话题的最佳人选。在李长之的理解中，"科学"与道德（也即"善"）、美的关系，并非人们所想象那样"水火不容"，甚至恰好相反，它们彼此是"息息相通"的，是"合而为一"的。这种能够将"真、善、美"结合于一身的"科学"，正是李长之"中国文艺复兴"思想中所热切期待的"科学"理想。

事实上，李长之有关"科学"是"真、善、美之合一"的新见解，并非在《科学对人生的启示》一文中"一步达成"的，而是经过相关认识与思考的不断积累和准备，慢慢完成的。

最早启发李长之这一方面相关思考的，应是张君劢在《民族复兴之学术基础》中关于"科学"方面"真与善"问题的论述。张君劢在此书的《学术界之方向与学者之责任》一文中认为，"科学"应当与其他文化"并行不悖"，并正式提出"道德与知识并重"的观点②。随后，张君劢在《人生观论战之回顾》一文中又指出，单单有"科学"的"真"是不够的，甚至是危险的，应当"拿真与善并重，拿知识与道德并重"，这样的人生才有意义；同时，"以后的新思潮、新文化、新政治是建筑在真善并重的基础上。"③张君劢在这里提出的"知识与道德并重""真与善并重"的看法，尽管还只是倾向于认识"科学"与其

---

① 李长之：《科学对人生的启示》，见《梦雨集》，《李长之文集》（第3卷），河北教育出版社，2006年，第345页。
② 张君劢：《学术界之方向与学者之责任》，见《民族复兴之学术基础》，中国人民大学出版社，2006年，第29页。
③ 张君劢：《学术界之方向与学者之责任》，见《民族复兴之学术基础》，中国人民大学出版社，2006年，第92页。

他文化的关系,并不是直接谈论"科学"本身,但可能启发了李长之对"真与善"关系的最初思考,从而为他日后关于"科学"认识的深化,做好了思想准备。

随后,李长之在"审美教育"的深入思考与阐释中,又逐渐意识到"善与美"之间的密切关系,从而做好了进一步的准备。在《迎中国的文艺复兴》所收录的《古代的审美教育》一文中,李长之明确地指出:"这其中艺术的原理也就是人生的原理,美的极致也就是善的极致"①"'从心所欲,不逾矩'是所有艺术天才所遵循的律则,同时也是所有伦理家所表现的最高的实践,最美与最善,融合为一了"②。李长之在这里明确地意识到"美的极致"与"善的极致"是统一的,"最美"与"最善"是可以"融合为一"的,一语道破了"善与美的统一",尽管这只是谈论"艺术"与"伦理"的关系,但仍有可能激发了李长之日后关于"科学"问题的一些想法。

可以说,正是由于受到了张君劢"真善并重"思想的启发,加上李长之自身的"美善融合为一"想法,他最终在《科学对人生的启示》一文中,正式提出了"科学"是"真、善、美之合一"的新见解,这也是他"中国文艺复兴"思想对"科学"的独特理解。

另外,值得一提的是,李长之"中国文艺复兴"思想中对"科学与人生观"话题的关注,以及认为"科学"是"真、善、美之合一"的见解,在某种程度上影响了顾毓琇在《中国的文艺复兴》中的相关思考。顾毓琇在此书收录的《原子能时代的世界观》一文中认为,随着现代科学的发达,人们已经"正式进入了原子能时代"③,宇宙万物的生命开始"维系于'一霎那间'",因此这个新的时代"迫着人类产生新的'世界观'"④。可以看到,顾毓琇敏锐地注

---

① 李长之:《古代的审美教育》,见《迎中国的文艺复兴》,《李长之文集》(第1卷),河北教育出版社,2006年,第66页。
② 李长之:《古代的审美教育》,见《迎中国的文艺复兴》,《李长之文集》(第1卷),河北教育出版社,2006年,第69页。
③ 顾毓琇:《中国的文艺复兴》,见《顾毓琇全集》(第8卷),辽宁教育出版社,2000年,第219页。
④ 顾毓琇:《中国的文艺复兴》,见《顾毓琇全集》(第8卷),辽宁教育出版社,2000年,第222页。

意到了"科学"的发展与人类的"世界观"之间的密切联系，这无疑是对"科学与人生观"论战基本话题的承接，也是对李长之关于这一话题思考的延续。不仅如此，顾毓琇在此书所收录的《教育与人生》一文中还进一步指出，人类的教育正需要一种改造，但是这一改造"必须建立在真美善的人生教育"①。尽管顾毓琇所指的是"教育"并非"科学"，但同样流露出他对于"真美善"这些因素的共同强调，这意味着他的"中国文艺复兴"思想有着与李长之非常一致的期待与渴望。

二、"科学"对人生的重要启示

李长之在《科学对人生的启示》中认为，"科学"对于人生有着重要的启示，分别涉及三个大的方面与十个小的方面。如此众多的方面，与当年"科学与人生观"论战中的"科学派"一方的基本观点相比，可谓"毫不逊色"，甚至远远"超乎其上"，难怪他在此前对于胡适、吴稚晖的相关论述"并不完全同意"。当然，这也从另一个角度表明，李长之与"科学派"之间确实没有根本观念的分歧，而只是在具体阐释上存有差异。

首先，李长之高度肯定了"科学"在"提高人的地位""揭示人类的荣誉与尊严"等方面所作出的重要贡献，这正是"科学"对人生的第一个启示。他从各种现代科学专业的角度，列举人类对于宇宙世界奥秘的发现，从而证明"科学"对于人类地位的提高所作出的重要贡献。比如：植物形态学、比较解剖学、地质构造、电子量子、数学、宇宙放射线等领域内的科学发现，都提高了人的地位与尊严。在李长之看来，只有"科学"才能真正"给人类信心""给人类勇气"。他指出："在道德家所要苦口婆心地肯定的，就是要人知道自己的荣誉与尊严，现在的科学却给证实了！所以我说真和善的最高境界原是合一的。"②可以看到，李长之不仅充分肯定了"科学"的价值，还发现了"科

---

① 顾毓琇：《中国的文艺复兴》，见《顾毓琇全集》（第8卷），辽宁教育出版社，2000年，第173页。
② 李长之：《科学对人生的启示》，见《梦雨集》，《李长之文集》（第3卷），河北教育出版社，2006年，第341页。

学"与"人类"之间的紧密联系。

其次,李长之热情赞美了"科学"在"树立反功利的伟大人格"方面的重要贡献,这正是"科学"对人生的第二个启示。他引用了孔子、孟子、董仲舒,还有康德等关于"君子"或"道德"的定义,充分表明了"反功利"精神的重要性;同时,还对"功利主义"予以批评,认为"功利主义"正是"人类所有一切高尚理想的大敌"①。在此基础上,他进一步指出,"反功利"精神正是科学家最为本质而内在的精神品质。在他看来,真正的科学家必须"以真理为第一义",还应该尽量做到"绝对客观""绝对虚心""绝对有耐心",即应当具有"为科学而科学"或"为真理而真理"的精神,这才是科学家的"信条与纪律",也是科学家体现出"反功利的人格"的地方。在这个意义上,"真正科学家之反功利的求真的精神,是和道德家之求善,艺术家之求美,一般无二的"②。随后李长之还指出,中国人在过去正缺少这种真正的"科学"精神,即"反功利"精神,从而导致了中国在哲学、史学、军工业等方面发展非常迟缓,因此,必须摒除"功利主义",才能真正促进建设和复兴。此外,李长之还谈论了"科学"与"功利主义"的复杂关系:一方面"科学"与"功利"并不必然冲突,"科学并非不能利用厚生","也并非不应该利用厚生";另一方面要意识到,必须经过"一种非功利的过程","科学"才能最终发挥"功利的用处"。③在这里,李长之受到了张君劢在《科学与哲学之携手》相关思想的潜在影响,也显然受到康德美学有关"审美无功利"思想的根本影响。

同时值得注意的是,李长之在此把"科学"的真精神理解为"反功利",与他对"中国文艺复兴"的相关思考是完全一致的。李长之在《迎中国的文艺复兴》一书中明确指出,"反功利"是美学的基本精神,也是中国传统"儒家

---

① 李长之:《科学对人生的启示》,见《梦雨集》,《李长之文集》(第3卷),河北教育出版社,2006年,第341页。
② 李长之:《科学对人生的启示》,见《梦雨集》,《李长之文集》(第3卷),河北教育出版社,2006年,第342页。
③ 李长之:《科学对人生的启示》,见《梦雨集》,《李长之文集》(第3卷),河北教育出版社,2006年,第342页。

文化"的根本精神，是孔孟事业之所以取得成功的关键所在，更是应当在"中国文艺复兴"中加以大力提倡的文化精神。由此来看，李长之在《科学对人生的启示》一文中，从"无功利"的角度对"科学"加以阐释和提倡，正是把"无功利"作为"美学"精神加以赞赏这一思路的延续和发展。这样一来，因为有"无功利"精神作为纽带，"科学"与"美学"便在李长之的"中国文艺复兴"思想中得到了很好的联结，李长之也借此成功地将"科学"纳入了自己"中国文艺复兴"思想的规划与设想之中。

最后，李长之还指出"科学"在"扩大人的同情心""减少人们之间的压迫与冲突"方面所作出的重要贡献，这是"科学"对人生的第三个启示。他列举了精神分析学、人类学、民俗学、生物学、心理学等领域科学知识的例子，认为随着这些科学知识的发展，人们彼此的了解会更加深入，就可以更充分地唤醒人类的同情心，从而有利于人类形成良好的交往关系。

以上三个方面的内容，主要从宏观方面阐释了"科学"对人类的重要贡献。随后，李长之又使用了很长的篇幅，洋洋洒洒地列举了十个小的方面，从更加细微的角度具体谈论了"科学"对人生的多方面影响和启示。这主要包括十项"科学"知识，具体如下：进化论、拉马克的用进废退的学说、完形派的心理学、行为派的心理学、能力不灭物质不灭的基本方法、生存竞争的道理、文化科学的认识、习惯的研究、动物的进化、科学之一般的训练。李长之详细论述了在上述各种"科学"知识中人们所能领悟到的重要生活道理。比如，从"生存竞争"的道理上，人们应该意识到必须有"战斗的资格"，而且不能只注重"个人"的战斗，而要注重"群体"的战斗；就现阶段而言，必须"以全民族作为一个战斗体"，必须"造成一个有战斗的资格的单位"等[1]。总之，经过多方面的论证后，李长之作出了如此总结："科学让我们肯定了宇宙，肯定了人生，肯定了群。科学是人类战胜黑暗的武器！科学所指示人生的，是积极，扩

---

[1] 李长之：《科学对人生的启示》，见《梦雨集》，《李长之文集》（第3卷），河北教育出版社，2006年，第344页。

充,发扬!"①可以看到,李长之对于"科学"对人生的重要意义,给予了极高的肯定与评价。

有趣的是,胡适当年在《科学与人生观·序》一文中,也是将"科学"对人生观的影响列举了"十个方面"来说明,李长之此文的开头部分还专门引用了胡适的这些论述,他在此同样列举出"十个方面"来加以阐述,这难免让人觉得他是在暗中与胡适"较劲"。由此,也可以看出,李长之与当年"科学与人生观"论战中的"科学派""玄学派"之间,有着非常复杂而微妙的关系。一方面,李长之显然接受了"科学派""科学对人生观有着重要影响"的基本观点,但他处处表明自己在具体论述上与"科学派"的不同,试图与之截然区别开来;另一方面,李长之虽然也接受了"玄学派"有关"科学"与"玄学"的一些看法,但其实在某些方面与"玄学派"还是有所不同的,然而他一再明确表示,自己对于"玄学派"诸多主张的理解与认同。也就是说,李长之尽管对"科学派""玄学派"双方的观点都有所采取,甚至有时候更偏向于"科学派"的认识,但他在情感上始终站在"玄学派"一方。就在这种微妙而复杂的关系中,时隔将近二十年后,李长之对于"科学与人生观"论战,作出了带有"总结"性质的评价和参与。

在20世纪20年代的"科学与人生观"论战中,"科学派"与"玄学派"曾经产生了较为激烈的分歧,然而经历二十年岁月之后,到了李长之这里,由于他对"科学""哲学"都有深厚的兴趣和爱好,发现二者在最高境界与本质精神上的相通与一致之处,并提出了"科学"是"真、善、美之合一"的新见解,从而将"科学派"与"玄学派"之间的"对立"进行了巧妙的化解。诚如前所述,如果"科学派"代表着西方文化,"玄学派"代表着中国传统文化,那么此时也隐约暗示着,中、西方这两种看似剧烈冲突的文化在某种特殊的前提或视野下,同样可友好地"和谐共存"。

有必要指出的是,根据朱耀垠在《科学与人生观论战及其回响》一书的相

---

① 李长之:《科学对人生的启示》,见《梦雨集》,《李长之文集》(第3卷),河北教育出版社,2006年,第344页。

关研究,"科学与人生观"论战在民国时期所引起的反响,主要集中于20世纪20年代中后期,而到了三四十年代以后相关的谈论并不多[1]。除了张君劢在《民族复兴之学术基础》一书及相关文章中多次谈及这场论战,只有丁文江、胡适、张东荪等为数不多的学者,在谈论相关话题的文章中简单提及,这一时期很少出现关于这一话题的专门探讨。由此观之,在全面抗日战争时期,李长之的《科学对人生的启示》一文,有可能是全面而系统地评价"科学与人生观"论战的唯一文献,无疑应当引起学界的高度重视。

本章小结

本章主要探讨了李长之"中国文艺复兴"思想在"科学"方面的学术基础,重点涉及李长之关于"科学与人生观"论战的两次评价,还有他对于"科学"及其对于人生重要启示的新理解。李长之在《民族复兴之学术基础》一文中,明确地表达出了对于"玄学派"主张的赞同,这影响了他在"中国文艺复兴"思想中尊崇"儒学"的倾向。六年之后,李长之在《科学对人生的启示》一文中,又转而对于"科学派"的基本主张予以了一定的接受,从而暗示了他在"中国文艺复兴"思想中关于"五四"新文化运动评价的复杂性。同时,李长之也首次全面地谈论了自己对"科学"的新见解,并详细论述了"科学"对"人生"的重要启示,这可以看作他在"中国文艺复兴"思想中关于"科学"的殷切期待,亦可以看作中、西方文化在激烈冲突后可能达成的象征性和解。

---

[1] 朱耀垠:《科学与人生观论战及其回响》,上海科学技术出版社,1999年。

第六章

李长之"中国文艺复兴"思想的
学术地位与贡献

第六章　李长之"中国文艺复兴"思想的学术地位与贡献

李长之的"中国文艺复兴"思想有深刻的现代学术渊源,涉及对"五四"新文化运动及相关文化主张的深刻反思与评价,不仅有较为明确的理论主张,还有大量的中国传统文化批评实践与之相应,同时也展开了对教育、科学等学术基础的深入思考。在20世纪三四十年代的特殊语境中,尽管很多人都发表过"中国文艺复兴"话题的谈论,但像李长之这样深入、全面而系统地展开论述的并不多见。也正因如此,李长之这一思考曾引起了20世纪40年代中后期民国学界的热切关注。然而由于各种复杂的历史原因,这一切很快"转瞬即逝"。李长之这一思想尚未来得及被学界展开深入研究,就被悄悄地"遗忘"了。直到21世纪以来,随着"中国文艺复兴"讨论热潮的蓬勃兴起,李长之的这一思想才重新引起学界的热切关注,这无疑为人们提供了一个重要的学术契机,可以深入探讨李长之这一思想在中国现代思想史上的地位与意义,及其对当下"中国文艺复兴"建设的多方面启示。

第一节　《迎中国的文艺复兴》在民国学界的学术反响

早在《迎中国的文艺复兴》一书中,李长之就明确提出"五四"新文化运动是"启蒙"而并非"文艺复兴"这一评价,并因此在民国学界引起了广泛的关注与探讨。然而,李长之此书在20世纪40年代民国学界所引起的学术反响,学界迄今尚未予以认真的研究,仅限于个别学者对当时情况偶尔作出模糊而笼统的简单描述,比如:"似乎未引起热烈的回响"[1] "似乎一直不合时宜,也不为时代所重视"[2] 等,然而这一描述"并不确切"。由于这一问题在研究上的欠

---

[1]　余英时:《文艺复兴乎?启蒙运动乎?——一个史学家对五四运动的反思》,收录在《重寻胡适历程:胡适生平与思想再认识》,广西师范大学出版社,2004年,第256页。
[2]　张颐武:《超越"五四":追寻李长之的文学精神》,《文学自由谈》,2003年第5期。

缺与认识上的偏颇，导致人们对李长之"中国文艺复兴"思想在中国现代思想史上地位与价值并未完全得到认识。

一、有关《迎中国的文艺复兴》一书的推荐与书评

李长之在《迎中国的文艺复兴》一书中最早提出"五四"是"启蒙运动"这一想法的文章，可以追溯至《国防文化与文化国防》（1938年6月12日）一文；但他对此展开全面论述的，首先是《五四运动之文化的意义及其评价》（1942年4月28日）；随后，他又在《迎中国的文艺复兴·自序》（1942年9月9日）中再次重申了这一看法。在抗日战争时期，《迎中国的文艺复兴》一书曾由重庆的商务印书馆于1944年正式出版；抗日战争胜利以后，此书又由上海的商务印书馆于1946年再版。根据目前所掌握的相关资料而言，正是借助1946年再版的这一契机，民国学界对此书中有关"五四"是"启蒙运动"的评价给予了热切的关注。因此，有关《迎中国的文艺复兴》一书在民国学界引起的学术反响，主要集中于1947—1948年这一格外短暂的"历史间隙"之中。

《迎中国的文艺复兴》作为再版的新书，最先得到了《图书展望》（1947年复刊第2期）"新书提要"栏目的专门推荐。一位署名为"初"的作者写了一份短小精悍而精彩的评论文字，简单介绍了此书的写作情况、文字特色与主要内容。这应该是有关《迎中国的文艺复兴》一书最早的评论。值得注意的是，该篇文字在介绍此书内容时，把重点鲜明地放在了此书对于"五四"新文化运动的评价上面，文章明确地指出：（此书）"对我国过往以及现阶段的文化，皆有着澈底的评价与展望，认为未来的中国文化是一个真正的文艺复兴，五四并不够，它只是启蒙。"[1]由此可见，李长之"五四"是"启蒙运动"的这一评价，在当时学界还是颇为新颖的学术观点。

随后，《中坚》（1947年第3卷第2期）刊登了《"迎中国的文艺复兴"评介》（方明）一文，这大约是关于李长之此书的首篇正式书评。在这篇书评文章中，方明从抗战胜利后时代文化的衰弱境况出发，对李长之《迎中国的文艺

---

[1] 初：《新书提要：迎中国的文艺复兴》，《图书展望》，1947年（复刊）第2期。

复兴》一书表达了高度的肯定与欣赏。紧接着，他还具体分析了此书收录的多篇文章。在论述《五四运动之文化的意义及其评价》一文时，方明特别赞赏李长之有关"五四"是"启蒙运动"的看法，认为这是一种"独特的见解"，因为"一反前人认为五四是中国的文艺复兴之说"[①]。由此来看，李长之的这一评价在民国学界确实非常新颖，所以格外地"引人注目"。方明还进一步指出，李长之的这一见解"是非常之卓越的"，其重要意义在于"他打破了一般人把五四已经当作一种偶像历史来膜拜，而提出了五四所未曾完成的任务，使我们获得惊觉，我们迫切须要一次发挥出蓬勃的情感，有光，有热，深厚而且远大的文化运动"[②]。有必要指出的是，方明在此对于李长之关于"五四"这一评价所具有的重要意义的阐明，正与21世纪以来一些当代学者分外看重李长之关于"五四"评价的理由，几乎是"一模一样"的，历史在此呈现出了惊人的相似！换句话说，李长之这一评价在民国学界引起热切关注的理由，同样是他在当今社会再度受到重视的原因。

二、有关《迎中国的文艺复兴》书中观点的引用与评价

除了上述专门的谈论文章，李长之在《迎中国的文艺复兴》一书中对于"五四"的上述评价，还出现在民国时期一些学者的相关文章或著作中，并得到了他们的基本认同与肯定。

这方面首先需要提及的，是周策纵的《依新装，评旧制——论五四运动的意义及其特征》（1947年5月4日）这篇文章。作为日后研究"五四"新文化运动的一位重要海外学者，周策纵在此文开头部分大段摘引或转述了李长之在《迎中国的文艺复兴》中的《五四运动之文化的意义及其评价》一文对于"五四"的基本评价，并明确表示出对李长之观点的接受与赞同。他随后还指出，李长之把"五四"称作"启蒙运动"这一观点，"在精神上可说是最为相近"；只是他认为，对于"五四"新文化运动的理解，也许需要借助"整个中国现代

---

① 方明：《"迎中国的文艺复兴"评介》，《中坚》，1947年第2期。
② 方明：《"迎中国的文艺复兴"评介》，《中坚》，1947年第2期。

文化运动史，以及经济、社会、政治、思想史的演变"这一更为宏阔的视角，因此觉得李长之的这一评价尽管表示出"精神上某种特征的相似"，但仍然"不能尽括其历史的内在意义"①。在此基础上，他进而将"五四"新文化的重要意义概括为"依新装，评旧制"，即"披上了西洋的新装来评中国的旧制"②。

可以看到，周策纵对于"五四"意义的理解，其实在根本精神上依然与李长之一致，即承认"五四"运动更倾向于"启蒙色彩"的一面。他们二人微妙的差别在于，对于"五四"运动的这一特征，周策纵并没有表现出像李长之那样的激烈批评和否定，而是给予了充分的理解，他明确指出，"我们不能苛责他的缺点"，因为这正是"它的时代使命"使然③。周策纵在这里所谓的"苛责"，暗指的正是李长之在《五四运动之文化的意义及其评价》中对于"五四"激烈批评的态度。由此可见，周策纵似乎并不知道，在《迎中国的文艺复兴》一书之外的其他文章中，李长之对于"五四"的批评态度已经得到了及时的调整和修正（详见本章第二节的相关论述），这是略微令人遗憾的。

同时还需要注意的是，顾毓琇在《中国的文艺复兴》（1948）一书中关于李长之"五四"上述评价的谈论。顾毓琇不仅在此书开头部分，专门提及李长之的《迎中国的文艺复兴》一书，还特意引用了李长之在《五四运动之文化的意义及其评价》一文中把"五四"评价为"启蒙运动"的大段文字。显然，他非常熟悉李长之的这一评价。然而值得关注的是，在顾毓琇看来，"文学革命是文艺复兴的前驱""没有文学革命，便不易有文艺复兴"④。由此观之，尽管他基本同意李长之关于"五四"的评价，即认为"五四"新文化（"文学革命"）只是"启蒙运动"并非"文艺复兴"，但充分肯定了"五四"作为"文艺复兴的前驱"所具有的不可替代的价值，这显然与李长之对于"五四"的激烈批判

---

① 周策纵：《依新装，评旧制——论五四运动的意义及其特征》，见杨琥编：《历史记忆与历史解释：民国时期名人谈五四》，福建教育出版社，2010年，第452页。
② 周策纵：《依新装，评旧制——论五四运动的意义及其特征》，见杨琥编：《历史记忆与历史解释：民国时期名人谈五四》，福建教育出版社，2010年，第453页。
③ 周策纵：《依新装，评旧制——论五四运动的意义及其特征》，见杨琥编：《历史记忆与历史解释：民国时期名人谈五四》，福建教育出版社，2010年，第453页。
④ 顾毓琇：《中国的文艺复兴》，《顾毓琇全集》（第8卷），辽宁教育出版社，2000年，第128页。

态度有所不同。不过,此处论述也同样清晰地表明,与周策纵一样,对于李长之在《迎中国的文艺复兴》一书之外业已调整过的"五四"评价,顾毓琇也同样是"不知情"的。

三、有关上述学术反响的深入反思

李长之《迎中国的文艺复兴》一书,尤其是书中对于"五四"新文化的评价,在民国时期学界所产生了学术反响,但其反响是让人感到有些"意料之外",却也在"情理之中"。

一方面,无论是新书推介(1947)与方明的评论(1947),还是周策纵的文章(1947)与顾毓琇的专著(1948),当它们都不约而同地涉及李长之的《迎中国的文艺复兴》一书,聚焦于他把"五四"新文化运动称作"启蒙运动"的观点时,这充分表明,李长之此书以及有关"五四"的这一评价引起了民国学界的热切关注。可以说,李长之有关"五四"是"启蒙运动"的这一评价以及《迎中国的文艺复兴》一书,正如一颗耀眼的流星,迅速闪亮地划过了"1947—1948 年"这一民国傍晚时分的夜空。

另一方面,当民国时期的学者把目光投向李长之"五四"新文化运动是"启蒙运动"的这一评价,也即牢牢锁定在《迎中国的文艺复兴》一书中的《五四运动之文化的意义及其评价》一文时,对李长之有关"五四"新文化运动的评价在不同时期所作的调整和变化,民国学界同样是缺乏关注的、是陌生的。这与李长之发表《五四——蔡孑民——大学教育》(1944 年 5 月 3 日)一文(也包括其他标志着李长之对"五四"新文化运动的认识转变的相关文章)时,尚处于战争有关;同时,也与李长之在《迎中国的文艺复兴》一书中未曾收录此文有关,无论是 1944 年重庆商务印书馆的版本,还是 1946 年上海商务印书馆的版本都未收录此文,此文被收录于李长之的《梦雨集》(1945)一书中。这些清晰地记录着李长之对"五四"新文化运动的态度与评价开始转变、调整的文章,最终在不知不觉之间,被李长之的《迎中国的文艺复兴》一书所"遗失"了,因此也就自然而然地被民国时期的学界悄然"遗忘"了。

这种情形正与当今学界对于李长之的认识十分相似。也就是说，在经历了六七十年沧桑岁月的尘封之后，当人们重新打捞起李长之《迎中国的文艺复兴》这颗依旧绚烂的流星时，学界对李长之关于"五四"新文化运动评价的认识，依然与民国时期的学界"并无二致"，依然是处在共同的"遗忘"中，对他充满了深深的"误读"。也许，这中间毕竟相隔了太久的岁月，对于李长之"中国文艺复兴"思想的真正理解，自然需要更多的时间，也需要付出更多的耐心和努力。

第二节 李长之"中国文艺复兴"思想的独特贡献与局限

李长之"中国文艺复兴"思想与20世纪三四十年代的"中国文艺复兴"思潮、"民族复兴"思潮等有着深刻的思想联系，但与此同时，他又立足于自己的专业领域和独立思考的精神，作出了许多独特的学术贡献，从而在中国现代思想史上具有着重要的地位。这里将重点关注李长之"中国文艺复兴"思想与胡适、顾毓琇"中国文艺复兴"思想的比较，以及李长之这一思想与张君劢、冯友兰"民族复兴"思想的比较，借此充分地呈现李长之这一思想所具有的独特贡献；同时对李长之这一思想可能存在的某些局限也将展开初步的探讨。

一、与胡适、顾毓琇"中国文艺复兴"思想的比较

根据本书第一章对"中国文艺复兴"思潮的梳理可知，尽管民国时期有关这一话题谈论的文章众多，相关的文化著作也不少，但在严格意义上真正涉及"中国文艺复兴"话题的研究专著却只有三本，分别为胡适《中国的文艺复兴》（英文/1934年）、李长之《迎中国的文艺复兴》（1944年初版/1946年再版）与顾毓琇《中国的文艺复兴》（1948年）。

从写作时间与时代语境来看，上述三本著作分别代表着在民国时期的不同年代有关"中国文艺复兴"话题的思考，各自有着不可替代的重要价值。胡适的《中国的文艺复兴》虽然直接源于1933年芝加哥大学的哈斯克讲座，但此书

所表达的基本想法，可以追溯至胡适20世纪20年代以来的系列文章与演讲，大致代表了学界在20世纪20—30年代中期有关"中国文艺复兴"的思考。李长之《迎中国的文艺复兴》一书的构思和酝酿，是在1937年"七七"卢沟桥事变之后不久，此书的具体写作与首次出版都是在全面抗日战争期间，基本代表学界在20世纪30年代中期至40年代中期关于"中国文艺复兴"的思考。顾毓琇《中国的文艺复兴》一书的写作与出版，是在1945年抗日战争胜利以后，代表着学界在20世纪40年代中后期关于"中国文艺复兴"的思考。因此，如果要深入讨论民国时期"中国文艺复兴"相关论述，那么胡适、李长之与顾毓琇的论述，则分别代表着在不同时代的语境氛围中对这一话题的深入思考，具有非常重要的学术意义。

从对"中国文艺复兴"的理解与定位来看，上述三本著作之间有着颇为重大的变化。胡适在《中国的文艺复兴》一书中认为，中国历史上有过四次文艺复兴，分别为唐代（伟大诗人的出现、古文复兴运动与禅宗的产生）、11世纪（宋代的改革运动、出现新儒家世俗哲学）、13世纪（明代戏曲的兴起、长篇小说的涌现）、17世纪（清代经学研究注重考据的新方法），但这些都只是历史的自发演变而缺乏自觉意识，"从未达到革命性转变之功"[①]；只有"五四"新文化运动是一场"自觉的、有意识的运动"，其领袖们清醒地明白，"需要新语言、新文学、新的生活观和社会观、以及新的学术"[②]，因此才能真正称得上是"中国文艺复兴"运动。可以看到，正是基于自觉的意识与各种崭新事物的出现，胡适才明确地将"五四"新文化运动称为"中国文艺复兴"。

然而，李长之在《迎中国的文艺复兴》中对"中国文艺复兴"的理解，与胡适有重要的差异。因为李长之增加了对"中国传统文化的继承与复兴"这一维度，所以他明确地宣称，"五四"仅仅是一场"启蒙运动"而并非"文艺复兴"，并由此认为，自20世纪三四十年代以来，才开始酝酿着一场真正的"中国文艺复兴"。值得注意的是，李长之的这一看法应直接影响了顾毓琇在《中

[①] 胡适：《中国的文艺复兴》，邹小站等译，外语教学与研究出版社，2001年，第182页。
[②] 胡适：《中国的文艺复兴》，邹小站等译，外语教学与研究出版社，2001年，第182-183页。

国的文艺复兴》一书中的看法。顾毓琇在书中论述"中国文艺复兴"时，虽然对于胡适的相关论述多有肯定，但仍然指出："文学革命是文艺复兴的前驱"[①]。也就是说，顾毓琇并不认同胡适把"五四"称为"中国文艺复兴"的说法，而更倾向于李长之把"五四"看作"启蒙运动"的观点。因此，他同样把20世纪三四十年代以来的文化运动，看作"中国文艺复兴"的开始。

从"中国文艺复兴"的具体内容与涉及话题来看，上述三本著作"各有千秋"，尽管它们都不约而同地谈论了"中西文化"等根本问题，但仍然依托自己的专业优势，呈现了各自的独有特色。胡适在《中国的文艺复兴》中重点关注的问题包括：中国与日本接受西方文化时的不同类型、中国人对于西方文明几种观念的变迁、文学革命（"五四"新文化运动）的具体发生情形与内容、中国以往的科学传统与现代知识分子的科学兴趣、中国人生活的宗教、中国现代新生活的变化等。可以看到，胡适侧重于从历史的角度出发深刻阐释中国的文化现象，并善于挖掘中国传统文化中隐藏的各种现代观念，从而促使其在现代社会成功转型，而且他对宗教与科学的话题怀有浓厚的兴趣，这些正是他关于"中国文艺复兴"论述非常重要的特点。

与胡适相比，李长之《迎中国的文艺复兴》则更突出了"文化与思想"的维度，他最为关心的问题是：谈论中国文化的基本原则、国防文化与文化国防的区别、五四运动的文化意义、中国文化运动的现阶段、中国文化传统的重要特点、战争与文化之间的动态关系、精神建设（国家民族意识的强化）、舆论建设（思想自由问题）与思想建设（思想上的错误、学者的反应与大学教育的精神）等相关问题。不难看出，对文化与思想领域相关问题的热切关注与深刻阐述，正是李长之"中国文艺复兴"谈论的重要特点，具有"与众不同"的鲜明个人色彩。

顾毓琇的《中国的文艺复兴》也具有明显的个人风格，尽管他同样谈论了文学革命、文化根源、文化交流、旧文艺与新文艺等共同的话题，但他此书最鲜明的特色，则是对于"科学与教育"问题的高度关注。顾毓琇在书中不仅具

[①] 顾毓琇：见《中国的文艺复兴》，《顾毓琇全集》（第8卷），辽宁教育出版社，2000年，第128页。

体谈论了他所熟悉的科学话题,还论述了他所从事的教育工作,并特意将此书的下卷题为《世界教育的改造》。可以说,除了文化问题,科学与教育话题正是顾毓琇此书最具特色的内容。

综上所述,这里从写作时间与时代语境、"中国文艺复兴"的理解与定位、"中国文艺复兴"的具体内容与涉及话题等方面,对胡适、李长之与顾毓琇的"中国文艺复兴"思想在整体上予以了较为粗略的比较。至于他们彼此思想上的异同,当然还有很多值得探究之处,需要另外撰文展开分析。通过上述初步的比较可以清晰地看到,李长之"中国文艺复兴"思想在民国时期的学界具有重要而独特的学术地位,它不仅代表着学界在20世纪三四十年代对"中国文艺复兴"的思考,还勇敢地调整了胡适关于"五四"与"中国文艺复兴"之间关系的论述,并在当时产生了颇为深刻的思想影响,同时他对"文化与思想领域"的热情关注,更使他的"中国文艺复兴"话题的论述,具有不可替代的重要位置。

二、与张君劢、冯友兰"民族复兴"思想的比较

在20世纪三四十年代的"民族复兴"思潮中,张君劢主编的《再生》杂志及《民族复兴之学术基础》、冯友兰的"贞元六书"等无疑都是重要的组成部分。李长之的"中国文艺复兴"思想既受到了张君劢、冯友兰"民族复兴"思想的深刻影响,又充分发挥了自己的专业优势,作出了独特的学术探索与贡献。

相对而言,在共同关注"民族复兴"基本话题的前提下,张君劢对"政治思想领域"较为注重,冯友兰在"社会哲学领域"显然更为擅长,而李长之则在"文化艺术领域"有着热切的关注与深刻的理解,他们的"民族复兴"思想也因此呈现出鲜明的个人色彩。

与此同时,张君劢、冯友兰与李长之在"民族复兴"思想中都表现了对中国传统儒家文化的重视,尤其是张君劢、冯友兰日后被称为现代新儒家的重要代表人物。汪晖在《现代中国思想的兴起》的下卷《科学话语共同体》中曾指

出，从梁漱溟的文化理论、张君劢的人生观问题，"中国现代思想中开始了漫长的、从未真正完成的'主体性转向'"①，而"新儒家的兴起"也被看作"中国现代知识体系形构过程中的'主体性转向'的一部分"②。由此观之，张君劢、冯友兰与李长之的"民族复兴"思想，同样属于中国现代思想"主体性转向"这一潮流的重要组成部分。

然而，虽然同样致力于中国现代思想的"主体性转向"，张君劢、冯友兰作为现代新儒家代表人物，他们"民族复兴"思想中对于儒家文化的提倡更为明确和强烈一些，李长之的情况则略有些复杂。尽管李长之在"中国文艺复兴"思想的理论主张中，明确地表示出对儒家文化的热情推崇，然而，在他关于中国传统文化的大量批评实践中，却呈现了"双重面孔"：一方面在人生、文化与艺术方面表达了对孔孟"原始儒家思想"的高度肯定，另一方面在文学创作方面则对道家思想文化流露出赞赏。也就是说，如果充分考虑到"理论主张"与"批评实践"两个层面，李长之对儒家文化与道家文化其实都是欣赏和接受的。这样一来，他的理论自然就与张君劢、冯友兰主要在社会思想方面对于"儒家文化"的强调有所不同。

不仅如此，李长之还对中国传统文化展开了大量具体的批评与实践工作，如对孔子、孟子、屈原、司马迁、李白等中国传统文化人物都予以了深刻而生动的解读与阐释。这些显然是作为"文学批评家"的李长之所具有的优势，这也是更侧重"理论分析"的张君劢、冯友兰有所欠缺的。就此而言，李长之在促进中国现代思想"主体性转向"的过程中，不仅有较为明确的理论倡导，更有大量丰富的批评实践，从而成为其中难能可贵的、不可忽视的重要力量。

另外值得关注的是，张君劢、冯友兰的"民族复兴"思想因为更加侧重于探讨社会、政治、制度、哲学、思想方面的话题，所以对于文化艺术方面的思考相对薄弱些（如前所述），同时对于"教育领域"则更是很少展开专门的考

---

① 汪晖：《科学话语共同体》，见《现代中国思想的兴起》（下卷）（第二部），生活·读书·新知三联书店，2008年，第1327页。
② 汪晖：《科学话语共同体》，见《现代中国思想的兴起》（下卷）（第二部），生活·读书·新知三联书店，2008年，第1329页。

察与关注。与他们相比，李长之的"中国文艺复兴"思想不仅表现了对于文化问题的浓厚兴趣，还专门系统地思考了中国传统的教育方式，比如古代的审美教育、传统人文教育方式（"通才教育"）等。他不仅充分肯定了这些传统教育的优势，也清晰地指出其所存在的不足与缺陷，更在参考和借鉴德国古典美学、西方近现代以来的"专才教育"等西方教育资源中，积极尝试探讨这些传统教育方式的重要价值与现代转型，还首次提出了"美育最符合教育之本义""寓通于专"等教育主张。显而易见，中国现代思想的"主体性转向"不仅包括对于儒家文化的重新发现与肯定，也包含着对于传统教育方式的重新解读与评价。在这个意义上，李长之有关传统教育方式的思考正是中国现代思想"主体性转向"的有机组成部分，同样具有重要而独特的学术价值。

三、李长之"中国文艺复兴"思想的局限

尽管李长之的"中国文艺复兴"思想具有非常重要而独特的学术价值，但它也存在一些较为明显的局限与不足，主要包括以下方面。

第一，李长之对"中国文艺复兴"思想的思考虽然已经相对成熟，但具体呈现出来的状态还不够完美，这主要是指他对相关文章的整理还不够完善，显得较为零散、不够系统。在《迎中国的文艺复兴》（1944）一书最初进行编辑出版时，李长之已将相关文章按照学术的逻辑进行了精心的编排，并由此使他这一思想的轮廓也清晰地呈现出来。然而尽管如此，李长之仍有很多相关的重要文章散落在此书之外，这难免造成学界长久以来对他这一思想理解上的偏差与误解。究其原因，可能与20世纪三四十年代的特殊时代语境有一定的关系，也与李长之对于这一话题的重视程度与兴趣状况有关，更与李长之对于这一话题的思考一直在持续发展有关，还与相关文章被收录在其他文集中有关。总之，《迎中国的文艺复兴》一书于1946年再版时，李长之并没有增加任何相关文章，将近70年之后，《迎中国的文艺复兴》于2013年再版，于天池、李书两位编者在"附录"中增加了如下三篇文章：《战争与时间观念》《保卫"五四"、发扬"五四"与超越"五四"》《论大学校长人选》，这无疑是一个很好的开始，但

仍有较大的完善空间。

第二，李长之关于"中国文艺复兴"思想的某些论述，有时呈现出颇为明显的个人化、理想化和浪漫化的倾向，从而使他在一些学术话题的论证上，难免"热情有余"而严谨性不足。关于这一点，已经有研究者指出过，陈太胜教授在《梁宗岱与中国象征主义诗学》一书中就认为："李长之的长处在于眼界宏阔，从文化批评入手，着眼于重塑当时的文化精神。而其短处在于他所标举的'浪漫精神'或'浪漫情调'有过于个人化和理想化的色彩。"[1]张颐武教授在《超越"五四"：追寻李长之的文学精神》一文中也指出，李长之对于"五四"新文化运动评价与中国传统文化的批评实践，"这些著作的深度和力量让人惊叹，在有明显的弱点的同时却有压抑不住的强大的生命力"[2]；这里所谓的"明显的弱点"，主要就是指李长之充满浪漫而热情的叙述口吻。也就是说，李长之的论述有时因为过于浪漫和理想化，甚至让人感觉有些"天真"[3]，但这无法掩盖其背后所蕴藏着的蓬勃而丰盈的生命活力。

第三，李长之有关"中国文艺复兴"的理论主张与文化实践之间，有时会出现冲突与错位，这也正是本书第三章具体分析的"双重面孔"问题。具体来讲，李长之的相关"理论主张"，只是他在理性层面所意识和提倡的重点内容，他的大量中西文化批评实践则表明，他的"中国文艺复兴"思想有着更为复杂与丰富的内涵。在这一意义上，李长之有关"中国文艺复兴"的"理论主张"仍有进一步调整和完善的必要。

第三节 李长之"中国文艺复兴"思想的当代启示

李长之的"中国文艺复兴"思想虽产生于20世纪三四十年代抗日战争的特殊语境中，但李长之所思考的诸多文化问题，至今依然是学界的热点话题，比

---

[1] 陈太胜：《梁宗岱与中国象征主义诗学》，北京师范大学出版社，2004年，第247页。
[2] 张颐武：《超越"五四"：追寻李长之的文学精神》，《文学自由谈》，2003年第5期。
[3] 于天池、李书：《怀昔贤之高风，对当世之巨变——谈李长之〈迎中国的文艺复兴〉》，见李长之：《迎中国的文艺复兴》，商务印书馆，2013年。

如：如何复兴中国传统文化、如何面对西方文化、如何理解传统与现代、中国与世界的关系等，因此在20世纪90年代余英时就曾指出，李长之这一思想更容易在当代引发"一种共鸣的声音"①。同时，也因为李长之在思考这些文化问题时拥有非常长远的目光，他清醒地意识到，这些绝非仅仅只是"矫枉之策""一时之计"，而是要作为"一条常策""久计"服务于中国未来的文化建设②，所以有当代学者认为，李长之的文化思考"超越了自己的时代"，堪称"先知式的启示"③。这一切都充分表明，李长之这一思想对于当今的"中国文艺复兴"建设，具有重要的启示意义。

一、"中国文艺复兴"思想的双重内涵

当今中国正处于全球化的语境中，有关"中国文艺复兴"的呼声再次兴起，其中包含着两方面原因：一是出于对世界全球化进程可能带来的文化"一体化"的担忧，恐惧中国文化的"自主性"会丧失；二是伴随着中国在经济、政治等领域国际影响力的增强，中国文化强烈地要求发出自己的声音。可以说，正是夹杂着这种"恐惧"与"自尊"的双重心理，有关"中国文艺复兴"的讨论悄然兴起，并很快成为学界的热点话题。然而，由于这种"恐惧"与"自尊"都明显地指向中国传统文化，因此人们对于"中国文艺复兴"的理解，便在不知不觉中走向了片面化，很多人过分强调了"复兴中国传统文化"的这一方面，而对于"大力吸收西方文化"的一面有所忽略。在这种情况下，重新反思李长之有关"中国文艺复兴"的思想内涵，可以更好地帮助人们理解"中国文艺复兴"思想的双重内涵，从而对当前有所偏颇的关注倾向，给予适当的纠正与反省。

李长之明确指出，"中国文艺复兴"思想同时拥有两方面的内涵，既需要

---

① 余英时：《文艺复兴乎？启蒙运动乎？——一个史学家对五四运动的反思》，收录在《重寻胡适历程：胡适生平与思想再认识》，广西师范大学出版社，2004年，第256页。
② 李长之：《中国文化运动的现阶段》，见《迎中国的文艺复兴》，《李长之文集》（第1卷），河北教育出版社，2006年，第57、55页。
③ 张颐武：《超越"五四"：追寻李长之的文学精神》，《文学自由谈》，2003年第5期。

提倡中国传统文化的复兴，即"中国本位"，同时也要大力吸收西方文化，他特别指出，"中国本位"并不是"用中国代替了一切"。在李长之看来，这两方面完全可以"并行不悖"，而且"缺一不可"，所以绝不应该有任何的偏废。事实上，李长之对于"五四"新文化运动的激烈批判，主要是基于"五四"没有很好地"吸收中国传统文化"的这一方面；对于"五四"时期"大力吸收西方文化"的主张，李长之则自始至终都持肯定与赞赏的态度。换言之，李长之在高高举起复兴中国传统文化的大旗时，从来都没有放弃"大力吸收西方文化"的这层内涵，这正是他对当今"中国文艺复兴"建设最为重要的启示之一。

有关李长之"中国文艺复兴"思想在这一方面所具有的重要意义，已有当代学者进行过分析。比如，陈太胜教授在《中国文艺复兴的历史与现实》（2002）中就认为，在全球文化的现代性进程中，中国文化所面临的关键问题是"如何确认集体性的民族文化身份的认同问题"，也正因如此，"中国文艺复兴其实有着很强的民族文化认同色彩，这是在西方文化冲撞下产生的特有的'文化怀乡'现象。惟其如此，避免狭隘的民族主义是实现中国文化的复兴的关键所在"。正是在这种情况下，他高度肯定了李长之的"中国文艺复兴"思想，认为当然要"以中国为本位"，但"并不是要以中国代替一切"；换句话说，"中国文艺复兴应以文化多元主义为基础"[①]。可以说，此文的这一分析具有独到的学术眼光，非常恰当地道出了李长之"中国文艺复兴"思想对于当下文化建设的重要启示，这也正是本书所要阐明的意义之一。

二、"复兴"中国传统文化的独特方式

"复兴"中国传统文化无疑是"中国文艺复兴"建设的重要内容，在这一点上目前学界并无任何异议，但是对于如何"复兴"中国传统文化，怎样才能真正促使中国传统文化的"复兴"等问题，学界一直存在分歧。在这种语境下，重新审视李长之"中国文艺复兴"思想中对待中国传统文化的独特方式，具有着非常重要的现实意义。

[①] 陈太胜：《中国文艺复兴的历史与现实》，《文艺报》，2002年8月13日。

第六章 李长之"中国文艺复兴"思想的学术地位与贡献

首先李长之特意强调,"复兴"中国传统文化必须拥有"平等健康"的心态。他明确指出:"妄自尊大固然不好,处处觉得下人一等也不必""自尊者妄,自卑者浅,我们既不要妄,更不要浅"①。也就是说,必须抱着平等健康的心态,去面对中国传统文化,才能真正发现中国文化在现代世界中的重要价值,也能发现其所存在的重要弊端。所以,李长之在《迎中国的文艺复兴》一书中,虽然热情地赞赏了中国传统儒家文化所具有的"人生的""审美的"特点,却也对中国传统文化的"功利主义""虚无主义"等人生观展开了严厉的批判。换言之,只有拥有一种平等健康的心态,才能真正地发现,并由衷地赞美中国传统文化的长处,同时也能对其缺陷与不足怀有清晰的认识,由此对中国传统文化的现代价值作出正确的判断。

其次李长之指出,"复兴"中国传统文化应该具有一种"面向未来"的精神追求,即充分发扬中国传统文化中在"现代世界"仍具重要价值的部分。这意味着,我们需要运用自己的"火眼金睛"去重新发现中国传统文化的重要价值,因为传统文化并非一个固定不变的东西在那儿静静地等着人们直接拿来去"复兴",而是需要我们去认真发掘和仔细甄别。在此基础上,我们还应当明白"价值"和"可否仿效"是两回事:"价值是价值,可否仿效是可否仿效。没有价值的,固然不值得仿效,有价值的,也不一定都可以仿效。"②也就是说,一方面要发现中国传统文化所具有的重要价值,另一方面要意识到这些价值中只是部分、并非全部值得在现代社会中"仿效"或"复兴",同时更应该清醒地认识到,中国传统文化既然已经成为一种"过往",那么它在现代世界中的"复兴",就不能简单地"复活",而必须是在吸收西方文化与现代文化营养之后的一种"继续生长",即应当充分与现代生活紧密地融合一起,从而成为现代价值观最为内在的组成部分。

正是基于上述两方面的原因,李长之在"中国文艺复兴"思想中才重新阐

---

① 李长之:《论如何谈中国文化》,见《迎中国的文艺复兴》,《李长之文集》(第1卷),河北教育出版社,2006年,第7页。

② 李长之:《论如何谈中国文化》,见《迎中国的文艺复兴》,《李长之文集》(第1卷),河北教育出版社,2006年,第8页。

释、并热情推崇以孔孟为代表的"原始儒家文化"。在对中国传统文化进行重新考察和深入阐释之后,李长之更坚定地认为,孔子与孟子身上所体现出的刚健硬朗、勤奋积极的"人生的"态度,以及不计成败、从容不迫的"审美的"精神,才是中国传统文化最值得"复兴"的内容,也是现代世界与未来社会的新文化所需要的关键部分。可以说,正是怀着"平等健康"的心态,并具有"面向现代与未来"的眼光,李长之才在重新打量中国传统文化的过程中,使"原始儒家文化"重新获得了现代生命与世界价值。

三、"五四"新文化运动的批判与继承

"五四"新文化运动一直被视作中国文学现代性的重要起点,是中国近现代以来最为重要的文化运动。在某种意义上,有关"五四"新文化运动的评价,可以直接影响着"中国文艺复兴"的建设。所以,对"五四"新文化的认识与理解,一直是学界重点关注的问题,也是李长之"中国文艺复兴"思想中最引人瞩目的地方。就此而言,李长之关于"五四"新文化运动的理解与评价,无疑对当下的文化建设具有重要的思想启示。

李长之在《迎中国的文艺复兴》一书的《五四运动之文化的意义及其评价》中认为,"五四"新文化运动是"启蒙"而并非"文艺复兴",并由此对"五四"展开了颇为激烈的反思与批判,尤其是在"五四"对中国传统文化的否定态度这一点上甚为不满。在某种程度上,李长之关于"五四"新文化运动的这一评价具有"革命性"的意义,动摇了"五四"新文化运动一直以来"高高在上"的地位,打破了"五四"长久以来在人们心目中"绝对完美"的形象,从而促使人们真正地认识和理解到:"五四"新文化运动尽管伟大,但也有着自身的缺陷与不足,因此,在中国文化现代性的建设过程中,我们仍有向前推进的必要。

李长之关于"五四"的上述评价及其所具有的重要意义,目前已引起了学界的热切关注,在这方面较早展开系统而深入评价的,是张颐武教授的《超越"五四":追寻李长之的文学精神》(2003)一文。他在文中声称:"李长之最早打开了反思'现代性',超越'五四'的大门。"并进而详细指出:"他(李长

之）肯定了'五四'的起点的意义，却并没有将'五四'视为不可逾越的顶点，他的思路和眼光完全超出了我们的习惯的思考的限度，将中国'现代性'中的被压抑的'文艺复兴'的对于古代文化复兴的追求加以释放。这一文学精神对于今天仍然具有高度的启发性。"①张颐武的这一评价非常精彩、令人信服。在某种意义上，当下的"中国文艺复兴"建设不仅要从"五四"新文化运动开始，更应该把李长之对于"五四"新文化运动的这一批判性评价，作为重要的思想起点。

需要指出的是，除了上述的反思与批判，李长之对于"五四"新文化运动还有着继承与肯定的另一面，然而令人遗憾的是，学界似乎对此一直缺乏应有的关注。在《迎中国的文艺复兴》一书的《文化上的吸收》一文中，李长之高度肯定了"五四"在吸收西方文化方面所具有的重要意义，认为必须继续坚持"五四"时期有关西方文化的主张。在《梦雨集》一书的《五四——蔡子民——大学教育》一文中，李长之开始尝试着理解"五四"时期对于中国传统文化的否定与当时文化语境之间的微妙关系，并借助对蔡元培先生的深入解读而调整了有关"五四"的相关评价，认为"五四"在某种程度上其实正"孕育着"后来的"文艺复兴"。随后，在《保卫"五四"、发扬"五四"与超越"五四"》一文中，李长之更是有感于当时各种"复古派"与"国粹派"势力的高涨，真诚地发出了保卫"五四"、发扬"五四"的呼声，并明确指出，自己对于"五四"的批判是在继承"五四"精神基础之上展开的，是要超越"五四"而绝非否定"五四"。由此可见，李长之对"五四"新文化运动的评价有着非常复杂的内容，这同样值得当前学界的关注。只有充分认识到李长之对于"五四"新文化的复杂态度，才能更好地理解李长之的"中国文艺复兴"思想，进而真正领悟其对于当今"中国文艺复兴"建设的重要启示。

四、对于教育与科学的高度关注

在当今"中国文艺复兴"的讨论热潮中，人们比较集中于谈论中西文化、

---

① 张颐武：《超越"五四"：追寻李长之的文学精神》，《文学自由谈》，2003年第5期。

传统与现代等基本问题，然而在李长之看来，教育与科学正是"中国文艺复兴"思想赖以实现的学术基础，也是"中国文艺复兴"思想不可或缺的组成部分。就此而言，李长之有关教育与科学话题的思考，对当下的"中国文艺复兴"建设同样具有重要的借鉴意义。

李长之深入思考了"大学教育"与"中国文艺复兴"之间的密切关系，认为这既关系到如何从"五四"新文化运动深化到"中国文艺复兴"，也关系到"中国文艺复兴"在具体操作层面的实现路径。与此同时，李长之还重新发现了中国传统教育方式在现代社会的重要价值，他不仅十分看重中国古代发达的"审美教育"在塑造新人类、新社会中的作用，同时也充分阐释了中国传统"通才教育"在现代社会的优势，从而提出"寓通于专"的教育主张。由于"教育"本就是"文化"不可分割的重要组成部分，李长之上述有关教育话题的思考，不仅有助于当今"中国文艺复兴"的具体施行，也拓宽了这一思想所试图"复兴"的传统文化范围，从而对当下的文化建设具有着重要的启示价值。

与此同时，李长之还深入反思了20世纪20年代的"人生与科学观"论战，不仅支持当时失败的一方"玄学派"，也充分理解了"科学派"的基本主张，并进一步发现"科学"给予人生的多方面重要启示，还正式提出"科学"在最高境界上是"真、美、善之合一"的观点。这样一来，李长之就不仅在现实的科技层面，更在道德、人文与艺术的层面，高度肯定了"科学"在未来"中国文艺复兴"中的重要角色与地位。当今中国正处于科技高度发展的时代，理解"科学"与人生之间日益紧密的关系，真正认识"科学"的复杂内涵，正是人们所必须面对的重要问题。在这样的语境下，重新审视李长之在"中国文艺复兴"思想中有关"科学"话题的深入思考，具有格外重要的现实价值与意义。

本章小结

本章主要探讨了李长之"中国文艺复兴"思想的学术地位与贡献，不仅详细地梳理了《迎中国的文艺复兴》一书在民国学界所引起的学术反响,还借助对李长之"中国文艺复兴"思想与胡适、顾毓琇"中国文艺复兴"思想的比较,与张君劢、冯友兰"民族复兴"思想的比较等,对李长之这一思想在中国现代思想史上的重要学术地位进行了探讨,同时对李长之这一思想存在的某些局限也进行了一定的分析,最后围绕李长之这一思想于当下"中国文艺复兴"建设所具有的多方面的重要启示展开了较为深入的讨论。

结　语

本书深入研究了李长之的"中国文艺复兴"思想，全面呈现了李长之这一思想的整体面貌，并努力挖掘出这一思想与现代中国诸多文化思潮与学术人物之间的密切联系，从而尝试勾勒这一思想在中国现代思想史上的重要地位与意义，同时也探讨了这一思想对于当下文化建设的重要启示。

伴随着21世纪以来对"中国文艺复兴"的研究的热情高涨，李长之的"中国文艺复兴"思想已经引起学界广泛的关注。然而，目前学界有关这一话题的研究与谈论，往往重点关注的是李长之在《迎中国的文艺复兴》一书，以及他对于中国传统文化方面的相关谈论，而无暇顾及李长之在20世纪三四十年代的其他大量文章中关于这一话题的继续思考。因此可以说，现有的研究只是揭示李长之"中国文艺复兴"思想的"冰山一角"。事实上，李长之有关"中国文艺复兴"的思考所涉及的内容和范围要广阔和复杂得多。同时值得注意的是，李长之关于这一话题的思考早在20世纪30年代中期就已开始酝酿和准备了，只是在全面抗日战争时期才正式提出。

李长之的"中国文艺复兴"思想有深刻的现代学术渊源，是20世纪三四十年代的"中国文艺复兴"、"民族复兴"与"文化建国"等思潮的重要组成部分，它也与张君劢、冯友兰、宗白华与蔡元培等重要的现代学者的思想有着直接的思想关联。在某种程度上，李长之这一思想正是在深刻反思"五四"新文化运动的基础上产生的，因此与"五四"新文化运动有着复杂的关系。他对于"五四"新文化运动既有着激烈批评与反思的一面，也有着赞赏与继承的另一面。与此同时，他还在认真梳理"中体西用""全盘西化""中国本位文化"等主张的基础上，深入阐明了"中国文艺复兴"的理论内涵。并且，李长之还从事了大量有关中国传统文化的批评实践，其中既有与其理论主张相一致的一面，也体现出了冲突与矛盾的一面，以之相互弥补不足。同时值得关注的是，他这一思想还有着教育与科学的学术基础。他不仅深入关注了"中国文艺复兴"与

"大学教育"的重要关系，也充分挖掘中国古代"审美教育"的重要现代价值，还认真思考了中国传统"通才教育"的弊端与优势。另外，他反思了20世纪20年代的"科学与人生观"论战，重新评价"玄学派"与"科学派"，在此基础上正式提出了自己关于"科学"的新见解，表达出他的"中国文艺复兴"思想对"科学"所扮演角色的重要期待。

李长之"中国文艺复兴"思想的提出与阐述，基本处于全面抗日战争的特殊时期，距今已经七十多年了，与当下的文化语境自然有着很大的不同。尽管如此，李长之在"中国文艺复兴"思想中所关注的一系列核心问题，比如：如何复兴中国传统文化、如何对待西方文化、如何评价"五四"新文化运动、如何看待中西教育的优势与缺陷、如何理解科学所扮演的角色等问题，却依然是中国在当今与未来一段较长时间内需要密切关注的重要问题。也就是说，对于李长之"中国文艺复兴"思想的研究，不仅有助于深入理解李长之本人深刻而丰富的思想，有助于初步掌握20世纪三四十年代"中国文艺复兴"思潮的具体状况，更可为当今的"中国文艺复兴"建设带来一些重要的灵感与启示。

另外有必要指出的是，本书尽管在诸多方面作出了重要的努力和尝试，但由于时间、精力与水平有限，仍有很多尚未来得及充分展开研究的问题，有待进一步深入考察和探讨。比如，李长之的"中国文艺复兴"思想与20世纪三四十年代的"中国文艺复兴""民族复兴"思潮之间的复杂关系，虽然本书已经较为深入地论述了李长之与这些思潮中的一些主要代表性人物之间的学术渊源关系，比如胡适、顾毓琇、张君劢、冯友兰、宗白华、蔡元培等，但对这些思潮中其他人物的相关思想，限于篇幅等原因并没有展开。

"中国文艺复兴"话题引起人们的热情关注，主要是21世纪以来的事，因此对于20世纪三四十年代的"中国文艺复兴"思潮，基本上还没有出现非常系统的研究。根据目前收集的资料显示，仅有一篇题为《20世纪上半叶中国的"文艺复兴"论述》（2015）的文章出现[1]，该文也只是进行了一些基本状况的大致勾勒和初步探讨，并没有展开详细深入的分析。本书在写作过程中，收集

---

[1] 李春阳：《20世纪上半叶中国的"文艺复兴"论述》，《中山大学学报》，2015年第11期。

了很多20世纪三四十年代的"中国文艺复兴"思潮方面的相关材料，但写作主要集中于"李长之"一人的"中国文艺复兴"思想，还无法就这一时期更为完整的"中国文艺复兴"思潮展开全面和深入的论述。相信对这一整体思潮有了更为切实的把握之后，学界对李长之的"中国文艺复兴"思想会有更为清晰和准确的学术评价。

另外，关于李长之"中国文艺复兴"思想对当今中国文化建设的重要启示方面，本书虽然展开了初步的思考和探讨，但主要是从李长之这一角度展开的谈论，还没有来得及认真探究李长之这一思想与目前学界"中国文艺复兴"的具体文化主张之间的对话关系。如果能对中国文化今日所真正面临的文化挑战与机遇有更清晰的洞察，能对中国现在各种文化建设的理论和主张有更全面的了解，那么对于李长之的"中国文艺复兴"思想的反思会更精准，对于李长之这一思想的启示价值与现实意义的阐释也会更深刻。当然，这需要更多的时间，需要更加敏锐的学术眼光，也需要更热情的文化关怀，尤其需要更多的有识之士参与进来。

参考文献

一、专著类

[1] 艾恺. 世界范围内的反现代化思潮——论文化守成主义[M]. 贵阳：贵州人民出版社，1991.

[2] 蔡乐苏. 中国思想史参考资料集（晚清至民国卷·下编）[M]. 北京：清华大学出版社，2005.

[3] 蔡尚思. 中国近现代思想史论[M]. 北京：人民出版社，1986.

[4] 蔡元培. 蔡元培全集[M]. 中国蔡元培研究会. 杭州：浙江教育出版社，1996.

[5] 柴文华. 现代新儒家文化观研究[M]. 北京：生活·读书·新知三联书店，2004.

[6] 陈安仁. 中国文化复兴之基本问题[M]. 上海：国立暨南大学，1930.

[7] 陈洪捷. 德国古典大学观及其对中国的影响[M]. 北京：北京大学出版社，2002.

[8] 陈群. 李四光传[M]. 北京：人民出版社，2009.

[9] 陈太胜. 梁宗岱与中国象征主义诗学[M]. 北京：北京师范大学出版社，2004.

[10] 陈万雄. 五四新文化的源流[M]. 北京：生活·读书·新知三联书店，1997.

[11] 陈先初. 精神自由与民族复兴[M]. 长沙：湖南教育出版社，1999.

[12] 陈序经. 中国文化的出路[M]. 北京：中国人民大学出版社，2004.

[13] 陈序经. 东西文化观[M]. 北京：中国人民大学出版社，2004.

[14] 褚斌杰. 屈原研究[M]. 武汉：湖北教育出版社，2003.

[15] 戴锡琦，钟兴永. 屈原学集成[M]. 北京：中央编译出版社，2007.

[16] 邓立光. 中国哲学与文化复兴诠论[M]. 上海：上海古籍出版社，2008.

[17] 邓曦泽. 文化复兴论：公共儒学的进路[M]. 北京：人民出版社，2009.

[18] 邓晓芒. 康德《判断力批判》释义[M]. 北京：生活·读书·新知三联书店，2008.

[19] 方克立，李锦全. 现代新儒家学案[M]. 北京：中国社会科学出版社，1995.

[20] 方克立. 现代新儒学与中国现代化[M]. 天津：天津人民出版社，1997.

[21] 冯大麟. 东方文艺复兴的展望[M]. 贵阳：文通书局，1948.

[22] 冯友兰. 冯友兰文集[M]. 邵汉明，编选. 长春：长春出版社，2008.

[23] 高明士. 东亚文化圈的形成与发展：儒家思想篇[M]. 上海：华东师范大学出版社，2008.

[24] 高瑞泉. 民族主义及其他[M]. 上海：上海古籍出版社，2011.

[25] 郜元宝，李书. 李长之批评文集[M]. 珠海：珠海出版社，1998.

[26] [美]格里德. 胡适与中国的文艺复兴[M]. 鲁奇，译. 南京：江苏人民出版社，1989.

[27] 葛贤宁. 中国的民族复兴与文艺复兴[M]. 上海：上海三联书店，2013.

[28] 耿云志. 胡适新论[M]. 长沙：湖南人民出版社，1996.

[29] 耿云志. 重新发现胡适[M]. 北京：外语教学与研究出版社/人民出版社，2011.

[30] 顾毓琇. 中国的文艺复兴[M]. 北京：科学出版社，2011.

[31] 顾毓琇. 顾毓琇全集[M]. 杨义，等主编. 沈阳：辽宁教育出版社，2000.

[32] 郭沫若. 李白与杜甫[M]. 北京：中国长安出版社，2010.

[33] 郭维森. 屈原评传[M]. 南京：南京大学出版社，1998.

[34] 何信全. 儒学与现代民主[M]. 北京：中国社会科学出版社，2001.

[35] 洪峻峰. 思想启蒙与文化复兴：五四思想史论[M]. 北京：人民文学出版社，2006.

[36] 胡继华. 中国文化精神的审美维度：宗白华美学思想简论[M]. 北京：北京大学出版社，2009.

[37] 胡适. 中国的文艺复兴[M]. 欧阳哲生，等主编. 北京：外语教学与研究出版社，2001.

[38] 胡适. 胡适全集[M]. 季羡林，主编. 合肥：安徽教育出版社，2003.

[39] 胡适. 胡适口述自传[M]. 桂林：广西师范大学出版社，2005.

[40] 戢斗勇. 中国和平发展与中华文化复兴[M]. 北京：群言出版社，2007.

[41] [美]贾祖麟. 胡适之评传[M]. 张振玉，译. 海口：南海出版公司，1992.

[42] 焦润明. 中国现代文化论争[M]. 北京：社会科学文献出版社，2012.

[43] 金耀基. 从传统到现代[M]. 北京：中国人民大学出版社，1999.

[44] 金耀基. 中国现代化的终极愿景：金耀基自选集[M]. 上海：上海人民出版社，2013.

[45] 金元浦. 文化复兴：传统文化的现代价值[M]. 北京：中国人民大学出版社，2014.

[46] 康德. 判断力批判[M]. 邓晓芒，译. 北京：人民出版社，2002.

[47] 康怀远. 李白批评论 [M]. 成都：巴蜀书社，2004.

[48] 李长之. 迎中国的文艺复兴 [M]. 北京：商务印书馆，2013.

[49] 李长之. 李长之文集 [M]. 李书，于天池，主编. 石家庄：河北教育出版社，2006.

[50] 李海彬. 中国文化的复兴之路 [M]. 北京：学苑出版社，2008.

[51] 李亮. 扬弃"五四"：新启蒙运动 [M]. 上海：上海三联书店，2012.

[52] 李泽厚. 中国现代思想史论 [M]. 北京：东方出版社，1987.

[53] 李宗桂. 传统与现代之间：中国文化现代化的哲学省思 [M]. 北京：北京师范大学出版社，2011.

[54] 梁刚. 理想人格的追寻：论批评家李长之 [M]. 北京：北京大学出版社，2009.

[55] 梁漱溟. 东西文化及其哲学 [M]. 北京：中华书局，2013.

[56] 林毓生. 中国意识的危机 [M]. 穆培善，译，贵阳：贵州人民出版社，1988.

[57] 刘长城. 解读冯友兰：中国哲学的发展 [M]. 北京：北京大学出版社，2008.

[58] 刘再复. 传统与中国人 [M]. 北京：生活·读书·新知三联书店，1988.

[59] 罗福惠. 中国民族主义思想论稿 [M]. 武汉：华中师范大学出版社，1996.

[60] 罗志田. 再造文明之梦——胡适传 [M]. 成都：四川人民出版社，1995.

[61] 罗志田. 裂变中的传承：20世纪前期的中国文化与学术 [M]. 北京：中华书局，2003.

[62] 罗志田. 道处于二：过渡时代的新旧之争 [M]. 北京：北京师范大学出版社，2014.

[63] 穆超. 中国文化复兴问题 [M]. 南京：正义社，1934.

[64] 聂石樵. 屈原论稿 [M]. 北京：中华书局，2010.

[65] 聂石樵. 司马迁论稿 [M]. 北京：中华书局，2010.

[66] 欧阳哲生. 解析胡适 [M]. 北京：社会科学文献出版社，2000.

[67] 欧阳哲生. 欧阳哲生讲胡适 [M]. 北京：北京大学出版社，2008.

[68] 欧阳哲生. 探寻胡适的精神世界 [M]. 北京：北京大学出版社，2012.

[69] 启良. 新儒学批判 [M]. 上海：上海三联书店，1995.

[70] 秦英君. 科学乎人文乎：中国近代以来文化取向之两难 [M]. 开封：河南人民出版社，2005.

[71] 塞缪尔·亨廷顿. 文明的冲突与世界秩序的重建 [M]. 周琪，等译. 北京：新华出版社，2010.

[72] 单世联. 反抗现代性：从德国到中国 [M]. 广州：广东教育出版社，1998.

[73] 单世联. 辽远的迷魅：关于中德文化交流的读书笔记 [M]. 上海：上海外语教育出版

社，2008.

[74] 单世联. 中国现代性与德意志文化［M］. 上海：上海教育出版社，2011.

[75] 上海市社会科学界联合会. 中国的前沿：文化复兴与秩序重构［M］. 上海：上海人民出版社，2006.

[76] 上海市社会科学界联合会. 文化复兴：人文科学的前沿思考［M］. 上海：上海人民出版社，2012.

[77] 树人，姜葳. 李四光传［M］. 长春：时代文艺出版社，2012.

[78] 司马云杰. 论文化复兴——关于中国现代变革的历史哲学思考［M］. 北京：社会科学文献出版社，2013.

[79] 宋剑华. 胡适与中国文化转型［M］. 黑龙江：黑龙江教育出版社，1996.

[80] 宋志明. 现代新儒学的走向［M］. 北京：北京师范大学出版社，2009.

[81] 唐德刚. 胡适杂忆［M］. 桂林：广西师范大学出版社，2005.

[82] 唐德刚，夏志清，周策纵，等. 我们的朋友胡适之［M］. 长沙：岳麓书社，2015.

[83] 唐君毅. 中国文化之精神价值［M］. 南京：江苏教育出版社，2006.

[84] 唐君毅. 中华人文与当今世界［M］. 桂林：广西师范大学出版社，2005.

[85] 唐文权. 觉醒与迷误：中国近代民族主义思潮研究［M］. 上海：上海人民出版社，1993.

[86] 田耕滋. 屈原与儒、道文化论辨［M］. 北京：中国社会科学出版社，2011.

[87] 万国雄. 顾毓琇传［M］. 南京：南京大学出版社，2002.

[88] 汪晖. 现代中国思想的兴起［M］. 北京：生活·读书·新知三联书店，2008.

[89] 王德胜. 宗白华评传［M］. 北京：商务印书馆，2001.

[90] 王德胜，选编. 中国现代美学名家文丛·宗白华卷［M］. 杭州：浙江师范大学出版社，2009.

[91] 王德胜. 宗白华美学思想研究［M］. 北京：商务印书馆，2012.

[92] 王岳川. 思·言·道［M］. 北京：北京大学出版社，1997.

[93] 王岳川. 后东方主义与中国文化复兴［M］. 哈尔滨：黑龙江人民出版社，2009.

[94] 温儒敏. 中国现代文学批评史［M］. 北京：北京大学出版社，1993.

[95] 肖效钦，等. 抗日战争文化史［M］. 北京：中共党史出版社，1992.

[96] 徐复观. 中国艺术精神［M］. 上海：华东师范大学出版社，2001.

[97] 徐复观. 中国文学精神［M］. 上海：上海书店出版社，2004.

[98] 徐复观. 儒家思想与现代社会 [M]. 北京：九州出版社，2014.

[99] 杨东平. 通才教育论 [M]. 沈阳：辽宁教育出版社，1989.

[100] 杨国良. 胡适的精神之旅 [M]. 南京：江苏教育出版社，2005.

[101] 杨琥. 历史记忆与历史解释：民国时期名人谈五四 [M]. 福州：福建教育出版社，2010.

[102] 杨华丽. "打倒孔家店"研究 [M]. 北京：人民出版社，2014.

[103] 杨思信. 文化民族主义与近代中国 [M]. 北京：人民出版社，2003.

[104] 杨宗元. 学者的责任：中国学者在抗日战争中 [M]. 北京：中国人民大学出版社，2015.

[105] 叶隽. 现代学术视野中的留德学人 [M]. 上海：同济大学出版社，2004.

[106] 叶隽. 另一种西学：中国现代留德学人及其对德国文化的接受 [M]. 北京：北京大学出版社，2005.

[107] 叶隽. 主体的变迁：从德国传教士到留德学人群 [M]. 上海：上海外语教育出版社，2008.

[108] 易竹贤. 胡适与中国文化 [M]. 武汉：武汉大学出版社，1993.

[109] 殷海光. 中国文化的展望 [M]. 北京：中国和平出版社，1988.

[110] 游国恩. 中国文学史 [M]. 北京：人民文学出版社，2002.

[111] 余英时. 现代儒学论 [M]. 上海：上海人民出版社，1998.

[112] 余英时. 重寻胡适历程：胡适生平与思想再认识 [M]. 桂林：广西师范大学出版社，2004.

[113] 余英时. 现代儒学的回顾与展望 [M]. 北京：生活·读书·新知三联书店，2004.

[114] 袁成毅. 抗日战争与中国现代化进程研究 [M]. 北京：北京图书馆出版社，2008.

[115] 张皓. 中国现代史 [M]. 北京：北京师范大学出版社，2008.

[116] 张君劢，丁文江. 科学与人生观 [M]. 长沙：岳麓书社，2012.

[117] 张君劢. 民族复兴之学术基础 [M]. 北京：中国人民大学出版社，2006.

[118] 张毅. 儒家文艺美学：从原始儒家到现代新儒家 [M]. 天津：南开大学出版社，2004.

[119] 张蕴艳. 李长之学术——心路历程 [M]. 北京：北京大学出版社，2006.

[120] 郑大华. 张君劢 [M]. 北京：群言出版社，2013.

[121] 郑家栋. 断裂中的传统 [M]. 北京：中国社会科学出版社，2001.

[122] 郑家栋，陈鹏. 解析冯友兰［M］. 北京：社会科学文献出版社，2002.

[123] 周昌龙. 新思潮与传统：五四思想史论集［M］. 南昌：百花洲文艺出版社，2004.

[124] 周昌龙. 超越西潮：胡适与中国传统［M］. 北京：北京大学出版社，2011.

[125] ［美］周策纵. 五四运动：现代中国的思想革命［M］. 南京：江苏人民出版社，1996.

[126] ［美］周策纵. 五四运动史［M］. 长沙：岳麓书社，1999.

[127] 周勋初. 李白评传［M］. 南京：南京大学出版社，2004.

[128] 周质平. 胡适与中国现代思潮［M］. 南京：南京大学出版社，2002.

[129] 朱耀垠. 科学与人生观论战及其回声［M］. 上海：上海科学技术文献出版社，1999.

二、论文类（1911—1949年9月）

[1] 何基. 中西文艺复兴之异同［J］. 南开大学周刊，1928（61）.

[2] 抱淑子. 东方文艺复兴之期望［J］. 救世旬刊，1928（14）.

[3] 华林. 屈原与中国文艺复兴［J］. 革命，1929（99）.

[4] 林我铃. 欧洲文艺复兴与中国新文化运动［J］. 协大季刊，1930（12）.

[5] 孙君谋. 我们也需要一次文艺复兴运动［J］. 烟，1930（1）.

[6] 赵英才. 中国五四运动与欧西之文艺复兴［J］. 同泽半月刊，1930（10/11）.

[7] 陈立夫. 中国文艺复兴运动［J］. 河南教育行政周刊，1931（39）.

[8] 陈立夫. 中国文艺复兴运动［J］. 中央周报，1931（142）.

[9] 匿名. 我们的文艺复兴何在？［J］. 亚波罗，1932（9）.

[10] 华林. 文艺复兴运动如何开始？［J］. 南国，1932（1）.

[11] 陆永恒. 近年来中国民间文艺复兴运动的经过［J］. 南华文艺，1932（2）.

[12] 志华. 中国文艺复兴展望［J］. 艺浪，1934（1）.

[13] 郎鲁逊. 中国文艺复兴与我们的使命［J］. 社会月报，1934（2）.

[14] 李长之. 大学教育的可恨［N］. 华北日报，1935-01-08.

[15] 景冬. 中国文艺复兴（胡适博士在香港大学的演讲）［J］. 人言周刊，1935（49）.

[16] 徐嘉瑞. 文艺复兴与五四运动［J］. 新宇宙，1935（10）.

[17] 殷作桢. 新生活运动与文艺复兴［J］. 国衡，1935（13）.

[18] 江亢虎. 中国文化复兴［J］. 中国文化建设协会会报，1935（1/2）.

[19] 王祺. 中国之文艺复兴与民族复兴［J］. 中央周报，1936（412）.

[20] 王祺. 中国之文艺复兴与民族复兴［J］. 中国美术会季刊，1936（2）.

· 265 ·

[21] 林庆华. 欧洲的文艺复兴与我国的新文化运动 [J]. 协大艺文, 1937 (6).

[22] 易厚庵. 五四运动与文艺复兴 [J]. 二中校刊, 1937 (3).

[23] 陈立夫. 中国文艺复兴的机运 [J]. 战时文学, 1938 (4)

[24] 庸生. 文艺复兴之新企望 [J]. 大亚月刊, 1940 (1).

[25] 赵大同. 建设文学和文艺复兴 [J]. 新东方, 1940 (2).

[26] 疑堂. 由"文艺复兴"评复古运动 [J]. 中国公论, 1940 (6).

[27] 夏孟刚. 中国文艺复兴之意义 [J]. 华文大阪每日, 1940 (8).

[28] 寿昌. 春雷:西北的文艺复兴运动 [J]. 新西北, 1940 (3/4).

[29] 谢希平. 东亚文艺复兴运动 [J]. 苏铎, 1941 (2).

[30] 匿名. 关于东亚文艺复兴运动 [J]. 师资月刊, 1941 (6/7).

[31] 柳雨生. 东方文艺复兴的再出发 [J]. 东方文化, 1942 (6).

[32] 王德言. 东亚文艺复兴之途径 [J]. 作家, 1942 (2).

[33] 离石. 东亚文艺复兴运动 [J]. 太平洋周报, 1942 (16).

[34] 郭秀峰. 欧洲文艺复兴东亚文艺复兴 [J]. 大风, 1942 (17).

[35] 关堃堂. 东亚文艺复兴与复兴东亚 [J]. 华文大阪每日, 1942 (6).

[36] 李长之. 《迎中国的文艺复兴》序 [J]. 时与潮副刊, 1942 (3).

[37] 丰岛与志雄. 大东亚文艺复兴之一论 [J]. 课卓, 译. 国民杂志, 1942 (4).

[38] 匿名. 华北文艺复兴之展望 [J]. 国民杂志, 1942 (1).

[39] 雷宏张. 对于东亚文艺复兴运动的我见 [J]. 华文大阪每日, 1942 (1).

[40] 陈贞. 东亚文艺复兴的基本问题(上)[J]. 华文大阪每日, 1942 (3).

[41] 陈贞. 东亚文艺复兴的基本问题(下)[J]. 华文大阪每日, 1942 (4).

[42] 陈群. 东亚文艺复兴运动与大亚洲主义的精神 [J]. 中华留日同学会会刊, 1942 (3).

[43] 褚民谊. 东亚文艺复兴的先决问题 [J]. 中华留日同学会会刊, 1942 (3).

[44] 匿名. 东亚文艺复兴运动的展开 [J]. 新东方杂志, 1942 (5).

[45] 徐之明. 东亚文艺复兴与中国妇女解放 [J]. 慈俭妇女, 1942 (2).

[46] 匿名. 讨论东亚文艺复兴事宜,召开大东亚文学家会议 [J]. 新亚, 1942 (11).

[47] 江亢虎. 东亚文艺复兴:文化与武化物化之区别及其关系 [J]. 长江画刊, 1942 (6).

[48] 李品仙. 发扬精神动员力量共图东亚文艺复兴 [J]. 安徽政治, 1942 (4).

[49] 胡春冰. 广东的文艺复兴运动 [J]. 新潮, 1942 (4).

[50] 潜之. 东亚文艺复兴与语文教育 [J]. 师资月刊, 1942 (1).

[51] 上官蓉. 文艺复兴的再出发［J］. 中国文艺, 1943 (1).

[52] 刘海粟. 中国文艺复兴大师：刘海粟返沪一席谈［J］. 太平洋周报, 1943 (67).

[53] 知堂. 文艺复兴之梦［J］. 求是, 1944 (3).

[54] 周化人. 东亚文艺复兴运动［J］. 文协, 1944 (2).

[55] 顾毓琇. 文艺复兴与民族复兴［J］. 华声, 1945 (5/6).

[56] 胡兰成. 中国文明与世界文艺复兴［J］. 苦竹, 1945 (3).

[57] 修士. 我们的"文艺复兴"运动［J］. 改进, 1946 (5).

[58] 徐祖正. 文艺复兴的精神：人文主义思想之前因与后果［J］. 新思潮, 1946 (4).

[59] 李长之. 谈通才教育［J］. 教育短波, 1947 (2).

[60] 征雁. 文艺复兴年［J］. 涛声, 1947 (2).

[61] 海客. 东方的文艺复兴［J］. 读者, 1947 (4).

[62] 谢克欧. 向文化界提起一个东方文艺复兴运动的课题［J］. 问世, 1947 (4).

[63] 方明. "迎中国的文艺复兴"评介［J］. 中坚, 1947 (2).

[64] 冯大麟. "期待东方的文艺复兴"［J］. 观察, 1947 (21).

[65] 匿名（李长之）. 迎中国的文艺复兴［J］. 图书展望, 1947 (2).

[66] 匿名（冯大麟）. 东方文艺复兴的展望［J］. 图书季刊, 1948 (1/2).

[67] 匿名（顾毓琇）. 中国的文艺复兴［J］. 新书月刊, 1948 (2).

[68] 顾一樵. 中国的文艺复兴［J］. 文艺, 1948 (2).

[69] 顾一樵. 文学革命与文艺复兴［J］. 正义, 1948 (3).

[70] 顾毓琇. 中国的文艺复兴［J］. 新中华, 1948 (1).

[71] 向平. 关于"中国的文艺复兴"［J］. 周末观察, 1948 (3).

[72] 方土君. 文艺复兴与感言，文艺复兴的意义［J］. 宣华, 1948 (3).

[73] 匿名. 论中国文艺复兴［J］. 新中国画报, 1948 (12).

[74] 郑伯奇. 五四运动与中国文艺复兴［J］. 长青周报, 1948 (9).

[75] 右白. 论中国为何走上文艺复兴的道路［J］. 中国评论, 1948 (10).

[76] 匿名. 经济与文化：文艺复兴源自中国［J］. 中美周报, 1948 (282).

[77] 李维林. 从人与世界的再发现看今日之新文艺复兴［J］. 主流, 1949 (3/4).

三、论文类（1949 年至今）

[1] 陈方正. 试论新文化运动与欧洲文艺复兴［J］. 中国文化, 2007 (2).

[2] 陈平原. 民族自信与文艺复兴 [J]. 同舟共进, 2011 (5).

[3] 陈太胜. 中国文艺复兴的历史与现实 [N]. 文艺报, 2002-08-13 (3).

[4] 陈太胜. 从李长之到梁宗岱——兼论中国新文化运动第二期 [J]. 文艺争鸣, 2004 (1).

[5] 丁晓萍. 抗战语境下的文化重建构想——陈铨与李长之对"五四"的反思之比较 [J]. 中国现代文学研究丛刊, 2012 (3).

[6] 董德福. "中国文艺复兴"的历史考辩 [J]. 江苏大学学报 (社会科学版), 2002 (1).

[7] 董娟. 李长之的文化复兴论 [J]. 南昌教育学院学报, 2012 (8).

[8] 段怀清. 胡适对"现代中国的文艺复兴"理念的阐释及其评价 [J]. 杭州师范大学学报 (社会科学版), 2010 (1).

[9] 范真. 文化守望与中国文艺复兴 [J]. 河北学刊, 2008 (1).

[10] 方李莉. 中国需要一次什么样的文艺复兴? [J]. 艺术评论, 2007 (6).

[11] 方李莉. 有关"文艺复兴"的冷思考 [N]. 中华读书报, 2007-06-06 (4).

[12] 方李莉. 中国需要什么样的文艺复兴 [J]. 社会科学论坛, 2007 (11).

[13] 方锡球. 人文主义方法论与我国的"文艺复兴" [J]. 东方丛刊, 2000 (4).

[14] 冯虞章. 中国应当再来一次西方的"文艺复兴"吗? [J]. 理论月刊, 1987 (5).

[15] 傅京生, 陶宏, 曹俊. 中国将迎来伟大的文艺复兴——艺术史家、批评家张晓凌访谈 [N]. 中国文化报, 2009-06-02 (2).

[16] 郜元宝. 追忆李长之 [J]. 读书, 1996 (10).

[17] 耿云志. 关于五四新文化运动的几个问题 [J]. 社会科学战线, 2009 (10).

[18] 郭辉, 吴敏. "中国的文艺复兴": 蔡元培对新文化运动的一个独特定位 [J]. 南京林业大学学报 (人文社会科学版), 2010 (4).

[19] 贺志刚. 文化复兴与美学梦寻——李长之文化论美学初探 [D]. 北京: 北京师范大学, 1996.

[20] 洪峻峰. 胡适"五四文艺复兴"说发微 [J]. 厦门大学学报 (哲学社会科学版), 1995 (3).

[21] 洪峻峰. 回望"轴心时代"——"五四"文艺复兴的理路 [J]. 厦门大学学报 (哲学社会科学版), 2003 (4).

[22] 胡华为. 情感与理智: 作为批评的两级——论李长之的文艺批评 [D]. 汕头大学, 2010.

[23] 黄力之. "文艺复兴"与当下中国的价值追求 [J]. 探索与争鸣, 2007 (7).

[24] 季剑青. 以批评为教育：1930年代李长之文学批评的学院背景［J］. 励耘学刊（文学卷），2007（1）.

[25] 江守义. 迎中国的文艺复兴——论李长之解放前的文化批评［N］. 2003年安徽文学学会学术会议论文集，2003-06-30.

[26] 金叶. 创造中国的文艺复兴［N］. 中国改革报，2006-01-14.

[27] 李春阳. 20世纪上半叶中国的"文艺复兴"论述［J］. 中山大学学报（社会科学版），2015（11）.

[28] 李海涛. 新文化运动"文艺复兴"说论析［J］. 新余高专学报，2008（3）.

[29] 李静. "个人"的精神成熟与"中国文艺复兴"［N］. 南方周末，2007-01-25（B15）.

[30] 李靖莉. "五四文艺复兴"辨析［J］. 江西社会科学，2003（1）.

[31] 李少兵. 爱国、启蒙和文艺复兴——五四运动的定性及其历史解读［J］. 北京师范大学学报（社会科学版），2005（3）.

[32] 李侠. 六十年的叙事与表达：从政治乌托邦到文艺复兴［J］. 社会科学论坛，2010（2）.

[33] 李小玲. 胡适："中国文艺复兴之父"［J］. 广西师范学院学报，2005（2）.

[34] 李小玲，马悦. "中国文艺复兴"再思考［J］. 云南师范大学学报（哲学社会科学版），2012（5）.

[35] 李一蠡. 胡适和他的《中国的文艺复兴》［J］. 炎黄春秋，2003（11）.

[36] 李怡，颜同林. 人文主义与五四新文化运动［J］. 福建论坛，2006（1）.

[37] 廖七一. 胡适的白话译诗与中国文艺复兴［J］. 四川外语学院学报，2004（5）.

[38] 刘保昌. 道家文化与中国现代浪漫主义文学观［J］. 社会科学研究，2004（3）.

[39] 刘方喜. 打捞重整中国失落的"文艺复兴"［N］. 中国社会科学报，2010-07-06.

[40] 刘念慈. 试析中国早期启蒙运动与欧洲文艺复兴运动的异同［J］. 重庆师院学报（哲学社会科学版），1993（2）.

[41] 刘坛茹. 李长之文艺批评研究［D］. 温州：温州大学，2008.

[42] 刘坛茹，包天花. 李长之的"美育救国"思想［J］，现代语文，2008（10）.

[43] 刘坛茹. 李长之对"五四"新文化运动的反思与重构［J］. 青海师范大学学报（哲学社会科学版），2010（3）.

[44] 刘勇强. 文艺复兴：曾经的过程与持久的期待［J］. 中国图书评论，2011（10）.

[45] 罗伟文. 李长之构想五四新文化运动的策略及启示［J］. 集美大学学报（哲学社会科

学版），2015（4）．

[46] 罗志田．走向"政治解决"的文艺复兴［J］．近代史研究，1996（4）．

[47] 罗志田．中国文艺复兴之梦：从清季的古学复兴到民国的新潮［J］．汉学研究，2002（1）．

[48] 陇菲．文艺？复兴？［J］．国学论衡，2007（年刊）．

[49] 聂春燕．中国文艺复兴进程中的"激流"——评新文化运动［J］．黑龙江史志，2008（20）．

[50] 聂姗．中国现代浪漫主义与道家思想及日本文化之比较初探［J］．南方论刊，2008（5）．

[51] 牛文军．情感的肌体和理性的因子——李长之文学批评论［D］．开封：河南大学，2009．

[52] 欧阳哲生．中国的文艺复兴——胡适以中国文化为题材的英文作品解析［J］．近代史研究，2009（4）．

[53] 亓鹏．李长之美学思想研究［D］．济南：山东师范大学，2013．

[54] 钱光培．论中国的三次"文艺复兴"［J］．北京社会科学，1992（3）．

[55] 沈徐亚．"文艺复兴"热中国［J］．中国报道，2006（3）．

[56] 宋剑华．论胡适与中国的"文艺复兴"［J］．河北大学学报（哲学社会科学版），1989（2）．

[57] 宋剑华．欧洲文艺复兴与五四文学革命：一个历史相似点的广义类比［J］．江汉论坛，1993（3）．

[58] 宋剑华．'五四'新文化运动与中国的文艺复兴［J］．涪陵师专学报，1999（4）．

[59] 唐丹丹．简析蔡元培的"中国文艺复兴"观［J］．哈尔滨学院学报，2012（10）．

[60] 陶林．新现代：一个人的文艺复兴和灵魂的黎明［J］．艺术广角，2014（6）．

[61] 王德禄．五四运动与文艺复兴［J］．晋阳学刊，1983（3）．

[62] 王海涛．论李长之的现代文化建设构想［J］．四川文理学院学报，2012（4）．

[63] 王伟丽．评蔡元培先生《中国新文学大系》总序［J］．青年文学家，2012（4）．

[64] 王喜冬．论李长之的批评理论及其实践［D］．长沙：湖南大学，2010．

[65] 吴晓樵．李长之与德语文学［J］．中国图书评论，2009（4）．

[66] 吴祚来．我们"文艺复兴"的尴尬与偏狭［J］．艺术评论，2007（5）．

[67] 席云舒．胡适思想与中国现代性问题［J］．社会科学论坛，2014（8）．

[68] 席云舒. 胡适："中国的文艺复兴"思想初探［J］. 文艺研究，2014（11）.

[69] 席云舒. 胡适"中国文艺复兴"论著考（上篇）［J］. 社会科学论坛，2015（7）.

[70] 席云舒. 胡适"中国文艺复兴"论著考（中篇）［J］. 社会科学论坛，2015（8）.

[71] 席云舒. 胡适"中国文艺复兴"论著考（下篇）［J］. 社会科学论坛，2015（9）.

[72] 夏中义，张蕴艳. 李长之学术人生素描［J］. 社会科学，2003（9）.

[73] 萧君和. 论中华文艺复兴［J］. 佛山科学技术学院学报（社会科学版），2001（4）.

[74] 萧君和. 再论中华文艺复兴［J］. 广东教育学院学报，2002（2）.

[75] 萧君和. 三论中华文艺复兴——中华文艺复兴的可能性［J］. 贵州社会科学，2002（2）.

[76] 肖明翰. 中国新文化运动与美国南方文艺复兴在对待传统上之异同［J］. 东方丛刊，1992（1）.

[77] 萧默. 迎接中国的文艺复兴［N］. 第二届世界儒学大会学术论文集，2009-09-27.

[78] 谢有顺. 文艺复兴与文学学习［J］. 文学教育（上），2008（2）.

[79] 谢有顺. 要文艺复兴，先复兴文学［J］. 作品，2014（3）.

[80] 徐语曈. 文化中国——中国式的文艺复兴［J］. 大众文艺，2009（7）.

[81] 阎奇男. 五四文学革命与西欧文艺复兴之比较［J］. 济南大学学报，1999（4）.

[82] 杨必. 中国需要一场文艺复兴吗？［J］. 天涯，2007（2）.

[83] 杨兆贵. "九一八事变"后的民族复兴思潮研究［D］. 西安：陕西师范大学，2009.

[84] 于阿丽. 胡适"中国文艺复兴之父"称呼的由来及相关问题［J］. 关东学刊，2016（5）.

[85] 于阿丽. "中国文艺复兴"从"大学教育"开始——论李长之在抗日战争时期的大学教育思想［J］. 山西师范大学学报（社会科学版），2017（1）.

[86] 于阿丽. 李长之佚文《谈通才教育》［J］. 新文学史料，2017（3）.

[87] 于阿丽. "以批评家自居"——李长之与中国文论话语的转型研究［J］. 文化与诗学，2018（2）.

[88] 于阿丽. 张君劢与李长之的"中国文艺复兴"思想［J］. 中北大学学报（社科版），2020（2）.

[89] 于阿丽. "使文学研究本身成为一种科学"——李长之与中国现代文论话语的转型［J］. 太原理工大学学报（社科版），2021（2）.

[90] 于阿丽. 李长之"寓通于专"思想与当今高校教育改革［J］. 教育与教学研究，2021（4）.

[91] 于天池，李书. 李长之及其文学批评［J］. 新文学史料，2000（2）.

[92] 于天池. 论批评家李长之对鲁迅的研究［J］. 鲁迅研究月刊，2000（8）.

［93］于天池，李书. 李长之的书评及其理论和风格［J］. 北京师范大学学报（社会科学版），2001（3）.

［94］于天池. 写在《李长之文集》出版之前——忆长之老师［J］. 新文学史料，2002（2）.

［95］于天池，李书. 论批评家李长之对中国古典文学的批评［J］. 中国典籍与文化，2002（2）.

［96］于天池，李书. 李长之的编刊生涯［J］. 新文学史料，2003（1）.

［97］于天池，李书. 论李长之的童话译著及其儿童创作论［J］. 清华大学学报（哲学社会科学版），2003（2）.

［98］于天池，李书.《红楼梦批判》和李长之对于《红楼梦》的研究［J］. 红楼梦学刊，2006（2）.

［99］于天池，李书. 李白研究中的常青树——谈李长之的《道教徒的诗人李白及其痛苦》［J］. 中国图书评论，2006（4）.

［100］于天池，李书. 朱自清与李长之［J］. 文史知识，2007（10）.

［101］于天池，李书. 文学批评家李长之［J］. 励耘学刊（文学卷），2010（1）.

［102］于天池，李书. 芳桂当年各一枝——李长之与巴金［J］. 人物，2010（11）.

［103］于天池，李书. 李长之与周作人［J］. 新文学史料，2011（1）.

［104］于天池，李书. 尊前我自心相蓺——李长之与鲁迅［J］. 鲁迅研究月刊，2011（5）.

［105］于天池，李书. 李长之与邓以蛰［J］. 文史知识，2011（7）.

［106］于天池，李书. 李长之与梁实秋［J］. 新文学史料，2012（1）.

［107］于天池，李书. 李长之与梁实秋的友谊［J］. 文史知识，2012（3）

［108］于天池，李书. 李长之与罗家伦（上）［J］. 文史知识，2013（6）.

［109］于天池，李书. 李长之与罗家伦（下）［J］. 文史知识，2013（7）.

［110］于天池，李书. 李长之与胡适（上）［J］. 文史知识，2015（2）.

［111］于天池，李书. 李长之与胡适（下）［J］. 文史知识，2015（3）.

［112］于天池，李书. 李长之和老舍（上）［J］. 文史知识，2015（4）.

［113］于天池，李书. 李长之和老舍（下）［J］. 文史知识，2015（5）.

［114］于洋."中国文艺复兴"之辩何时休［J］. 中国书画，2007（8）.

［115］於璐."浪漫主义的文艺复兴"——解析李长之的民族文化理想［J］. 华中师范大学研究生学报，2014（1）.

［116］於璐. 从李长之的文化理想反思"中国的文艺复兴"规划之路［J］. 中国比较文学，2015（1）.

[117] 俞祖华."中国文化复兴论"与中华民族复兴话语的建构[J].中州学刊,2014(11).

[118] 匿名.中国的"文艺复兴"——五四新文化运动[J].语文世界,1997(12).

[119] 张宝明,张光芒.百年"五四":是"文艺复兴"还是"启蒙运动"——关于五四新文化运动性质的对话[J].社会科学论坛,2003(11).

[120] 张迪平.李长之文学批评研究[D].芜湖:安徽师范大学,2007.

[121] 张迪平.美善合一——李长之审美教育理念论略[J].贵州文史丛刊,2014(4).

[122] 张迪平.论李长之的文化梦想[J].中华文化论坛,2015(3).

[123] 张坚强.民族文化与民族复兴——以二十世纪三四十年代为中心的考察[D].石家庄:河北师范大学,2009.

[124] 张艳.五四运动阐释史研究(1919—1949)[D].杭州:浙江大学,2005.

[125] 张颐武.超越"五四":追寻李长之的文学精神[J].文学自由谈,2003(5).

[126] 张颐武.跨出五四:我们需要超越的精神[J].山花,2003(11).

[127] 张颐武."照着讲"和"接着说"[J].中关村,2003(12).

[128] 张颐武."文艺复兴"再思—以李长之的"文艺复兴"论为起点[J].艺术评论,2007(5).

[129] 张颐武.抗日战争的文化意义[J].前线,2015(10).

[130] 张颐武.从反思"五四"开始——李长之的《迎中国的文艺复兴》的价值[EB/OL].(2015-11-30)[2024-05-31].http://blog.sina.com.cn/zhangyw.

[131] 郑大华.民族自信与民族复兴——近代知识界关于"中华民族复兴"的讨论之二[J].学术研究,2016(1).

[132] 郑会欣.饶宗颐:21世纪是中国的文艺复兴时代[J].今日中国,2015(1).

[133] 匿名."文艺复兴"还是道德重建?[J].中国新闻周刊,2007(3).

[134] 周海波.两次伟大的"文艺复兴"[J].东方论坛,2000(1).

[135] 朱德发.梁启超的"中国文艺复兴"观[J].东方论坛,2012(5).